10|18

12, avenue d'Italie — Paris XIIIe

Du même auteur
aux Éditions 10/18

Au jeu de la mort, n° 2482
La mort en habit noir, n° 2483
Le rideau tombe, n° 2507
L'assassin entre en scène, n° 2533
La clinique du crime, n° 2562
Et vous êtes priés d'assister au meurtre de...,
n° 2592
Mort en extase, n° 2620
Un vrai crime d'artiste, n° 2636
Un piège pour Miss C., n° 2669
L'assassin aux fleurs, n° 2685
La mort en embuscade, n° 2717
Meurtre en coulisses, n° 2741
Croisière mortelle, n° 2761
Comme à Rome, n° 2791
Le cercueil de Noël, n° 2837
Descente fatale, n° 2884
Parfum trompeur, n° 2938
L'empreinte de la justice, n° 3005
Cauchemar à Waiatatapu, n° 3080
Photo d'adieu, n° 3111
La source de tout mal, n° 3206
Une couronne de sang, n° 3213
Affaire à enterrer, n° 3235
► Un linceul de laine, n° 3285
Le gant maudit, *à paraître en novembre 2001*

UN LINCEUL DE LAINE

PAR

NGAIO MARSH

Traduit de l'anglais
par Sophie DALLE

10 18

« Grands Détectives »
dirigé par Jean-Claude Zylberstein

Sur l'auteur

Originaire de Christchurch en Nouvelle-Zélande, Miss Ngaio Marsh (1895-1982) est une artiste aux multiples visages. Tout d'abord décoratrice, elle se laisse cependant séduire par « les planches » et va sillonner la Nouvelle-Zélande et l'Australie durant deux ans, avec la troupe shakespearienne d'Alan Wilkie. En 1932, elle publie son premier roman, *Et vous êtes priés d'assister au meurtre de...*, mettant en scène l'inspecteur Roderick Alleyn de Scotland Yard. Elle devient très vite une nouvelle reine du huis clos criminel. En 1977, après trente romans, elle reçoit l'*Edgar Poe* des *Mystery Writers of America*. Elle reste néanmoins fidèle à sa passion pour le théâtre, continuant de porter à la scène néo-zélandaise les pièces du répertoire classique. Ngaio Marsh a été anoblie en 1966 pour l'ensemble de son œuvre théâtrale et littéraire.

Titre original :
Died in the Wool

ISBN 2-264-03202-2

LES PROTAGONISTES

Florence Rubrick	maîtresse du domaine
Arthur Rubrick	son époux
Fabian Losse	neveu d'Arthur Rubrick
Douglas Grace	neveu de Florence
Terence Lynne	secrétaire de Florence
Ursula Harme	pupille de Florence
Mme Aceworthy	la gouvernante, cousine d'Arthur Rubrick
Mme Caneton	la cuisinière
Markins	le majordome
Sammy Joseph	acheteur délégué, Riven Brothers
Alfred Clark	magasinier
Tommy Johns	régisseur de Mount Moon
Mme Johns	son épouse
Cliff Johns	leur fils
Albert Black	l'homme à tout faire
Ben Wilson	le trieur
Jack Merrywether	le presseur
Percy Gould	le cuisinier des ouvriers saisonniers
Roderick Alleyn	inspecteur de Scotland Yard
Jackson	sous-inspecteur de la police locale
Brigadier Wetherbridge	de la police locale

Pour les lexicographes

— Bonjour, comment allez-vous ? s'exclama-t-elle, croisant un second personnage. Je ne vous dérange pas, j'espère ? Je suis Mme Arthur Rubrick. Puis-je m'asseoir ?

Elle s'installa sur la chaise qu'elle avait choisie, l'avançant le plus possible afin d'avoir une vue à la fois sur le proscenium et sur la salle. Elle était minuscule, son siège était haut : ses pieds frôlaient à peine le sol. Les commis, au pied de la tribune, relevèrent la tête avec curiosité.

— Lot cent soixante-seize ! clama le commissaire-priseur. Domaine de Mount Silver.

— Onze ! hurla une voix.

Dans la salle, deux hommes bondirent, les bras tendus en avant.

— Trois !

Flossie s'enroula dans ses fourrures, passionnée.

— Onze-trois ! cria le commissaire-priseur.

Les fauteuils des premiers rangs avaient été remplacés pour l'occasion par plusieurs rangées de bureaux, chacun au nom de la firme de son occupant. Van Huys. Les frères Riven. Dubois. Yen. Steiner. James Ogden. Hartz. Ormerod. Rhodes. Markino. James Barnett. Vêtus de leur plus beau costume, les acheteurs étaient venus du monde entier pour cette vente d'été à la criée. Chacun semblait avoir été sélectionné par sa société pour représenter au mieux son pays. Le délégué de Van Huys, par exemple, au crâne rond coiffé d'un feutre doux ; celui de chez Dubois, mince, élégant, doté d'une fine moustache ; le vieux Jimmy Ormerod, qui se représentait lui-même, hennissait comme un pur-sang à en devenir violacé, tandis que Hartz, avec ses lunettes cerclées d'écaille, préférait aboyer ; il y avait aussi M. Kurata Kan, envoyé par la maison Markino, qui s'exprimait par petits cris de castrat. Tous avaient devant eux un catalogue, qu'ils consultaient attentivement. De temps en temps, tels les membres d'un chœur bien entraîné, ils tournaient la page à l'unisson. Le discours du commissaire-priseur était ininterrompu et monotone, pourtant, par moments, ces marionnettes menées par leur chef marionnettiste s'agitaient violemment avant de retomber dans un silence nerveux. Certains, leur papier devant les yeux, attendaient un lot en particulier. D'autres prenaient des notes. La plupart d'entre eux fumaient, et c'était entre les volutes bleutées que les voyait Flossie Rubrick.

Au fond, près des portes et sous la galerie, se tenaient par petits groupes d'autres hommes endimanchés, aux figures ridées par le soleil. Les éleveurs, les lainiers, les régisseurs. Du comportement de leurs acheteurs dépendait leur avenir pour les douze mois suivants. Car cette vente aux enchères venait couronner, voire sanctionner la saison, elle était le but de toute une année de labeur. Les longs périples dans la brousse, les nuits passées auprès des bergers dans des cabanes en tôle accrochées aux flancs des montagnes, les neiges tardives provoquant la panique dans les enclos à l'époque de l'agnelage, les bains, la tonte, le parcours jusqu'à la ville avec les balles de laine... Flossie aperçut son mari, Arthur Rubrick. Elle agita vigoureusement la main. Les hommes qui l'entouraient la lui montrèrent du doigt. Il hocha vaguement le menton et entreprit de se frayer un chemin jusqu'à elle. Dès qu'il eut atteint les marches de la scène, elle l'interpella :

— Regarde où je suis ! Viens vite ! Viens vite me rejoindre !

Il s'exécuta, mais sans enthousiasme.

— Que fais-tu ici, Flossie ? Tu devrais être dans la salle.

— Ça ne m'aurait pas plu du tout !

— Tout le monde te regarde !

— Et alors ? Cela ne me gêne en aucune façon ! affirma-t-elle bien fort. A quand notre tour, mon chéri ? Montre-moi !

— Chut ! murmura-t-il, affligé, tout en lui tendant à contrecœur son catalogue.

Flossie tripota sa lorgnette, ouvrit le catalogue d'une main délicatement gantée de blanc et parcourut les listes.

— Ah ! on tourne la page ! s'exclama-t-elle, ravie. Voyons, voyons, où en sommes-nous ?

Son époux émit une sorte de râle et remua la tête.

— Lot cent quatre-vingts ! annonça le commissaire-priseur.

— Treize !

— Moitié ! hurla le vieil Ormerod.

— Trois !

— Quatorze !

M. Kurata Kan, sautillant comme une puce, s'était exprimé une fraction de seconde avant Ormerod.

— C'est le meilleur prix ! s'écria Flossie. C'est le meilleur prix, n'est-ce pas, mon chéri ? Nous avons obtenu le prix le plus fort ! Ah ! qu'il est mignon, ce petit Japonais !

Quelques rires flottèrent dans l'assistance. Le commissaire-priseur sourit. Les deux gardiens à l'entrée des artistes s'écartèrent, la main sur la bouche pour ne pas pouffer. Arthur Rubrick, dont le visage était toujours plus ou moins cyanosé, devint cramoisi. Flossie battit des mains.

— N'est-il pas adorable ? Arthur, n'est-il pas un amour de petit acheteur ?

— Flossie, je t'en prie !

Mais Flossie hochait le menton en direction de M. Kurata Kan, lequel se rendit enfin compte qu'elle cherchait à attirer son attention. Il plissa les paupières, sa lèvre supérieure dévoila un croissant de dents d'une blancheur éclatante, et il salua.

— Na ! soupira Flossie, enchantée, en se dirigeant vers la sortie, suivie de près par son mari complètement déconfit. C'est épatant, non ?

Il l'entraîna dans l'étroite cour.

— J'aimerais que tu sois plus discrète, ma chérie. Franchement, cette façon de signaler ta présence à ce Japonais ! Nous ne le connaissons pas !

— Non, mais cela ne saurait tarder. Tu vas l'appeler, mon chéri, et nous l'inviterons à passer un week-end à Mount Moon.

— Oh, non, Flossie ! Mais en quel honneur ?

— Je suis pour les relations amicales. Et puis, il a payé ma laine au prix le plus fort. J'ai envie de le rencontrer.

— Ce puceron glapissant ? Je me méfie de ces gens-là, Floss. Comme de la peste. Ils sont nos ennemis naturels.

— Mon chéri, tu es antédiluvien ! Dans un instant, tu vas me brandir la menace du Péril Jaune !

Elle eut un mouvement de tête, et une boucle teinte couleur d'or glissa sur son front.

— Nous sommes en 1939, ne l'oublie pas ! conclut-elle.

1942

Par une magnifique journée d'été du mois de février 1942, M. Sammy Joseph, acheteur délégué de la Riven Brothers Textile Manufactory, inspectait les entrepôts de laine avec le magasinier. Les fenêtres avaient toutes été noircies à la peinture, aussi, à leur arrivée, le vieil employé avait-il allumé l'unique lampe, faisant ressortir tout autour les balles de laine empaquetées de toile de jute. L'éclairage donnait aux deux hommes un aspect cadavérique. Leurs voix étaient étouffées, les murs tapissés de rangées de laine tuant tout écho. L'atmosphère était oppressante.

— Depuis quand achetons-nous de la laine de mouton mort, monsieur Joseph ?

— Jamais ! répliqua sèchement celui-ci. Pourquoi ?

— Il y en a un lot, tout au bout.

— Pas chez nous.

— Je suis pourtant prêt à le parier.

— Quelle mouche vous a piqué ? Pourquoi dites-vous qu'elle est pourrie ?

— Ecoutez, monsieur Joseph, je connais mon boulot, non ? Je sais reconnaître une laine pourrie d'une laine saine. Elle pue !

— Allons ! Allons ! Où est-elle, cette fameuse balle ?

— Par ici. Venez.

Au fur et à mesure de leur avance, le magasinier alluma d'autres ampoules. Lorsqu'ils furent à destination, il désigna d'un coup de pouce le tout dernier paquet.

— Sentez, monsieur Joseph.

Sammy Joseph s'accroupit et renifla.

— C'est un lot en provenance de Mount Moon, constata-t-il.

— Oui, je sais. Il pue, non ?

— En effet.

— Je vous le dis ! De la laine de mouton mort !

— Jamais de ma vie je n'ai commis une telle faute professionnelle. Et ce que nous prenons à Mount Moon a toujours été d'une irréprochable qualité. D'ailleurs, quand il s'agit d'un mouton mort, l'odeur s'estompe après la tonte. Vous le savez aussi bien que moi. Non, je pense plutôt que c'est un rat mort. Vous avez regardé ?

— Oh, oui, monsieur Joseph. L'odeur vient du centre.

— Découpez-moi ça ! ordonna l'acheteur.

Le magasinier sortit son couteau et enfonça la lame dans la toile de jute, sous le regard attentif de Sammy Joseph. Le silence n'était plus brisé que par les soupirs des chevrons au-dessus de leurs têtes.

— Il fait chaud, se plaignit Sammy. Le vent du nord-ouest s'est levé.

— Oui, c'est étouffant, acquiesça le magasinier.

Les filaments de toile s'écartèrent, laissant apparaître un arrondi de laine blanche.

— Sentez-moi ça ! C'est horrible ! Approchez-vous donc !

— Non, merci, je le sens d'ici. Je n'y comprends rien. D'autant que ce n'est même pas un assortiment de ventrale. Ceux-là ont toujours un petit relent désagréable, mais ce n'est pas comparable... Une cigarette ?

— Volontiers, monsieur Joseph.

— C'est à l'intérieur, vous avez raison. Ils ont dû y empaqueter quelque chose par erreur sous la presse. Un rat.

— Décidément, vous y tenez, à votre rat !

— Sortez-moi cette laine de là, ordonna M. Joseph, tout en jetant un coup d'œil sur son impeccable costume. Vous êtes en bleu de travail, ajouta-t-il.

Le magasinier s'exécuta.

— Attendez, monsieur Joseph ! Elle est trop tassée. Je vais chercher un crochet... Là... Beurk ! C'est affreux !

M. Joseph ramassa quelques bouts de laine, les examina, les laissa retomber.

— C'est intenable, souffla-t-il. Mais qu'est-ce qui vous prend ?

Le magasinier avait émis un juron impossible à traduire ici. Joseph se tourna vers lui. Sa main gantée avait disparu dans la fissure du sac, il avait les yeux ronds, la bouche grande ouverte.

— Je touche quelque chose.

— Avec le crochet ?

— Oui. Je ne veux pas regarder.

— Pourquoi ?

— Je m'y refuse.

— Pourquoi donc ?

— C'est un lot en provenance de Mount Moon.

— Oui, je sais, et alors ?

— Vous ne lisez donc jamais les journaux ?

Sammy Joseph blêmit.

— Vous êtes complètement fou !

— Elle a disparu depuis trois semaines, si je ne m'abuse ! J'ai fait la dernière guerre, moi ! Je sais ce que me rappelle cette puanteur. Les Flandres.

— Allons, bon ! Calmez-vous !

Le magasinier ressortit le bras.

— Vous avez laissé votre crochet à l'intérieur.

— Merde pour le crochet !

— Récupérez-le, Alf.

— ...

— Mais enfin ! Un peu de tenue ! Récupérez votre crochet !

Alf dévisagea Sammy Joseph d'un regard noir. Au-dessus, une tôle remua sur le toit.

— Allons ! insista Sammy. Ce ne peut être qu'un rat !

Le magasinier replongea la main dans la laine, tâtonna, la ramena, contempla son instrument d'un air ahuri.

— Regardez ! Attention !

D'un geste impérieux, il repoussa Sammy Joseph, se pencha en avant et vomit. Le crochet tomba aux pieds de l'acheteur. Une boucle dorée s'enroulait autour du croc.

1

Alleyn au domaine de Mount Moon

1943

La camionnette quitta le bourg au pied du col. Elle grimpa l'abrupte route de montagne jusqu'à ce que ses passagers aperçoivent le toit de tôle du pub et une ferme jouet d'enfant autour de laquelle évoluaient chevaux et moutons miniatures. Au-delà se succédaient collines, gorges et bosquets, menant à un plateau large d'une centaine de kilomètres.

Bien que leurs sommets fussent cachés par une épaisse couche nuageuse, les monts entourant le col apparaissaient de plus en plus formidables. L'intervalle entre plafond et sol s'amenuisait. Le pic jaillissait vers le ciel. Quelques gouttes tombèrent.

— Allons-nous à la rencontre du mauvais temps ? s'enquit le passager assis à l'avant.

— Nous le laissons derrière nous, plutôt, répondit le conducteur.

— Ah bon ?

— Regardez-moi ce ciel, monsieur.

Le voyageur baissa sa vitre et se tordit le cou pour regarder plus au loin.

— L'horizon est bien noir, mais l'air sent bon.

— Attendez un peu, vous allez voir.

Il remonta sa vitre et fixa docilement le pare-brise inondé. Il ne voyait rien qui pût justifier les prédictions du chauffeur. Le col semblait s'être perdu dans le brouillard et la pluie. A présent, la route surplombait un ravin dans le lit duquel courait un ruisseau. L'homme au volant changea de vitesse, le moteur gémit, puis rugit ; les cailloux volèrent, heurtant violemment le plancher.

— Tiens ! s'écria le passager. Nous y sommes ?... Seigneur ! C'est incroyable !

Les crêtes des montagnes s'étaient brusquement écartées vers la gauche et vers la droite, et devant eux trônait un carré de ciel d'un bleu éclatant. Comme ils l'atteignaient, le rideau de nuages et de pluie se déchira pour se refermer aussitôt derrière eux. Ils avaient basculé dans un autre univers.

Le plateau, immense et haut perché, était lui-même encerclé de montagnes couronnées de neiges éternelles et entrelacé de torrents. Trois lacs d'une étrange couleur verte s'étalaient à sa surface nue et dorée sous des cieux brillants comme le manteau d'un paladin. Les collines étaient parsemées de gigantesques touffes d'herbes sauvages, mais il n'y avait pas de forêts. Ici et là, séparés par d'innombrables kilomètres, surgissaient des boqueteaux de pins ou de peupliers de Lombardie, marquant les demeures solitaires des éleveurs de moutons. L'air était d'une limpidité, d'une pureté extraordinaires.

De nouveau, le passager baissa sa vitre, maintenant couverte de buée sous la chaleur du soleil. Il se retourna. Du nuage noir, il ne voyait presque plus rien.

— C'est un autre monde ! constata-t-il.

Le conducteur tendit la main vers l'endroit près du tableau de bord où il stockait ses cigarettes. Son blouson de cuir exhalait une désagréable odeur d'huile de poisson. Le passager songea qu'il était pressé d'arriver.

— Où est le domaine de Mount Moon ? s'enquit-il.

Son compagnon pointa l'index vers la gauche.

— Par là. Ils vous attendent à la fourche.

La route, pâle ruban rayant le paysage, se dirigeait tout droit vers le centre du plateau, puis, plus loin, se divisait devant les remparts montagneux. Le passager remarqua une automobile, encore minuscule, mais bien visible, à cet endroit.

— C'est la voiture de M. Losse, annonça le chauffeur.

Le passager sortit de sa poche une lettre, dont quelques phrases lui revenaient pêle-mêle à l'esprit. « ... et la situation est désormais digne d'un roman policier... L'atmosphère est terriblement tendue. L'on aurait pu croire qu'avec le temps, tout cela s'atténuerait. Mais non. Plus d'une année s'est écoulée depuis... Je ne me serais pas permis de vous déranger, s'il n'y avait eu ces invraisemblables sous-entendus à propos d'une affaire d'espionnage... refuse d'être soumis plus longtemps à ce type de tourments... » Il arriva à la signature, à la calligraphie pointue, irritée : « Fabian Losse ».

Suivi d'un énorme nuage de poussière, le véhicule entreprit la traversée du plateau. Loin devant, les hauts sommets se succédaient jusqu'au pic le plus célèbre, le pic d'Aorangi, dit le Perceur de Nuages. Le passager était tellement absorbé par la contemplation de tant de beauté qu'il vit à la toute dernière minute les panneaux à angles droits indiquant d'un côté la route principale du sud, et, de l'autre, le domaine de Mount Moon.

Rien ne troublait le silence. L'air était frais, ravigotant. Un grand jeune homme en veste marron et pantalon gris vint ouvrir la portière.

— Monsieur Alleyn ? Je me présente : Fabian Losse.

Il prit le sac postal des mains du conducteur, lequel s'empressa de vider le coffre des bagages d'Alleyn et de cartons remplis de vivres pour la maisonnée. Suivie de son inévitable nuage de poussière, la camionnette partit vers le sud, tandis qu'Alleyn et Losse empruntaient le chemin de Mount Moon.

— Votre visite me soulage d'un poids énorme, monsieur, avoua Losse après qu'ils eurent parcouru en silence plusieurs kilomètres. J'espère ne pas vous avoir induit en erreur avec mes obscures allusions à une affaire d'espionnage. Elles ne pouvaient être qu'obscures, vous comprenez, car elles ne sont basées que sur des supputations. En ce qui me concerne, tout cela me paraît assez douteux, et je n'y crois pas un seul instant. Cependant, je m'en suis servi comme appât.

— Quelqu'un y croit-il ?

— Douglas Grace, le neveu de ma défunte tante, y croit dur comme fer. Il tenait beaucoup à venir à votre rencontre pour vous convaincre de ses idées, mais je ne me suis pas laissé faire. Après tout, c'est moi qui vous ai écrit, pas lui.

La route s'était rétrécie et n'était plus qu'un sentier cahoteux.

— Je ne pensais pas que vous accepteriez mon invitation, avoua Losse.

— Ah non ?

— Non. Evidemment, si Flossie ne m'avait pas parlé de vous, je n'y aurais pas pensé. C'est curieux, non ? Horrible, aussi, d'une certaine façon. Vous vous êtes connus peu de temps avant le drame, il me semble ? Je me rappelle qu'elle est revenue d'une de ses réunions parlementaires (vous savez qu'elle était membre du Parlement, bien sûr) un jour en s'extasiant sur vos mérites et sur la mission que vous deviez mener à bien dans notre pays. « Je ne vous dis rien que vous ne sachiez déjà, évidemment, mais si vous vous imaginez qu'il n'y a personne ici de la cinquième colonne... » Elle s'attendait plus ou moins à être intégrée dans une sorte de convention secrète, je crois. Cependant, d'après mes renseignements, il ne s'est jamais rien passé. Vous a-t-elle invité au domaine de Mount Moon ?

— Oh oui ! C'était très gentil à elle. Malheureusement, j'avais...

— Je sais, je sais... des problèmes plus pressants à traiter. Nous vous imaginions doté d'une fausse barbe et vous esquivant derrière les geysers.

Alleyn sourit.

— Vous pouvez éliminer la fausse barbe.

— Mais pas les geysers ? Enfin ! Comme l'aurait dit Flossie, dans la cinquième colonne, la meilleure des armes est la curiosité. Flossie était ma tante par alliance, ajouta tout d'un coup Fabian. Son mari, l'admirable et patient Arthur, était mon oncle « de sang », si je puis dire. Il lui a survécu six mois. Etrange, n'est-ce pas ? Tant qu'elle a été en vie, et bien qu'il souffrît d'endocardite chronique, elle ne lui a infligé aucun mal sérieux. Morte, elle l'a achevé. J'espère que vous n'allez pas me croire sans cœur.

— Je me demande si le décès de Mme Rubrick n'a été un choc que pour son mari, murmura Alleyn.

— Certainement pas ! s'exclama Fabian, avant de jeter un coup d'œil à la dérobée vers son invité. Heu... Ce que vous voulez dire, en fait, c'est que je cherche à masquer mon désarroi en optant pour l'humour noir, n'est-ce pas ?

Il se réfugia plusieurs minutes dans un mutisme songeur, puis :

— Si votre tante par alliance était découverte compressée dans une balle de laine, accepteriez-vous cette nouvelle sans broncher ? Oui, ou non ? Etant donné votre métier, peut-être que oui.

Il marqua une pause, puis avoua très vite, comme s'il émettait une obscénité :

— C'est moi qui ai dû l'identifier.

— Ne croyez-vous pas que le moment serait bien choisi pour me raconter toute l'histoire depuis le début ?

— Justement, c'était mon idée. Pardonnez-moi. D'instinct, j'ai tendance à vous considérer comme l'omniscience incarnée. Un oracle. Quelqu'un que l'on consulte, mais à qui l'on ne fournit aucun renseignement. A propos, que savez-vous ?

Alleyn, qui avait pourtant beaucoup fréquenté la jeunesse, se demanda si les caractéristiques de cette nouvelle génération étaient l'agitation et le saut du coq à l'âne. Il savait que Fabian Losse avait joué son rôle dans la guerre. Qu'était-il donc venu faire en Nouvelle-Zélande ? Etait-il encore, comme il l'avait suggéré lui-même, sous l'emprise du choc ?

— Après tout, reprit-il, je ne tiens pas à vous assommer en vous répétant tout ce que vous savez déjà.

— Lorsque j'ai décidé de répondre à votre appel, j'ai étudié le dossier, bien sûr. J'ai eu un long entretien avec le sous-inspecteur Jackson, lequel, comme vous le savez, est chargé de l'enquête.

— Il n'a su qu'éclater en sanglots et se détourner ! s'indigna Fabian. Au fait, vous a-t-il montré ses notes ?

— J'ai obtenu un droit d'accès à toutes les archives.

— Je vous plains... et je suis à peu près persuadé qu'en comparaison de ces documents, même ma version vous semblera un modèle de lucidité et de concision.

— Justement, je suis tout ouïe, trancha Alleyn. Imaginez que je ne sache absolument rien.

Tout en conduisant à quatre-vingt-dix kilomètres à l'heure, Fabian s'offrit une cigarette, gratta une allumette sur son tableau de bord, l'éteignit soigneusement avant de la jeter par la portière dans l'herbe desséchée.

— Au cours de la soirée du dernier jeudi du mois de janvier 1942, commença-t-il comme s'il récitait une leçon bien apprise, ma tante par alliance Florence Rubrick, Arthur Rubrick (son époux, mon oncle), Douglas Grace (son propre neveu), Miss Terence Lynne (sa secrétaire), Miss Ursula Harme (sa pupille) et moi-même étions assis sur la pelouse du tennis de Mount Moon. Il était question d'un meeting patriotique qui devait avoir lieu dix jours plus tard dans la lainerie. Membre du Parlement, Flossie assurait en même temps la présidence d'un comité de réhabilitation locale fondé par elle-même, et dont la mission était de transformer d'honnêtes soldats en éleveurs désemparés. Les participants boiraient bière ou thé et danseraient. Flossie, perchée sur une estrade improvisée près de la presse, leur adresserait un discours de trois quarts d'heure. Notre Flossie était une infatigable oratrice. Vous saisirez sans doute l'essence de sa personnalité si je vous précise qu'elle commença par annoncer son intention de nous abandonner au bout de dix minutes pour aller écouter ce que pouvait donner sa voix dans la lainerie. Nous étions épuisés. La nuit était chaude, étouffante. Flossie, qui prétendait mieux réfléchir en marchant, nous avait promenés d'un bout à l'autre de la roseraie ; nous avions eu droit aussi à un passage dans les serres et entre les framboisiers. Dégoulinants de transpiration, harassés par une partie de tennis après le repas, nous l'avions suivie à contrecœur. Durant cette promenade, elle avait sur elle une veste ornée de deux broches en diamants. Lorsque enfin nous avons eu le droit de nous écrouler dans l'herbe, Flossie, échauffée elle aussi par ses discours, s'était débarrassée de son vêtement et l'avait jeté sur le dossier de sa chaise. Une vingtaine de minutes plus tard, alors qu'elle s'apprêtait à le remettre, l'une des broches manquait à l'appel. Ce fut Douglas (l'andouille !) qui découvrit cette perte, alors qu'il l'aidait à se rhabiller. Fidèle et efficace comme à son habitude, il proposa alors que tout le monde parte à la recherche du bijou volatilisé. Au bord de l'apoplexie, nous nous sommes donc soumis à cette corvée, merveilleusement organisée par Douglas, bien sûr. Celui-ci devait inspecter les parterres de roses, celui-là, les serres. Je fus expédié au potager. Encouragée par son neveu adoré, Flossie nous engagea à ratisser le terrain au peigne fin. Sur ce, elle eut le culot de nous annoncer que pendant ce temps, elle en profiterait pour exercer sa voix dans la lainerie. Elle s'en fut donc le long d'une allée bordée de lavande. Apparemment, c'est la dernière fois qu'elle fut aperçue vivante.

Fabian se tut, observa Alleyn à la dérobée, inhala une bouffée de fumée.

— J'oublie l'exception qui confirme la règle ! déclara-t-il. C'est la dernière fois qu'elle fut aperçue vivante, sauf par son meurtrier. Elle reparut quelques trois semaines plus tard chez les frères Riven, pressée dans une balle de laine du domaine de Mount Moon. La pauvre ! Vous ai-je signalé qu'à l'époque de sa disparition nous étions en pleine saison de tonte ? Mais vous le saviez, je suppose.

— Avez-vous suivi ses instructions, pour la broche ?

Fabian ne répondit pas tout de suite.

— Avec un enthousiasme restreint, du moins de ma part. Mais oui, nous avons cherché. Pendant quarante-cinq minutes, environ. Et juste au moment où nous allions nous arrêter parce que la nuit tombait, Arthur, son mari, la retrouva dans un bouquet de zinnias qu'il avait pourtant exploré une bonne douzaine de fois. A bout de forces, nous avons réintégré la maison. Les autres s'offrirent un whisky-soda dans la salle à manger. Je n'ai pas le droit de boire de l'alcool. Ursula Harme alla rendre sa broche à Flossie. La lainerie était dans l'obscurité. Flossie n'était ni dans son boudoir, ni dans son bureau. Parvenue devant la porte de sa chambre, Ursula se retrouva devant l'exaspérant avis que Flossie avait la manie d'y accrocher lorsqu'elle ne voulait pas être dérangée.

« "Vous êtes prié de ne pas frapper.

Pour toute réponse je ronflerai."

« Agacée, mais à peine étonnée, Ursula gribouilla la bonne nouvelle sur un bout de papier qu'elle glissa sous la porte avant de descendre nous rejoindre. Nous nous sommes couchés, tous persuadés que Flossie était au fond de son lit. Je poursuis, monsieur ?

— Je vous en prie.

— Flossie devait prendre à l'aube la voiture postale, puis le train et le ferry qui la mèneraient, en principe dans la matinée du lendemain, à la ville où siège le gouvernement. A la veille de ces voyages, elle se retirait toujours assez tôt. Gare à celui qui avait l'audace de venir la déranger !

La voiture cahotait inlassablement sur le chemin. Ils se rapprochaient des collines, à présent, et les montagnes les dominaient de toute leur taille. Entre les rochers isolés et les touffes d'herbes éclairées comme des torches par le soleil, s'étalaient de vastes taches de terre aride. Plus loin, des peupliers de Lombardie jaillirent soudain par-dessus la courbe dénudée d'une colline, et derrière eux, une colonne de fumée bleue.

— Personne ne s'est levé aux aurores pour saluer Flossie, continua Fabian. La voiture postale part à cinq heures et demie. C'est un arrangement que nous avons. C'est un fermier habitant à quinze kilomètres d'ici qui, trois fois par semaine, assure le lien avec le véhicule gouvernemental que vous avez pris tout à l'heure. En général, Tommy Johns, le régisseur, conduisait Flossie jusqu'au portail de la propriété. Elle l'appelait au moment où elle était prête à partir. N'ayant aucune nouvelle ce matin-là, il a pensé que l'un d'entre nous l'avait emmenée. C'est ce qu'il prétend, en tout cas. Toujours est-il qu'il ne s'est pas inquiété outre mesure. Quant à nous, nous étions convaincus qu'elle s'en était allée comme d'habitude avec lui. Personne ne s'est soucié d'elle un seul instant. Dans nos esprits, elle assistait à sa session parlementaire, courant d'une réunion à l'autre dans la joie et la bonne humeur. Elle avait expliqué à Arthur qu'elle prévoyait d'intervenir lors d'un des débats publics. Il a mis la radio, et a été déçu de ne pas l'entendre... Nous nous sommes dit qu'elle se réservait pour plus tard... Le jour de son départ supposé, le camion communal est passé chercher nos balles de laine. C'est moi-même qui en ai surveillé le chargement.

Une pluie de petits cailloux s'abattit sur le pare-brise. Fabian laissa tomber sa cigarette et l'écrasa sous son talon. Les phalanges de ses mains étaient blanches, tant il s'accrochait à son volant. Il s'exprima avec plus de lenteur et moins d'affectation :

— J'ai regardé le camion s'éloigner. L'allée est longue. Je l'ai vu bifurquer sur ce chemin, accélérer. Tenez ! Voyez la lainerie, là-bas. Ce long bâtiment recouvert d'un toit de tôle. La maison est invisible, elle se cache derrière les arbres.

— Hum... C'est loin ?

— Encore huit kilomètres, environ. Ici, tout paraît beaucoup plus près qu'en réalité, tant l'air est pur. Mais si cela ne vous ennuie pas, je vais me garer un moment pour vous raconter la fin de mon histoire.

— Je vous en prie.

Alleyn savoura le silence, huma l'atmosphère empreinte de parfums d'herbe, de terre et de lichens. Là-bas, dans les collines, un troupeau de moutons paissait tranquillement. Paysage paisible, paysage de rêve...

— Remarquez, je n'ai plus grand-chose à dire. Nous avons compris que quelque chose ne tournait pas rond le cinquième soir. Un télégramme est arrivé, de la part d'un de ses confrères, membre du Parlement. Il voulait savoir pourquoi Flossie n'avait pas assisté aux débats. Notre sentiment fut tout d'abord d'impuissance et de désarroi. Nous ne savions plus que penser. Nous nous sommes dit tout d'abord que pour une raison inconnue, elle avait modifié ses plans et qu'elle n'avait pas quitté l'île du Sud. Arthur appela son club et quelques-unes de ses amies. Puis il contacta ses avocats. Elle avait un rendez-vous... qu'elle avait raté. Elle voulait modifier son testament. Ne la voyant pas venir, ils avaient simplement pensé qu'elle renonçait de son plein gré à y apporter un quelconque changement. Flossie était une maniaque des codicilles... Ensuite, il y eut toute une succession de petites découvertes. Terry Lynne trouva la valise de Flossie, toute prête, dans le fond d'une armoire. Son sac à main, son billet et son argent étaient dans un tiroir de sa coiffeuse. Tommy Johns annonça qu'il n'avait pas conduit Flossie à la fourche. Les recherches commencèrent, vaguement tout d'abord, puis de plus en plus organisées et systématiques... La rivière Moon parcourt un ravin, au bout du parc. Flossie s'y rendait parfois dans la soirée. Pour mieux réfléchir, assurait-elle. Lorsque enfin les policiers intervinrent, leur première initiative fut de fouiller de fond en comble les alentours, puis d'attendre que le corps de notre pauvre Flossie resurgisse en fin de parcours du torrent. Ils attendaient toujours, lorsque le magasinier des frères Riven eut l'horrible surprise de la découvrir dans sa balle de laine. Mais il était trop tard, alors, pour suivre une piste quelconque, la lainerie avait été nettoyée, les tondeurs étaient repartis, il avait plu, personne ne se rappelait avec précision les événements de la soirée fatale... Vos collègues tentent désespérément de jouer le jeu. De temps en temps, ils reviennent nous poser encore quelques questions. Toujours les mêmes. Voilà, c'est à peu près tout.

— Votre résumé me semble clair. Malheureusement, je vais devoir, comme mes collègues tant détestés, vous poser quelques questions.

— Je me résignerai à vous répondre.

— Tant mieux. La maisonnée a-t-elle changé depuis la mort de Mme Rubrick ?

— Arthur est décédé d'une crise cardiaque six mois après la disparition de sa femme. Nous avons engagé une gouvernante, une vieille cousine d'Arthur, qui s'appelle Mme Aceworthy. Sinon, tout est pareil.

— Il y a donc vous-même, le capitaine Grace, neveu de Mme Rubrick, Miss Ursula Harme, sa pupille, et Miss Terence Lynne, sa secrétaire. Et les domestiques ?

— Il y a une cuisinière, Mme Caneton (si, si !), qui est à Mount Moon depuis plus de quinze ans, et un majordome, Markins. Je vous expliquerai plus tard comment il est arrivé là. Un phénomène. Les majordomes sont une espèce rarissime, en ce pays.

— Et le personnel du domaine ? D'après ce que j'ai lu, il y aurait eu un certain Thomas Johns, son épouse et leur fils Cliff, ainsi qu'un homme à tout faire, Albert Black, trois bergers, cinq tondeurs saisonniers, un ramasseur de laine, trois stagiaires, deux jardiniers, un vacher et un cuisinier. Est-ce exact ?

— Tout à fait, vacher compris. Je vois que je n'ai plus rien à vous dire.

— La nuit de la disparition, tondeurs, jardiniers, stagiaires, cuisinier, ramasseur, bergers et vacher s'étaient rendus au bal, à une vingtaine de kilomètres d'ici, n'est-ce pas ?

— A la salle des fêtes de Lakeside, en effet. Par là, précisa Fabian, coup de tête à l'appui. Arthur leur avait confié le camion de la ferme. Nous avions assez d'essence, en ce temps-là.

— Restaient donc les habitants de la maison, la famille Johns, Mme Caneton, l'homme à tout faire et Markins ?

— Parfaitement.

Alleyn croisa ses longues mains autour de son genou et se tourna vers son compagnon.

— Monsieur Losse, voulez-vous me dire au juste pourquoi vous m'avez demandé de venir ?

Fabian abattit sa paume ouverte sur le volant.

— Je vous l'ai expliqué dans ma lettre ! Je vis un cauchemar. Voyez cet endroit. Le voisin le plus proche est à vingt kilomètres. Le mois de janvier est revenu, j'ai vu les mêmes hommes, observé les mêmes rituels, vécu les mêmes soirées, à humer les parfums de lavande, de chèvrefeuille et de laine huileuse... Tout a recommencé comme avant. Les tondeurs ne cessent d'en parler. Ils se taisent dès que nous nous approchons, mais à la moindre pause-cigarette, au moindre arrêt, hop ! ils évoquent le meurtre. En ce moment, ils se servent de la presse, bien sûr. L'autre soir, j'ai surpris l'un des stagiaires accroupi dessus, tandis que les autres l'entouraient de restes de laine. « Pour voir... » Seigneur ! Quelles andouilles !... Quant à nous, nous n'en parlons jamais. Depuis des mois, nous refoulons nos angoisses. C'est mauvais pour tout le monde. De surcroît, cela me gêne dans mon travail. Je ne fais plus rien.

— Justement, votre travail...

— La police vous a sûrement prévenu.

— J'en avais déjà entendu parler au quartier général de l'armée. Il empiète sur la mission pour laquelle j'ai été envoyé ici.

— Sans doute... Oui, évidemment, concéda Fabian.

— Car vous êtes au courant, je crois, que ma visite a un but spécifique ? Je suis ici pour enquêter sur d'éventuelles fuites d'informations au profit de l'ennemi. Mon métier d'inspecteur de la police judiciaire en temps de paix n'a aucun rapport avec celui que j'exerce actuellement. S'il n'existait pas cette infime possibilité d'un lien entre la mort de Mme Rubrick et le problème qui nous préoccupe, je ne serais pas ici aujourd'hui. C'est aux ordres de mes collègues que je me suis soumis.

— Mon appât a donc servi. Et que pensez-vous de ma petite invention ?

— J'ai vu les plans. Je n'y comprends rien, naturellement. Je ne suis pas canonnier. Cependant, j'ai pu en apprécier l'importance et comprendre l'extrême nécessité qu'il y a de garder secret votre travail. C'est de là, je suppose, qu'est née la crainte d'une affaire d'espionnage ?

— Oui. Selon moi, la proposition est absurde. Nous œuvrons dans une pièce fermée à double tour lorsque nous n'y sommes pas ; de plus, tous les papiers et le matériel sont soigneusement rangés dans un coffre-fort.

— Nous ?

— Douglas Grace m'assiste. Il s'est chargé de tout le côté pratique. Je me contente de la théorie pure. J'étais en Angleterre quand la guerre a éclaté et j'ai pris une part pas du tout glorieuse dans la désastreuse campagne de Norvège. J'y ai attrapé une fièvre rhumatismale, mais par un extraordinairement mauvais sens de la synchronisation, j'ai été guéri juste à temps pour recevoir un coup sur la tête à Dunkerque.

Fabian se tut un instant, hésitant.

— Heu... Plus tard, ma santé étant à peu près stabilisée, je fus envoyé en mission en Angleterre. C'est là que mon idée a germé, mais j'ai craqué de nouveau, et cette fois, ils m'ont jeté dehors pour de bon. J'étais trop secoué pour me défendre, et c'est ainsi que Flossie, de passage dans le pays, m'a convaincu de rentrer avec elle. Elle avait l'habitude des invalides, insista-t-elle. Elle faisait allusion à l'endocardite chronique de ce pauvre vieil Arthur. Bref... C'est peu après mon arrivée ici que j'ai commencé à approfondir mon idée.

— Et son propre neveu ? Douglas Grace ?

— Il suivait des études d'ingénieur à Heidelberg en 1939, mais, sur le conseil de quelques-uns de ses amis allemands, il a préféré tout arrêter et retourner en Angleterre. J'en profite pour vous préciser que, contrairement à ce que croit le sous-inspecteur Jackson, Douglas n'agit pas pour le compte d'Hitler ou de ses sbires. Il s'engagea dans l'armée dès son retour en Angleterre, et fut aussitôt intégré dans une unité néo-zélandaise. Mais peu après, il eut les fesses rougies en Grèce par la Luftwaffe. Lorsqu'il fut démobilisé, Flossie le tira de là. Il a toujours été fort habile de ses mains. Il possédait en outre plusieurs instruments des plus utiles. Je le mis dans le coup. En fait, c'est Douglas, l'obsédé ; c'est lui qui affirme que, d'une manière ou d'une autre, le décès de tante Flossie a un rapport avec notre batteur à œufs. Car c'est ainsi que nous l'avons baptisé, notre détonateur magnétique.

— Pourquoi en est-il persuadé ?

Fabian ne répondit pas.

— A-t-il des informations suscep...

— Ecoutez-moi bien, monsieur Alleyn, coupa Fabian. Je vais vous dire pour quelle raison vous êtes ici. Cela ne vous plaira peut-être pas, mais c'est ainsi. Vous êtes en possession de toutes sortes de renseignements au sujet de cette affaire, n'est-ce pas ? Toutes ces archives ! Vous savez, par exemple, que n'importe lequel d'entre nous aurait pu quitter le tennis et descendre à la lainerie. Vous savez aussi sans doute qu'à part une extrême irritation (et Dieu sait qu'elle pouvait être exaspérante !) aucun d'entre nous n'avait un mobile sérieux pour vouloir tuer Flossie. Nous étions plutôt heureux. Flossie était autoritaire, mais nous nous en accommodions tous.

Il marqua une pause.

— Enfin... presque tous. Bref... Flossie a été assassinée. Elle devait garder un secret qu'un seul d'entre nous connaissait. Quelque chose de monstrueux, pour qu'elle mérite un tel sort. Quelque chose qui soit en totale opposition avec son personnage tel que je le conçois, en tout cas. Vous qui débarquez, vous qui êtes un expert en la matière, peut-être réussirez-vous à résoudre le mystère à partir de toutes nos déclarations réunies. Mais je délire...

— Vous savez, d'autres femmes avant elle ont été tuées sans motif particulier, pour s'être mêlées par erreur de problèmes ne les concernant pas. Et puis... je ne suis qu'un modeste policier en territoire étranger. Vous auriez tort de trop miser sur ma personne.

— En tout cas, vous ne vous moquez pas de moi, c'est au moins cela, soupira Fabian, visiblement soulagé.

— Bien sûr que non, quoique je ne vous comprenne pas complètement non plus.

— L'enquête officielle n'a rien donné. Elle traîne depuis un an. Ce n'est qu'une succession de détails sans queue ni tête. D'ailleurs, vous les avez relevés dans ces fameuses archives. Mais vous n'y avez rien trouvé qui donne l'image d'une Flossie Rubrick cible à abattre.

— En d'autres termes, selon vous, il n'y a pas de mobile apparent.

— D'accord, d'accord, je vais trop loin. Je vais tenter d'exprimer autrement ma pensée. Aucun des faits ne permettant de découvrir le mobile, n'est-il pas possible que vous tiriez des conclusions à partir de notre conception collective de ce que pouvait être Flossie ?

— Encore faudrait-il la connaître.

— Est-ce si difficile ? insista Fabian, avec une telle véhémence qu'Alleyn se demanda une fois de plus s'il n'avait pas été profondément atteint par le drame. Il suffirait de réunir tout le monde, de nous faire parler. Vous, le spécialiste fraîchement arrivé, vous pourriez sûrement en tirer quelque chose. D'après nos silences, la couleur de nos voix, nos dérobades... Ne sont-ce pas là les signes qu'un homme comme vous sait déchiffrer ?

— Vous savez, ce ne sont que des signes. Ils n'ont pas valeur de preuve, répliqua prudemment Alleyn.

— Mais en les prenant en compte en conjonction avec...

— Oui, bien sûr, murmura Alleyn. On ne peut les ignorer.

— Je tiens absolument à ce que vous ayez une image globale de Flossie. Je ne veux pas que vous vous en teniez uniquement à ma description. Si, à mes yeux, elle était une femme aussi efficace qu'arrogante, Ursula la considérait comme une « super-woman », tandis que Douglas lui trouvait certaines qualités de générosité, et Terence, d'exigence. Mais ce n'est pas à moi de vous fournir de tels éléments. J'aimerais mieux que vous démarriez de zéro.

— Vous dites que vous n'avez pas parlé d'elle depuis des mois. Comment vais-je briser ce sortilège ?

— N'est-ce pas votre métier de jouer les tire-bouchons ? riposta Fabian d'un ton impatient.

— Dieu me protège ! s'esclaffa Alleyn. Vous avez sans doute raison.

— Alors ! s'écria triomphalement Fabian Losse. Vous savez, je ne crois pas que ce sera si difficile. Selon moi, nous sommes tous à peu près dans le même état. Il m'a fallu fournir un effort herculéen pour vous adresser cette lettre. Si j'avais pu la rattraper, une fois expédiée, je l'aurais fait. Vous ne pouvez pas vous imaginer combien j'étais terrifié par la perspective d'entamer cette conversation. Mais maintenant que je me suis lancé, plus rien ne m'arrêtera.

— Sont-ils avertis de ma visite ?

— J'ai parlé d'un « expert détaché d'une branche spéciale ». J'ai dit que vous étiez un homme haut placé, prêté pour quelque temps à notre pays. Ils savent que votre voyage est officiel, et que la police et d'autres y sont pour quelque chose. En toute franchise, je ne crois pas que cela les effraie. Au début, évidemment, nous avons eu un peu peur. Peur d'être désignés comme suspects. Mais je ne pense pas que nous nous soyons jamais soupçonnés entre nous. Sur ce point, au moins, nous avons toujours été d'accord. Vous ne me croirez peut-être pas, mais plus l'enquête avançait, plus les semaines passaient, plus tout cela nous ennuyait. A pleurer. Puis, la police a cessé de nous harceler, et chacun s'est réfugié dans son silence. Le sujet hantait nos esprits, mais nous ne l'évoquions jamais. Au fond, quand je les ai prévenus de mon initiative, ils ont été presque soulagés. Bien entendu, ils savent que votre séjour ici a un lien obscur avec notre activité.

— Ils sont donc au courant ?

— Très vaguement, sauf pour Douglas. C'était inévitable.

Alleyn fixa le paysage aride.

— Tout cela est assez tordu... Avez-vous bien réfléchi ? Vous rendez-vous compte que vous mettez en branle une machine que vous aurez peut-être envie d'arrêter... sans en avoir la possibilité ?

— J'y ai pensé à m'en rendre malade.

— Je préfère vous le répéter : je suis un robot au service de l'Etat. N'importe qui peut m'allumer, mais seul l'Etat peut m'éteindre.

— Compris.

— Au moins, vous êtes prévenu.

— Pour la peine, je vous offre un bon dîner.

— Vous êtes donc mon hôte ?

— Oh, oui ! Vous ne le saviez pas ? Arthur m'a légué le domaine de Mount Moon, Flossie a donné son argent à Douglas. Disons que nous sommes vos hôtes associés.

La ferme de Mount Moon avait environ quatre-vingts ans. C'est beaucoup, pour une maison aux antipodes. Le grand-père d'Arthur Rubrick l'avait bâtie en bois, bois qu'il avait dû monter par le col en char à bœufs. A l'origine, la demeure n'avait comporté que quatre pièces, mais les chambres étaient venues s'y rajouter à un rythme deux fois plus lent que celui auquel l'intrépide Mme Rubrick de l'époque donnait enfant après enfant à son époux adoré. L'ensemble ressemblait vaguement à la propriété du Somersetshire que le grand-père d'Arthur avait bien volontiers laissée à son frère, de caractère moins aventureux. Pignons victoriens, serre, portraits et meubles divers retraçaient les origines anglaises de la famille. Le parc avait été conçu « à la nostalgique », au prix d'une petite fortune et avec un mépris insolent pour le climat. De tous les arbres plantés par le vieux Rubrick, seuls les peupliers de Lombardie, les *pinus insignis* et quelques buissons originaires du pays avaient survécu. La pelouse du tennis aménagé dans le flanc d'une colline stérile jaunissait dès l'approche de l'été. Ainsi, les fenêtres de la salle à manger s'ouvraient-elles sur ce qui avait autrefois dû ressembler à un jardin à l'anglaise. Mais au-delà de ce pastiche peu convaincant... que de grandeur et d'austérité ! Le plateau s'étalait à l'infini, s'estompant dans une sorte de brume violacée, ses limites effleurant les nuages. Et au-dessus de ces derniers, suspendues dans un voile rosé, flottaient les hautes montagnes.

Au cours du repas, ce premier soir, Alleyn eut droit à toute la munificence d'un coucher de soleil sur le plateau. Il put admirer le pic rougeoyant du Perceur de Nuages longtemps après que les premières ombres du crépuscule eurent enveloppé les contreforts des Alpes. Il put humer avec délectation la fraîcheur de l'air et l'odeur des feux qui s'allumaient dans les cheminées.

Une fois de plus, il considéra les habitants de la maison.

Ainsi attablés à la lueur des candélabres, ils paraissaient fort jeunes, à l'exception de la gouvernante. Terence Lynne, la jeune Anglaise qui avait été la secrétaire de Florence Rubrick, était peut-être la plus âgée des autres, à moins que ce ne fût qu'une impression créée par la sévérité de son chignon. Sa robe, impeccable, était noire, à col et manchettes de linon. Contrairement aux deux hommes, Miss Lynne devait se changer chaque soir pour le dîner. Elle avait les mains longues, fines et blanches, et ce fut avec un certain désarroi qu'Alleyn apprit quel sort leur avait été réservé depuis la mort de sa patronne : en effet, depuis la disparition de Mme Rubrick, Terence Lynne était préposée aux plates-bandes. Elle n'avait pas complètement perdu ses allures de secrétaire efficace, cependant, et demeurait aussi grave qu'effacée.

Ursula Harme était absolument charmante, avec ses cheveux couleur de cuivre et son incessant babillage. A son arrivée, Alleyn l'avait découverte allongée sur la pelouse du tennis, en jupe courte et lunettes noires. Elle s'était aussitôt mise à parler de l'Angleterre, décrivant avec avidité les plaisirs d'avant-guerre et harcelant le nouveau venu pour savoir quels clubs avaient survécu au *Blitz*. Elle se trouvait là-bas, justement, chez son tuteur, lorsque la guerre avait éclaté. Son oncle, qui se battait au Moyen-Orient, l'avait vivement encouragée à rentrer avec Mme Rubrick en Nouvelle-Zélande.

— Je suis néo-zélandaise, avait-elle raconté, mais toutes mes relations (je n'ai qu'un seul parent, mon oncle) habitent l'Angleterre. Tante Flossie (elle n'était pas vraiment ma tante, mais je l'appelais ainsi) a été merveilleuse pour moi.

Ce soir-là, à la table, bien que gaie et ravissante, elle paraissait sur le qui-vive. Elle s'adressait essentiellement à Douglas Grace, mais c'était sur Fabian Losse que se posait son regard dès qu'elle prenait le temps de souffler.

Fabian et Douglas présentaient des contrastes frappants. Si le premier avait les joues creuses, les cheveux ondulés et le geste nerveux, le second était tranquille, magnifique, doté d'une fine moustache, d'une chevelure lisse et d'yeux immenses. Il couvrait Alleyn de « monsieur » respectueux, et avait la manie (assez fâcheuse) de conclure chacune de ses interventions par un petit rire. Conventionnel à l'extrême, songea Alleyn.

Mme Aceworthy, la vieille cousine d'Arthur Rubrick venue à Mount Moon après la mort de son épouse, était une femme large, blonde, à l'autorité incertaine. Envers Alleyn, elle se montrait pour le moins méfiante. Il se dit qu'elle désapprouvait sa visite. Que lui avait dit Fabian Losse ? Elle parlait d'un ton taquin et toujours entre guillemets de sa « famille », et semblait avoir une nette préférence pour les deux Néo-Zélandais d'origine, Douglas Grace et Ursula Harme.

Dehors, la nuit était tombée. Les flammes des bougies vacillaient, se reflétant dans les vitres des fenêtres sans rideaux. Après le repas, ils s'installèrent tous dans une pièce confortable décorée de photos passées et éclairée de manière intimiste grâce à une lampe à kérosène. Mme Aceworthy, « ayant à faire », les y laissa avec leur café.

Au-dessus de la cheminée trônait le portrait d'une femme.

L'œuvre était académique, la pose guindée ; les bras nus, exécutés avec une précision toute mécanique, étaient maigres ; la robe de satin moutarde au décolleté impressionnant rehaussait les tonalités dorées des cheveux de Mme Rubrick. Le peintre avait consciencieusement reproduit l'invraisemblable quantité de bijoux dont s'était paré son modèle. Bien qu'ayant de toute évidence une grande expérience en ce domaine, l'artiste n'avait pas su atténuer la grandeur de la bouche, ni minimiser la protubérance des dents et la lueur avide des yeux pâles et globuleux.

Ce tableau était le seul dans la pièce. Alleyn chercha autour de lui une photo encadrée d'Arthur Rubrick. En vain.

La conversation, qui avait été assez fluide au cours du repas, devint moins aisée. Les pauses s'allongèrent, les interventions parurent de plus en plus forcées. Fabian Losse fixa Alleyn d'un air empli d'espoir. Douglas Grace marmonna entre ses dents. Les deux jeunes femmes se trémoussèrent, échangèrent un regard, se détournèrent.

— C'est le portrait de Mme Rubrick, je présume ?

s'enquit soudain Alleyn, assis un peu à l'écart du groupe.

Il comprit, à leurs tressaillements, que la toile était devenue invisible tant ils y étaient habitués. Ils l'observèrent, bouche bée.

— Oui, répondit enfin Fabian. Il date d'une dizaine d'années, je crois. Terriblement traditionnel, si je puis me permettre. C'est dommage. Quelqu'un comme John aurait su la rendre belle. Ou, mieux encore... Agatha Troy !

Alleyn, dont Agatha Troy était l'épouse, éluda l'allusion.

— Je n'ai vu Mme Rubrick que durant quelques minutes. Ce tableau est-il ressemblant ?

— Non ! s'exclamèrent à l'unisson Fabian et Ursula Harme.

— Oui ! s'exclamèrent à l'unisson Douglas Grace et Terence Lynne.

— Tiens ! Tiens ! Les opinions divergent ?...

— On ne se rend pas du tout compte à quel point elle était minuscule, se défendit Douglas Grace. Mais c'est bien elle.

— Oh, oui ! C'est une fidèle reproduction de son visage, concéda Fabian.

— C'est une caricature ! protesta Ursula Harme.

— A mon avis, c'est bien au-dessous de la vérité ! décréta Fabian.

Il se tenait devant l'âtre, les mains tendues vers les flammes. Ursula Harme se tourna vers lui, sourcils froncés. Alleyn l'entendit soupirer, comme si Fabian venait de réveiller une vieille polémique entre eux.

— Enfin, Fabian, avoue que l'artiste n'a pas su traduire sa vitalité ! Voyons ! Elle était beaucoup plus impressionnante que cela ! Si merveilleusement vivante !... Heu... Auprès d'elle, l'on se sentait ragaillardi, se rattrapa-t-elle. Cette toile n'exprime rien de cela.

— Je ne prétends pas m'y connaître en matière de

peinture, intervint Douglas Grace, mais je sais ce que j'aime.

— Non ! Pas possible ! marmotta Fabian. Est-ce une qualité d'être « merveilleusement vivante », Ursy ? Personnellement, le trop-plein de vitalité, cela m'exaspère.

— Il suffit de la canaliser, dit Grace.

— Mais elle savait canaliser sa vitalité ! geignit Ursula. Regardez tout ce qu'elle a fait !

— Elle avait le sens du public. Pour cela, je lui tire mon chapeau, convint Grace. Elle avait la poigne d'un homme.

Il redressa les épaules, sortit une boîte à cigares de sa poche.

— Non pas que j'admire forcément les maîtresses femmes, mais il est vrai que tante Flossie était étonnante.

— Même hors du Parlement ? s'enquit Alleyn.

— Oui, bien sûr ! répondit aussitôt Ursula. Mais je ne sais pas ce qui nous prend de parler d'elle ce soir, Fabian. A moins que ce ne soit pour le bénéfice de M. Alleyn ?

— Si l'on veut, répliqua Fabian.

— Dans ce cas, il faut lui dire combien elle était extraordinaire.

Fabian eut un mouvement inattendu. Il lui effleura gentiment la joue.

— Vas-y, Ursy. Nous t'écoutons ! Raconte tout à M. Alleyn.

— Mais tu ne me crois jamais ! protesta-t-elle.

— Aucune importance. C'est M. Alleyn que cela intéresse.

— Il me semblait que M. Alleyn était ici pour mener une enquête spécifique, intervint Grace. Je ne vois pas en quoi une description de tante Flossie pourra lui apporter quoi que ce soit. Ce sont des faits qu'il veut.

— Mais si vous vous mettez tous à lui parler d'elle, vous ne lui ferez pas justice !

— Je suis tout ouïe, Miss Harme, je vous en prie, l'encouragea Alleyn.

— Oui, Ursy, insista Fabian.

— Mais... c'est si bizarre. Nous n'avons pas évoqué son souvenir depuis des mois. J'ai beaucoup de mal à m'exprimer. Tu es sérieux, Fabian ? Est-ce si important ?

— Je crois que oui.

— Et vous, monsieur Alleyn ?

— Moi aussi. J'aimerais avoir une idée plus précise de la personnalité de votre tutrice. Car elle était votre tutrice, n'est-ce pas ?

— Oui.

— Vous la connaissiez donc très bien.

— Je crois que oui. Bien que je ne l'aie connue qu'à l'âge de treize ans.

— Dites-moi tout.

Ursula se pencha en avant, les bras appuyés sur ses genoux, les mains croisées.

— Alors voilà...

2

D'après Ursula...

Ursula se lança dans un discours tout d'abord saccadé, entrecoupé de pauses innombrables, mais elle affichait un air presque victorieux. Au début, Fabian intervint, contribuant ainsi à créer une atmosphère de conversation tranquille plutôt que de spectacle en solo. Douglas Grace s'était assis aux côtés de Terence Lynne et s'adressait à elle de temps en temps à voix basse. Elle s'était mise à tricoter, et le cliquetis de ses aiguilles renforçait l'aspect convivial du tableau bien qu'une telle activité parût en totale contradiction avec sa personne. Elle ne répondait pas à Grace, mais, à un moment, Alleyn crut la voir esquisser un sourire. Elle avait de petites dents pointues.

Plus Ursula poursuivait son récit, plus elle se sentait à l'aise, moins elle avait besoin de l'assistance de Fabian. Elle parlait à présent d'un ton clair et paraissait ravie de présenter son portrait de Florence Rubrick.

L'histoire avait débuté par le chagrin et le désarroi d'une jeune fille qui venait de perdre sa maman.

— J'étais assise dans le bureau de Mme la directrice. J'avais été prévenue dès le matin. Je devais rentrer chez moi par le train du soir. Ils étaient tous très gentils, mais trop attentifs, trop discrets. Je n'avais pas besoin de leur tact et de leur délicatesse. J'avais besoin de chaleur humaine. Je frissonnais. Littéralement. J'entends encore le bruit du klaxon, qui sonnait comme des cloches. Elle l'avait rapporté d'Angleterre. Je vis la voiture passer devant la fenêtre, j'entendis sa voix dans le hall. Il y a des années de cela, pourtant, je m'en souviens comme si c'était hier. Elle portait une cape de fourrure, elle sentait délicieusement bon. Elle m'enlaça avec fougue, m'annonça qu'elle était ma tutrice, qu'elle était revenue pour moi, qu'elle avait été la meilleure amie de ma mère et qu'elle avait été présente au moment du drame. Bien sûr, j'avais beaucoup entendu parler d'elle. Elle était ma marraine. Mais lorsqu'elle s'était mariée après la dernière guerre, elle était restée en Angleterre. Puis, revenue en Nouvelle-Zélande, elle s'était installée trop loin de chez nous pour que nous nous rendions visite. Je ne l'avais donc encore jamais rencontrée. Je partis avec elle. Mon autre tuteur est un oncle anglais. Un soldat. Il fut très soulagé, le jour où tante Florence (c'est ainsi que je l'appelais) annonça qu'elle me prenait à sa charge. J'habitai avec elle jusqu'à la rentrée des classes, quand il fallut regagner le pensionnat. Dès qu'elle le pouvait, le week-end, elle venait me rendre visite. C'était merveilleux.

L'évocation de la jeune femme trahissait toute la dévotion que l'adolescente avait éprouvée envers sa tutrice. Une année, tante Florence était retournée en Angleterre, mais elle avait écrit régulièrement et envoyé de somptueux présents. Elle reparut lorsque, âgée de seize ans, Ursula reçut son diplôme de fin d'études.

— C'était le paradis. Elle m'emmena en Angleterre avec elle. Nous avions une maison à Londres. Elle me présenta à tous ses amis. C'était formidable. Elle donna même un bal en mon honneur. Je... C'est là que j'ai connu Fabian, d'ailleurs. N'est-ce pas, Fabian ?

— Ce fut une soirée extraordinaire, acquiesça-t-il.

Il s'était assis par terre, le dos contre la chaise d'Ursula, son menton sur les genoux. Il avait allumé une pipe.

— Et puis, ce fut le mois de septembre 1939, reprit-elle. Oncle Arthur commença à nous harceler pour que nous revenions en Nouvelle-Zélande. Tante Florence voulait rester, s'inscrire comme infirmière bénévole, mais il nous envoyait télégramme sur télégramme.

La voix composée de Terence Lynn trancha le monologue :

— Il était son mari, après tout !

— Oyez ! Oyez ! railla Douglas Grace en lui tapotant la cuisse.

— Oui, mais elle aurait été d'une aide précieuse en tant que bénévole, répliqua Ursula d'un ton impatient. J'en ai toujours voulu à Arthur d'avoir à ce point insisté. Je trouvais que c'était égoïste de sa part. Il pouvait se passer d'elle...

— Il venait de séjourner pendant trois mois dans une maison de repos, rappela Miss Lynn.

— Je sais bien, Terry, mais tout de même ! Je... Bref, peu de temps après Dunkerque, nous avons reçu un ultime télégramme et sommes venues aussitôt. J'avais pensé rester là-bas rendre les services que je pouvais, mais tante Florence était tellement déprimée que j'ai fini par la suivre. Elle prétendait que j'étais trop jeune, que de toute façon, elle serait perdue sans moi... J'ai obtempéré. Avec plaisir, évidemment.

— Evidemment, murmura Fabian.

— De surcroît, il fallait quelqu'un pour s'occuper de toi pendant le voyage.

— Oui. J'étais en pleine dépression. Ursula joua le rôle de tampon entre mon incapacité à me défendre et le zèle excessif de Florence. Je dois ma raison, sinon ma vie, à Ursula.

— Tu es injuste ! lui reprocha-t-elle avec douceur. Ne sois pas ingrat, Fabian.

— Je lui en veux d'avoir accaparé ton affection comme une... comme une pieuvre et... Mais continue donc, Ursy.

— Je ne sais pas de combien de temps dispose M. Alleyn pour écouter nos réminiscences, dit Douglas Grace, mais je le plains d'avance.

— J'ai tout mon temps, le rassura Alleyn. Et cette

histoire me passionne. Ainsi donc, vous êtes tous trois arrivés en Nouvelle-Zélande en 1940. Est-ce exact, Miss Harme ?

— Parfaitement. Nous nous sommes rendus directement ici. Après Londres, c'était assez isolé et primitif. Mais peu de temps après, un membre du district est décédé, et tante Florence fut sollicitée pour le remplacer. La vie devint beaucoup plus excitante, tout d'un coup. C'est d'ailleurs à cette époque que tu fis ton apparition, Terry.

— Oui, confirma-elle, ses longues aiguilles cliquetant à toute allure, c'est à cette époque.

— Tante Florence fut merveilleuse avec moi, reprit Ursula. Vous comprenez, elle n'avait pas d'enfants, j'avais donc une place un peu spéciale dans son cœur. En tout cas, c'est ce qu'elle m'affirmait. Il fallait la voir, au cours de ses meetings, monsieur Alleyn ! Elle adorait être chahutée. Elle était vive comme l'éclair et n'avait peur de rien. N'est-ce pas, Douglas ?

— Elle savait mener son public, c'est certain, concéda-t-il. Quand je suis rentré, elle était déjà impliquée jusqu'au cou dans ses affaires politiques. Je me rappelle une réunion en particulier, au cours de laquelle une femme a crié : « Trouvez-vous normal de boire cocktails et champagne alors que je n'ai pas de quoi acheter des œufs pour mes enfants ? » Tante Floss n'a pas hésité une seconde : « Je vous offre une douzaine d'œufs pour chacune des boissons alcooliques que j'ai ingurgitées jusqu'ici ! »

— Vous comprenez, interrompit Ursula, elle ne buvait pas du tout, sous aucun prétexte. La plupart des gens le savaient ; ils ont applaudi. Et tante Florence de riposter : « Je suis désolée, vous ne pouviez pas savoir que je mène une existence sage et monotone. Mais si votre situation est à ce point dramatique, adressez-vous à mon centre de secours. Nous y envoyons une quantité d'œufs du domaine Mount Moon. »

Ursula hésita, et Douglas s'esclaffa :

— La femme a hurlé : « Je préfère me passer d'œufs ! », et tante Floss a riposté : « C'est aussi bien tant que je me trouverai sur cette estrade ! »

Ils rirent aux éclats.

— L'art du tac au tac, marmonna Fabian. L'art du tac au tac.

— Elle a réagi très vite ! protesta Douglas.

— C'est possible, mais les enfants n'en sont pas moins restés privés d'œufs.

— Ce n'était pas la faute de tante Florence ! s'indigna Ursula.

— D'accord, d'accord, ma chérie. Je compatis plutôt avec cette pauvre dame, mais passons. Car je dois avouer, ajouta-t-il, qu'au fond, j'appréciais beaucoup les campagnes électorales de Floss.

— Tu ne comprends pas les gens de ce pays, lui reprocha Douglas Grace. Nous aimons la franchise, et tante Floss était franche. Ils faisaient ses quatre volontés, n'est-ce pas, Terry ?

— Elle était très aimée, en effet.

— Son mari prenait-il une part active à sa vie publique ? demanda Alleyn.

— Ça l'a pratiquement tué ! cracha Miss Lynn.

Ils la dévisagèrent, époustouflés, et elle poursuivit d'un ton calme :

— Il parcourait des trajets interminables, restait assis pendant des heures en fond de scène, rentrait éreinté d'un meeting pour repartir à un autre. La maison était toujours en ébullition. Entre la Croix-Rouge, l'Institut des Femmes et les réunions politiques, jamais un moment de tranquillité ! Même cette pièce, la sienne, soi-disant, était constamment envahie.

— Elle ne cessait de s'occuper de lui ! protesta Ursula. Tu es injuste, Terry ! Elle était épatante avec lui.

— Autant l'avoir confié à un ouragan !

Fabian et Douglas rirent.

— Vous êtes cruels et déloyaux ! se fâcha Ursula. J'ai honte pour vous ! De quel droit vous moquez-vous d'elle ? Comment le pouvez-vous, alors que vous lui êtes chacun redevable de tant de choses !

Douglas s'emporta : une telle accusation était infâme ! Personne n'avait adoré sa tante plus que lui ! Il l'avait toujours taquinée de son vivant, et elle avait adoré cela. Hirsute et cramoisi de colère, il continua, sous le regard atterré des autres :

— Si nous devons parler d'elle, pour l'amour du ciel, soyons honnêtes jusqu'au bout ! Nous l'aimions tous énormément, non ?

Fabian arrondit les épaules, mais ne dit rien.

— Nous avons tous reçu un choc terrible en apprenant qu'elle avait été assassinée, il me semble ? Nous étions tous d'accord pour que Fabian demande à M. Alleyn de venir, n'est-ce pas ? Parfait ! Donc, s'il faut maintenant évoquer chacun à notre tour sa personnalité (en ce qui me concerne, je considère que c'est une perte de temps), autant opter pour la sincérité absolue.

— En effet, approuva Fabian. Soulageons-nous du poids qui nous oppresse la poitrine, débarrassons-nous de nos inhibitions. Mais en attendant, c'est au tour d'Ursy de s'exprimer.

— C'est toi qui l'as interrompue, Fab !

— Moi ? Oh, pardon, Ursy, s'excusa-t-il gentiment.

Il se retourna avec lenteur, posa le menton sur le bras de son fauteuil et leva les yeux vers elle.

— Allons, nous t'écoutons ! Tu en étais à 1941, alors que la carrière politique de Flossie florissait. Nous étions tous ici, monsieur Alleyn. Douglas était guéri de ses blessures, mais, déclaré invalide de guerre, il jouait au berger et au mouton. Terry, consolidant le prestige de Flossie, passait son temps à prendre des notes en sténo et à se plonger dans les archives. Ursula... Ursula nous charmait tous, et moi, j'avais la responsabilité des incidents comiques. J'étais champion de chutes de cheval et d'évanouissements dans les bains parasiticides. Peut-être ces exploits m'ont-ils rapproché de mon oncle, lequel combattait vaille que vaille son endocardite. Poursuis, Ursy.

— Poursuivre comment ? A quoi bon tenter de vous la décrire quand vous... quand vous vous obstinez tous à... A... Bien, soupira-t-elle, maîtrisant enfin son émotion. Le but de l'exercice est que nous racontions chacun notre version des faits, n'est-ce pas ? La mienne n'a pas varié depuis que je l'ai débitée à une allure de tortue à cette andouille d'assistant dans le bureau du détective.

— Un instant ! coupa Alleyn, toujours dans la pénombre.

A la lueur des flammes, il vit quatre têtes se tourner brusquement dans sa direction.

— Il y a une légère différence : si je m'en réfère à mon expérience de policier, vous avez été souvent arrêtée dans votre discours par les questions de votre interlocuteur. Il ne s'agit pas pour moi ce soir de vous infliger un interrogatoire. Je veux que vous me narriez cette tragédie, si cela vous est possible, comme si vous le faisiez pour la première fois. Vous savez tous que je ne suis pas ici a priori pour arrêter l'assassin. Si l'on m'a envoyé à Mount Moon, c'est pour que je découvre si, oui ou non, ce meurtre a un lien avec une autre affaire.

— Exactement ! Exactement, monsieur ! répéta Douglas. Je suis persuadé que c'est le cas. Bref !...

— Nous verrons, nous verrons. A présent, Miss Harme, vous nous avez évoqué l'image d'une petite communauté assez isolée telle qu'elle existait ici jusqu'à l'an dernier... Revenons donc à la fin de l'année 1941. Mme Rubrick vaquait surtout à ses activités politiques avec l'aide de sa secrétaire, Miss Lynne. Le capitaine Grace s'occupait de la lainerie. M. Losse reprenait des forces et avait entrepris, avec l'aide du capitaine Grace, un travail hautement spécialisé. M. Rubrick était un invalide confirmé. Vous étiez tous nourris par Mme Caneton, la cuisinière, et servis par le fidèle Markins. Quel était votre rôle là-dedans ?

— Le mien ? s'enquit Ursula. Je n'en avais pas vraiment. Tante Florence m'avait surnommée son Assistante Préférée. J'accourais dès que je le pouvais. C'était amusant. Il se passait toujours quelque chose. J'adore cela ! Savoir que des événements imprévus m'attendent au détour d'un virage, comme autant de petits cadeaux dans une course au trésor. Avec elle, tout était passionnant, tout prenait une allure de paquet enveloppé de papier d'argent et de ruban rouge. C'était paradisiaque. Une fête perpétuelle.

— Comme celle que vous projetiez de tenir dans la lainerie ? suggéra Fabian d'un ton sec.

— Oh, mon Dieu ! Oui. Comme celle-là... Je me rappelle...

Alleyn imaginait parfaitement la belle soirée d'été telle qu'elle s'était déroulée quinze mois plus tôt. Se rappelant la vue qu'il avait eue du parc à travers la fenêtre de la salle à manger, il eut une vision du cortège s'avançant le long du sentier, entre les buissons de lavande, jusqu'au tennis. Les robes légères des femmes miroitaient à la lueur du crépuscule. Les flammes des briquets jaillissaient, tandis que les hommes allumaient leurs cigarettes. Ils rassemblaient les fauteuils de jardin. L'une des femmes rejetait sa veste sur le dossier du sien. Un homme grand et élégant se tenait debout derrière elle. Le parfum du tabac se mêlait à ceux de la nuit, des herbes sauvages et de la terre encore chaude de soleil. Les voix résonnaient dans la pénombre. Ursula en avait un souvenir très précis...

« — Vous devez être lasse, tante Florence.

« — Je ne suis jamais fatiguée ! Il suffit de ne pas y penser, Ursy. C'est le meilleur moyen de conserver toute son énergie... »

Elle leur parla de l'ascétisme des Indiens, qui savaient si bien dominer leur épuisement, des fabricants de munitions, en Angleterre, des gens chargés de la défense aérienne.

« — S'ils sont capables de fournir autant, je peux au moins me forcer à suivre le rythme... D'ailleurs, avec l'aide de mon Cerveau de Secours et de mon Assistante Préférée, rien ne peut me résister ! » s'écria-t-elle gaiement, tendant ses bras dénudés aux deux jeunes filles qui l'entouraient.

Ursula se laissa glisser dans l'herbe tiède et appuya sa joue sur le genou de sa tutrice. De ses doigts vigoureux, Flossie Rubrick lui caressa les cheveux, qu'Ursula avait pris la peine de confier au coiffeur lors d'un bref séjour en ville.

« — Je propose que nous échafaudions un plan ! » annonça tante Florence.

C'était la phrase préférée d'Ursula. Prélude à une nouvelle aventure. Tant pis, s'il ne s'agissait que d'organiser une soirée dans la lainerie, où se rassembleraient les paysans des alentours avec leurs épouses endimanchées. Tante Florence avait le don d'enjoliver la perspective de la fête. Même Douglas céda à son enthousiasme contagieux, et, penché sur le dossier de la chaise de Flossie, lança quelques suggestions. Un bal, ce serait encore mieux, non ? Florence s'empressa d'acquiescer. Oui, un bal, ce serait épatant ! Le vieux Jimmy Wyke et ses frères, qui jouaient de l'accordéon, prépareraient quelques numéros, lesquels seraient joués en alternance avec le gramophone.

« — Tu devrais sortir cette antiquité de piano de l'annexe, intervint Arthur Rubrick de sa voix essoufflée, et demander au jeune Cliff Johns de se joindre aux autres musiciens. Il a un talent fou. Il vous joue n'importe quoi ! Ecoutez-le... »

Ursula lui en voulut aussitôt de son intervention, car les caresses de sa tutrice s'étaient arrêtées brusquement. Tandis qu'elle évoquait cet instant écoulé quinze mois plus tôt, Alleyn comprit qu'elle allait remonter dans le passé, et que cette caractéristique serait commune aux récits de tous les protagonistes présents autour de lui.

Ursula savait que pour ne pas tracasser inutilement son époux tante Florence avait omis de lui signaler la chute de Cliff Johns. L'histoire n'était pas jolie, jolie. Cliff, le fils de Tommy Johns, le régisseur, avait toujours été un enfant étrange. Dès son plus jeune âge, son comportement avait surpris et dérangé ses parents. Si sa mère chantait, il se bouchait les oreilles en hurlant ; pourtant, il pouvait rester des heures devant le poste de T.S.F. à écouter de la musique instrumentale. Plus tard, lorsqu'il était à l'école, il avait manifesté un certain talent pour l'écriture, rédigeant récit après récit à un tel rythme, et avec un tel enthousiasme, que son institutrice en avait eu la berlue. Très vite, elle avait écrit à M. et Mme Johns pour leur dire que leur fils était incomparablement doué. Un phénomène ! avait-elle précisé. Mais nul en maths et en sports.

Apprenant cela, tante Florence s'était intéressée à lui et avait expliqué aux parents désemparés qu'ils avaient devant eux l'exemple par excellence d'un tempérament artistique.

« — Madame Johns, surtout, ne bousculez pas ce garçon sous prétexte qu'il est différent. Vous devez, au contraire, le respecter et l'admirer. Je veillerai sur lui personnellement. »

C'est ainsi qu'elle avait commencé à inviter régulièrement Cliff au manoir. Elle lui avait offert gramophone, livres et disques soigneusement choisis. Il avait été conquis. Lorsqu'il avait fêté ses treize ans, elle avait annoncé aux parents, toujours aussi désemparés et perplexes, qu'elle allait l'inscrire dans un établissement équivalent à ces écoles privées bon chic, bon genre, si répandues en Angleterre. Tommy Johns avait vivement protesté (il avait quelques sympathies pour le communisme), mais sa femme, convaincue par la fougue de Flossie, avait eu gain de cause, et Cliff était bientôt parti pour le pensionnat.

Son dévouement envers Florence était apparemment demeuré intact. Pendant les vacances, il passait le plus clair de son temps avec elle. Grâce à elle, il suivait des leçons de piano et profitait du Bechstein dans le salon.

A ce point du discours d'Ursula, Fabian émit un rire bref.

— Il joue remarquablement, non ? répliqua Ursula.

— Remarquablement, acquiesça-t-il.

— Elle adorait la musique, Fabian.

— Comme Douglas, elle savait ce qu'elle aimait. Mais contrairement à lui, elle refusait de l'admettre, marmotta Fabian.

— Je ne sais pas ce que tu veux dire par là ! s'indigna Ursula.

Elle reprit sa narration. Cliff avait poursuivi ses études, tandis que Florence se rendait en Angleterre. A son retour, elle l'avait trouvé grandi, mais toujours docile. Cependant, lorsqu'il était revenu pour les grandes vacances à la fin de 1941, son comportement avait changé.

— Pas en mieux, précisa Ursula.

Victime de troubles oculaires, il avait appris par le médecin de l'école qu'il serait forcément déclaré inapte au service. Aussitôt, il avait tenté de s'engager. Refoulé, il avait écrit à Florence pour lui annoncer qu'il voulait tout arrêter et travailler. Il avait seize ans. Tante Florence avait été anéantie par ce courrier, elle qui rêvait pour lui d'études universitaires, puis, après la guerre, d'un départ pour l'Angleterre où il aurait pu effectuer le parcours du Royal College of Music. Se précipitant au cottage de Tommy Johns, elle avait appris qu'il était au courant, lui aussi, des décision de son fils. Et enchanté.

« — Nous allons avoir besoin d'hommes sur le terrain comme jamais encore auparavant, madame. Je suis heureux que Cliff souhaite nous donner un coup de main. Vous me pardonnerez, mais je craignais que cette éducation de la haute ne le transforme en snob. J'ai le plaisir de constater qu'il n'en est rien. »

Car Cliff, selon toute apparence, avait pris sa carte au parti communiste. Rien ne pouvait davantage accabler tante Florence.

Plus elle avait tenté de le remettre dans le droit chemin, plus il s'était obstiné, plus elle s'était fâchée. La femme de quarante-cinq ans et le jeune homme de seize ans s'étaient violemment disputés. Ils ne s'étaient plus revus. Cliff était parti dans la brousse avec ses compagnons bergers. Il s'était lié d'amitié avec Albie Black, l'homme à tout faire. Dans l'annexe trônait un vieux piano déglingué, et, le soir, Cliff en jouait pour les hommes. Les accords de *Waltzing Mathilda* et d'étranges ballades victoriennes résonnaient dans le crépuscule et parvenaient jusqu'aux oreilles de Florence et de ses protégés, rassemblés chaque soir sur la pelouse après le dîner. Le soir de la disparition de Flossie, cependant, ses amis ayant préféré se rendre au bal, il était resté seul dans l'annexe, et avait attaqué une œuvre bien ambitieuse pour le vieil instrument mal accordé.

« — Ecoutez-le ! insista Arthur Rubrick. Il a un toucher extraordinaire ! Par quel miracle arrive-t-il à faire chanter cet orgue de Barbarie, je me le demande ! On croirait un musicien professionnel ! »

— Oui, murmura Fabian après un temps mort. Oui, il joue merveilleusement.

Ursula eût préféré que personne ne parlât de Cliff. Elle regrettait qu'oncle Arthur n'ait pas été mis au courant de l'épisode de la nuit précédente. Il lui aurait réglé son compte ! Tante Florence ne pouvait pas faire face à tout. D'autant que l'incident l'avait profondément bouleversée.

La veille, en effet, Markins, le majordome, ayant entendu de drôles de bruits en provenance de l'ancienne laiterie transformée en cave et craignant la visite d'un rat, s'en était allé inspecter les lieux, muni d'une lampe de poche. Il y avait découvert Cliff Johns, paupières plissées, bouche grande ouverte, serrant contre lui l'une des bouteilles de whisky (vingt ans d'âge !) d'oncle Arthur. Surpris par la lumière, le garçon avait tout lâché, et la bouteille s'était fracassée sur le sol. Taciturne de nature, Markins s'était précipité vers lui, l'avait saisi par le poignet, et, sans un mot, l'avait traîné jusqu'à la maison. Outragée, Mme Caneton avait couru chercher Mme Rubrick. La confrontation avait eu lieu dans la cuisine. Au cours d'une scène d'une violence inouïe, Cliff avait accusé Florence de l'avoir acheté, utilisé. Il avait affirmé qu'il ne connaîtrait pas le repos avant de lui avoir remboursé jusqu'au dernier sou la fortune qu'elle avait dépensée pour lui... Au comble de l'agitation, Florence avait expédié Mme Caneton et Markins dehors. Cliff avait fini par s'enfuir, abandonnant derrière lui sa protectrice secouée de sanglots. M. Rubrick n'étant pas en grande forme, après avoir raconté toute l'histoire à Ursula, Florence et sa pupille avaient décidé qu'il valait mieux lui taire cette triste affaire.

Le lendemain (jour de la disparition de Florence), la maîtresse des lieux s'était rendue au cottage de son régisseur. Cliff n'avait pas dormi dans son lit, et ses vêtements du dimanche avaient disparu. Son père avait pris la voiture et emprunté la route du col. Il était reparu vers midi en compagnie de Cliff, ivre de fatigue après avoir accompli les vingt-cinq premiers kilomètres en direction de la caserne la plus proche. Florence avait obstinément refusé de raconter à Ursula l'entretien qu'elle avait eu ensuite avec Tommy Johns.

— Donc, conclut Ursula, la suggestion d'oncle Arthur tombait particulièrement mal ce soir-là.

— Ce môme n'est qu'un vaniteux ! lança Douglas Grace.

— Et il est toujours là ? s'enquit Alleyn.

Fabian le dévisagea longuement.

— Oh, oui ! Ils ne veulent surtout pas de lui dans l'armée. Il a un problème oculaire. De toute façon, il est considéré comme indispensable sur l'exploitation. Markins a évidemment tout narré à la police locale. N'ayant pas d'autre suspect sous la main, le sous-inspecteur s'est acharné sur ce garçon. Il doit prendre une place folle dans les archives, non ?

— Il disparaît à mi-parcours.

— Parce qu'il est le seul à avoir un alibi plus ou moins crédible. Nous l'avons tous entendu jouer du piano juste avant que ne fût retrouvée la broche. C'est-à-dire vers vingt heures cinquante-cinq. Il s'était réfugié dans l'annexe à vingt heures et ne s'était pas interrompu plus d'une minute depuis lors. A ce propos, je tiens à signaler qu'à ma connaissance c'est la dernière fois que Cliff a touché à un piano. Inquiète, sa mère a fini par aller le chercher ; rentrés chez eux, ils ont écouté les informations de vingt et une heures à la radio, suivies d'une émission sur la musique classique... Physiquement et moralement épuisé après ses excès alcooliques de la veille et son expédition pédestre du matin, il s'est assoupi dans son fauteuil. Sa mère a réussi à le coucher, puis a parlé de lui avec son mari jusque bien après minuit. Mme Johns a jeté un coup d'œil dans la chambre de son fils avant de se retirer elle-même dans ses appartements. Il dormait à poings fermés. Même le sous-inspecteur Jackson est convaincu que Flossie serait rentrée avant minuit, si elle avait été encore vivante. Mais pardonne-moi, ma petite Ursy, j'ai la fâcheuse manie de te couper la parole. Revenons donc à la pelouse, où nous nous trouvions tous. Cliff jouait du Bach sur un piano auquel il manquait six notes. Flossie imaginait son bal dans la lainerie. A toi...

Ursula et Florence s'arrangèrent pour éluder la proposition d'Arthur Rubrick, bien que Cliff continuât de marteler son clavier non loin de là. Flossie entreprit de composer son discours sur l'attribution de terres aux soldats, après la guerre.

« — Cette fois, il n'y aura pas de gâchis ! déclara-t-elle. La loi que nous prévoyons y veillera. Un comité d'experts sera formé... Pour le bien de notre pays... Equipement adéquat... Fonds pour la réhabilitation des vétérans... Je m'exprimerai durant une vingtaine de minutes avant le repas... »

Mais à quel endroit se posterait-elle pour leur parler ? Et pourquoi pas sur la presse elle-même ? Après tout, quel symbole, non ? Parfait... Elle grimperait sur la presse recouverte d'une planche en bois. De là, au moins, elle pourrait dominer son monde. Peut-être était-il judicieux de songer à améliorer l'éclairage ?

« — Allons voir ! » proposa-t-elle avec enthousiasme en bondissant sur ses pieds.

Elle était toujours ainsi. Sitôt dit, sitôt fait.

« — Je vais essayer ma voix. Tout de suite. Douglas, mon trésor, donne-moi ma veste. »

Douglas l'aida à l'enfiler.

Il s'aperçut que l'une des deux broches manquait.

Florence annonça qu'il fallait la retrouver, immédiatement, et Douglas s'empressa d'organiser une fouille.

« — Vous ne pouvez pas la rater, tellement elle brille ! assura Florence. Je vais à la lainerie, j'inspecterai le chemin jusque-là. Je veux absolument procéder à des essais de voix. Ne me dérangez pas, je vous prie. Je n'en aurai plus l'occasion ensuite, et je veux me coucher avant vingt-deux heures. Je pars aux aurores demain. Soyez attentifs, tous ! Et pas de bavardage ! Allez, ouste ! »

Ursula eut pour mission d'explorer le long sentier courant à droite du tennis entre deux haies de peupliers taillés. Cette allée séparait le tennis d'une autre pelouse, laquelle s'étendait jusqu'à la façade sud de la maison. Là se trouvait encore une allée bordée de buissons, qui fut confiée à Terence Lynne, tandis que Fabian recevait l'ordre de se rendre au potager. Douglas Grace, quant à lui, évolua parallèlement à Ursula, sur la gauche du tennis. Arthur Rubrick reçut l'ordre de se concentrer sur le chemin bordé de lavande, lequel partait en angle droit dans un parterre fleuri et se prolongeait jusqu'à une barrière. Au-delà, une route rocailleuse menait au cottage du régisseur, aux dortoirs des ouvriers et à la lainerie.

Ursula entendait au loin Cliff Johns qui continuait de jouer furieusement. Elle songea que ce devait être une *Polonaise*. *Tam*, ti-dam, ta-ta-ta-ta-ta *tam*, ti-dam... Comment osait-il manifester ainsi sa présence après ce qui s'était passé la veille ? Fabian passa devant les fenêtres de la cuisine en sifflotant gaiement.

« — Quelqu'un a trouvé ?

« — Rien du tout ! »

Parvenue au bout de son sentier, Ursula rencontra Terence Lynne.

« — Cela ne servira à rien de fouiller par ici, dit Terence. Nous n'y sommes pas venus avec Mme Rubrick. Nous avons traversé par là jusqu'au potager. »

Mais Ursula lui rappela qu'un peu plus tôt dans la soirée, tandis que Douglas et Fabian s'affrontaient lors d'un match d'après-dîner, elles s'étaient promenées par là avec Florence.

« — Je suis pourtant certaine qu'elle avait encore sa broche ! assura Terence. S'il en avait manqué une, nous nous en serions rendu compte. De toute façon, j'ai cherché. En vain. Nous ferions mieux d'aller chacune de notre côté. Rappelle-toi ce qu'elle a dit. »

Un peu plus loin, le faisceau d'une torche électrique balaya l'herbe.

« — Voici une lampe de poche, oncle Arthur ! » dit Douglas.

Peu après, oncle Arthur aperçut le joyau parmi les zinnias. La lumière avait accroché les diamants.

« — Ça y est ! »

— Nous nous sommes tous rués sur le tennis, expliqua Ursula. J'ai couru à l'endroit où, de l'allée, l'on peut apercevoir la lainerie, mais toutes les lumières étaient éteintes, aussi sommes-nous rentrés dans la demeure.

La musique s'arrêta brutalement dans l'annexe.

Ils se rendirent dans la salle à manger alors que débutait le bulletin d'informations de vingt et une heures à la T.S.F. Fabian éteignit l'appareil. Arthur Rubrick s'attabla, le souffle court, le visage plus congestionné encore que de coutume. Terence Lynne, sans lui demander son avis, lui versa une rasade de son whisky préféré. Ce qui réveilla chez Ursula le pénible souvenir de l'incident de Cliff. Arthur remercia Terence, poussa la broche étincelante en direction d'Ursula.

« — Je la lui monte tout de suite. Elle sera contente de savoir que nous l'avons retrouvée. »

Elle songea que la maison était étrangement silencieuse. Cette impression s'intensifia tandis qu'elle gravissait l'escalier. Elle s'immobilisa un moment sur le palier, tendue. La journée avait été chaude, la vieille bâtisse soupirait et craquait de partout. La chambre de Flossie était en face. Ursula guetta un bruit derrière la porte fermée. Rien. Elle se rapprocha, se pencha légèrement, vit l'avis :

« Vous êtes prié de ne pas frapper.

Pour toute réponse, je ronflerai. »

Tante Flossie ronflait abominablement. C'était pour cette raison d'ailleurs qu'oncle Arthur, dont le sommeil était particulièrement léger, s'était installé dans le dressing. Ce soir-là, cependant, Ursula n'entendit rien qui ressemblât à un ronflement. Elle patienta encore un peu, en vain. Un frémissement de peur lui parcourut l'échine. Elle alla dans sa propre chambre rédiger un petit mot : « Nous l'avons. Bon voyage. Nous t'écouterons à la radio. Affectueusement. »

Revenue sur le palier, elle glissa le papier sous la porte de Flossie.

Elle redescendit à la salle à manger. La lumière l'éblouit, après l'obscurité du hall. Elle observa l'un après l'autre ses compagnons.

— C'est curieux, n'est-ce pas, comme par moments les détails les plus insignifiants peuvent se coller à votre mémoire ! Pourquoi suis-je retournée à la salle à manger ? Je n'en sais rien. Terry se tenait debout derrière la chaise d'oncle Arthur. Fabian allumait une cigarette. Je me rappelle avoir éprouvé un sentiment d'inquiétude pour lui... Je trouvais qu'il se surmenait. Douglas était de dos. Tous tournèrent la tête à mon arrivée. Ils se demandaient simplement si j'avais pu remettre le bijou à tante Florence. Mais il me semble à présent qu'ils m'ont demandé où elle était. En tout cas, je leur ai répondu comme s'ils m'avaient posé la question : « Elle est dans sa chambre. Elle dort à poings fermés ! »

— N'avez-vous pas été étonnée qu'elle ne vienne pas aux nouvelles ? s'enquit Alleyn.

— Pas vraiment, non. Elle avait l'habitude d'organiser et de déléguer. Sur ce point, elle était épatante. Elle ne nous harcelait jamais.

— Un dictateur efficace n'a pas besoin de s'acharner sur ses sujets ! intervint Fabian. Et elle était d'une efficacité redoutable, je vous l'accorde.

— Ce n'est que de la jalousie masculine ! railla Ursula sans méchanceté.

« Nous étions plus ou moins silencieux, soupira-t-elle, reprenant son récit. Sans doute étions-nous fatigués. Nous avons bu un verre, puis nous nous sommes quittés pour la nuit. Nous nous couchons tôt, ici sur le plateau, monsieur Alleyn. Pensez-vous pouvoir avaler un petit déjeuner à six heures ?

— Sans problème !

— Tant mieux... Donc... Nous sommes montés, nous avons chuchoté nos adieux sur le palier. Ma chambre est au bout du couloir, elle donne sur la pelouse du côté. Celle de Terry est en face de celle de tante Florence, puis il y a une salle de bains, elle-même située en face du dressing où dormait oncle Arthur. Tante Florence laissait toujours entrouverte la porte communiquant entre leurs deux pièces, afin que son mari puisse l'appeler en cas d'attaque. Il s'est rappelé par la suite que, ce soir-là, la porte était fermée. Il l'a ouverte un tout petit peu, et, comme moi, s'est vaguement étonné de ne pas l'entendre ronfler. Les appartements des hommes se trouvent au fond du corridor, le quartier des domestiques est derrière. Me rendant à la salle de bains, j'ai croisé Terry. Oncle Arthur s'activait dans son antre. Douglas était dans le couloir, Fabian à sa porte. Nous étions tous munis de bougies, bien sûr. Nous n'avons pas échangé une parole. Il me semble aujourd'hui que nous étions tous à l'écoute. Depuis, nous nous sommes mis d'accord sur ce point au moins : sans être tout à fait mal à l'aise, nous n'étions pas pour autant parfaitement tranquilles. J'ai mis un temps fou à m'endormir. Puis j'ai rêvé de la broche, cachée dans la lainerie, mais que je ne retrouvais pas parce que tante Florence y donnait son discours, debout au bord d'un précipice... Je me suis réveillée en sursaut, parce que dans mon cauchemar, quelqu'un grimpait l'escalier, lequel craquait. Ce que je veux vous dire, monsieur Alleyn, insista-t-elle en se penchant vers lui, c'est que j'avais été dérangée dans mon sommeil par quelqu'un qui traversait, en effet, le palier.

Les autres se trémoussèrent. Fabian tendit la main vers la réserve et jeta une bûche dans le feu. Douglas marmonna entre ses dents. Terence Lynne posa son tricot et croisa les mains.

— Dans quelle direction ? demanda Alleyn.

— Je n'en suis pas certaine. Vous savez ce que c'est. Rêve et réalité ont une fâcheuse tendance à s'entremêler, dans ces cas-là. Mais je sais qu'il y avait quelqu'un.

— Mme Caneton, de retour du bal, proposa Terry.

— Il était trois heures du matin ! J'ai entendu l'horloge sonner environ cinq minutes plus tard. Or Mme Caneton prétend qu'ils sont tous rentrés à une heure quarante-cinq !

— Ils ont sans doute traîné, dit Douglas.

— Pendant une heure un quart ? De toute façon, Mme Caneton emprunte toujours l'escalier de service. Je ne pense pas que ce fait ait une quelconque importance, monsieur Alleyn. Après tout, nous savons que... que c'est arrivé hors de la maison. Cela étant précisé, conclut Ursula, le menton en avant, quelqu'un était sur ce palier à deux heures cinquante-cinq ce matin-là.

— Et rien ne permet d'affirmer que ce n'était pas Flossie elle-même, acheva Fabian.

3

D'après Douglas...

L'intervention de Fabian souleva une tempête de protestations. Les deux jeunes femmes et Douglas s'emportèrent aussitôt. Tandis qu'une gerbe d'étincelles jaillissait de la bûche neuve, Alleyn vit les mains de Terence Lynne s'entrecroiser nerveusement.

— Une telle proposition est grotesque ! s'indigna-t-elle.

Alleyn vit Douglas Grace glisser un bras le long du dossier du canapé jusqu'à l'épaule de Terence.

— Je suis d'accord ! renchérit-il. Non seulement c'est grotesque, mais en plus, c'est complètement idiot ! Pourquoi diable Flossie serait-elle restée dehors jusqu'à trois heures du matin, revenue dans sa chambre et ressortie aussitôt se faire assassiner ?

— Je ne prétends pas que c'est probable. Je prétends que ce n'est pas impossible. Nous ne pouvons pas prouver qu'il ne s'agissait pas de Flossie en personne.

— Mais pour quelle raison...

— Un rendez-vous ? interrompit Fabian, tout en observant Terence du coin de l'œil.

— Franchement, Fab, c'est d'un mauvais goût ! se fâcha Ursula.

— Tu trouves, Ursy ? Pardonne-moi. N'avons-nous donc jamais le droit de nous moquer des gens après leur mort ? Mais je vous prie de m'excuser. Revenons donc à nos moutons.

— J'ai terminé, annonça sèchement Ursula.

Un silence inconfortable suivit.

— En ce qui nous concerne, intervint enfin Douglas, c'est la fin de l'histoire. Ursula est entrée le lendemain matin dans la chambre de tante Floss pour y faire le ménage. Elle n'a rien remarqué d'anormal. Le lit était fait, ce qui n'est pas plus étonnant que cela dans la mesure où nous faisons chacun le nôtre. Ursy a simplement cru que Florence avait eu le temps de ranger avant son départ.

— Pourtant, murmura Terence, c'était un peu bizarre. Pendant ses absences, les draps de Mme Rubrick étaient toujours lavés, puis remis le jour de son retour. C'est pourquoi, en général, elle laissait tout en vrac.

— Sur le moment, je n'y ai pas réfléchi, expliqua Ursula. J'ai passé le balai mécanique, épousseté les meubles, puis je suis sortie. Tante Florence était une femme très ordonnée, aussi ne me suis-je...

— Un autre détail auquel tu n'as pas prêté attention, Ursula... Rappelle-toi... C'est moi qui t'avais donné le balai mécanique. Je suis venue le chercher quand tu as eu terminé. Il était plein. Je l'ai donc descendu pour le vider dans la poubelle. Et j'ai remarqué, entortillé autour de l'un des axes, entre la roue et le couvercle, un bout de laine. De la laine à l'état naturel, j'entends.

— Tu ne nous as jamais dit cela ! s'exclama Fabian.

— Je l'ai signalé au sous-inspecteur. Il n'y a pas attaché d'importance. Il a dit qu'en pleine époque de tonte, ce n'était guère étonnant. C'est un homme de la ville.

— Ce bout de laine était peut-être là depuis longtemps, Terry, suggéra Ursula.

— Oh, non ! Il n'était pas dedans quand tu m'as emprunté le balai mécanique. J'ai un grand sens de l'observation. De toute façon, si Mme Rubrick l'avait aperçu sur son tapis, elle se serait empressée de le ramasser. Elle avait horreur de cela ! Je suis prête à jurer qu'il n'était pas là tant qu'elle a été dans sa chambre.

— C'était un gros morceau ? s'enquit Fabian.

— Oh, non. Tout petit. Une mèche.

— Une petite mèche de rien du tout ! minauda Ursula, soudain redevenue gaie.

Elle était imprévisible, un instant grave et émue, perdue dans ses souvenirs, l'instant d'après, pleine de joie et d'ironie.

— Une mèche de cette sorte peut s'accrocher à un vêtement lors d'une visite à la lainerie, je suppose ? demanda Alleyn.

— C'est possible, en effet, concéda Fabian.

— Et s'accrocher ensuite au tapis d'une chambre, ajouta Douglas.

— Pas dans celle de tante Florence ! protesta Ursula. C'est toujours moi qui y faisais le ménage, Douglas ! Tu ne vas tout de même pas avoir l'audace d'imaginer que j'y laissais traîner des bouts de laine encore grasse ? Mufle !

Il tourna lentement la tête vers elle. Alleyn vit son bras descendre derrière le dos de Terence Lynne. Ursula rit, lui adressa une grimace.

— Toutes ces histoires de bouts de laine sont des bêtises !

— En ce qui me concerne, intervint Terence, je ne vois vraiment pas ce qu'il y a là d'amusant. La pensée qu'il y ait eu un bout de laine par terre dans sa chambre ce matin-là m'horripile.

— Terry, tu es infernale ! s'emporta Ursula. C'est déjà pénible de devoir évoquer de tels souvenirs. C'est d'autant plus difficile pour moi que j'étais la seule à l'aimer. Tu es froide comme un glaçon, Terry. Je te déteste !

— Allons, allons, Ursy ! murmura Fabian.

S'agenouillant, il posa une main sur le genou de la jeune femme.

— Un peu de calme, ma chérie. Comporte-toi avec dignité ! Tu me déçois.

— Elle était épatante, et je l'adorais. C'est grâce à elle que...

— Bon, bon...

— C'est grâce à elle que nous nous connaissons !

— Qui balança la grappe de raisins devant les lèvres de Tantale ? Serait-ce par hasard tante Florence ?

— Bref, marmotta Ursula, avec cet air mi-chagrin, mi-boudeur qu'elle semblait réserver à Fabian... Vous êtes durs avec moi ! Pardon, Terry.

— Pouvons-nous continuer ? s'enquit Douglas.

Alleyn, toujours dans la pénombre, changea de position dans son fauteuil.

— Capitaine Grace, pendant la fouille, vous avez pris le temps de remonter chercher une lampe de poche à la maison, n'est-ce pas ?

— Deux, monsieur, deux. J'en ai donné une à oncle Arthur.

— Avez-vous vu quelqu'un dans la demeure ?

— Non. Il n'y avait que Markins. Il prétend qu'il s'était retiré dans ses appartements. Rien ne le prouve. Les torches électriques sont sur une table dans le vestibule. Pendant que je m'y trouvais, le téléphone a sonné. J'ai décroché. Cela ne m'a pris que quelques secondes. C'était quelqu'un qui demandait si tante Florence partait bien le lendemain.

— De la terrasse à l'avant, vous apercevez les chemins, il me semble. Pouviez-vous distinguer vos camarades ?

— Seulement les deux filles, et encore, assez mal. La nuit tombait. Je ne voyais pas du tout oncle Arthur, pas plus que Fabian. Je me suis dirigé directement vers mon oncle pour l'éclairer. Il allait bien.

— Etiez-vous avec lui lorsqu'il a trouvé la broche ?

— Non. Après lui avoir tendu la lampe, je suis reparti fouiller mon propre secteur. Je l'ai entendu appeler quelques minutes plus tard. Il a laissé le bijou à l'endroit où il l'avait découvert, à moitié caché par les feuilles desséchées des zinnias. Il m'a dit qu'il avait déjà regardé là auparavant. Mais se pencher le fatiguait, et sa vue était mauvaise. J'ai supposé qu'il l'avait ratée la première fois.

— Etes-vous allé jusqu'au sentier du bout, celui qui relie les chemins entre eux ?

— Non. Mais lui s'y est rendu.

— M. Rubrick ?

— Oui, mais un peu plus tôt. Alors que je remontais vers la maison, et avant que toi, Ursy, tu n'y descendes et ne t'arrêtes pour bavarder avec Terry.

— Donc, Miss Lynne et M. Rubrick se sont croisés, supputa Alleyn.

— Non ! répondit précipitamment Terence.

— Pourtant, selon Miss Harme, quand vous vous y êtes rencontrées, vous lui avez dit que vous aviez cherché par là.

— Un instant seulement. Je ne me souviens pas d'y avoir aperçu M. Rubrick. Je n'étais pas avec lui.

— Mais... (Douglas se tut, reprit :) J'ai dû commettre une erreur. Il me semble qu'au moment où je m'apprêtais à regagner la demeure, il est parti vers le bas. Et lorsque je suis revenu, j'ai eu l'impression qu'il remontait. C'est alors que j'ai entendu votre conversation et...

— Je l'ai peut-être vaguement remarqué, je ne m'en souviens plus de façon précise, trancha Terence. Mais je vous assure que nous n'avons échangé aucune parole. Nous n'étions pas ensemble. Il faisait sombre.

— Pourtant, Terry, insista Ursula, quand j'ai atteint le sentier du bas, tu es venue me rejoindre depuis l'autre bout, à l'embranchement du chemin bordé de lavande.

— Je ne me rappelle plus ce qui s'est passé.

— Je me trompe peut-être, marmonna Douglas, mal à l'aise. Mais au fond, c'est sans grande importance, n'est-ce pas ? Arthur était quelque part par là, et vous aussi, toutes les deux. J'avoue que celui dont les faits et gestes m'intriguent le plus ce soir-là est notre ami M. Markins.

— Et voilà ! s'écria Fabian d'un ton enjoué. Vous voici enfin en terrain connu, monsieur Alleyn !

— Parfait. Capitaine Grace, que pouvez-vous me dire au sujet de ce M. Markins ?

— Pour être précis, je vais devoir retourner en arrière. C'était au cours d'une vente aux enchères de laine, au début de l'année 1939.

— ... Ainsi tante Floss obligea-t-elle ce pauvre cher Arthur à courtiser notre Japonais. Il s'appelait Kurata Kan. Ils le ramenèrent ici pour le week-end. D'après ce que l'on m'a raconté, il s'intéressa à tout, posa toutes sortes de questions, sans jamais se départir de son sourire idiot et figé. Il possédait un superbe appareil photo de marque allemande. Leur ayant expliqué que l'art de la photographie était sa passion, il immortalisa toutes sortes d'objets et de paysages, parmi lesquels le col. Il adorait l'aviation, aussi. D'après ce que m'a raconté par la suite oncle Arthur, il a dépensé une fortune en heures de vol à bord d'un appareil privé... et en a profité pour prendre quelques vues aériennes des lieux. Flossie fut conquise par son « cher M. Kan ». Elle était si flattée qu'il eût proposé le prix le plus élevé pour le lot de Mount Moon ! Les Japonais avaient la fâcheuse habitude, en général, de se contenter de laine de seconde catégorie. Personnellement, je trouve que tout cela sentait déjà le roussi... Lorsqu'elle partit pour l'Angleterre, ils entretinrent une correspondance assidue. Flossie avait toujours été persuadée qu'en cas de guerre les Japonais pencheraient de notre côté. « M. Kurata Kan me raconte toutes sortes de choses... » Je tiens à préciser que ce monsieur passait six mois par an en Australie. Ne l'oublions pas. Flossie revint en 1940 avec Fabian et Ursy. Les deux bonnes étaient parties, et Mme Caneton était seule pour s'occuper d'oncle Arthur. Elle n'en pouvait plus. Ursy tenta de l'aider avec le ménage, mais elle n'y était guère habituée. De toute façon, l'arrangement ne convenait pas du tout à Flossie.

— Moi, je trouvais Ursy charmante, avec son chiffon à poussière, intervint Fabian.

— Evidemment ! Mais le travail était pénible, et tante Floss le savait.

— Cela ne m'ennuyait pas, précisa Ursy.

— Bref, à mon retour de Grèce, j'eus la surprise de découvrir un nouveau venu parmi les domestiques, le dénommé Markins. Et d'où sortait-il, celui-là ? De Sydney. Il était arrivé avec une lettre de M. Kurata Kan. Qu'en dites-vous ?

— Une lettre de recommandation ?

— Parfaitement. En fait, il n'avait jamais travaillé pour les Kan. Il dit qu'il a été le valet d'un officier anglais de l'artillerie, lequel l'a débusqué quelque part en Amérique et amené avec lui en Australie. Il prétend qu'il connaissait bien les domestiques des Kan, et que lorsque son employeur a quitté l'Australie, il s'est adressé à M. Kan en personne pour lui demander un emploi. Or, les Kan s'apprêtaient à regagner le Japon. Markins leur annonça qu'il aimerait beaucoup tenter sa chance en Nouvelle-Zélande. Kan se rappela que Flossie gémissait de ne plus pouvoir trouver un domestique valable dans ce pays. D'où la lettre de recommandation. C'est la version de Kan. Je radote peut-être, mais, en ce qui me concerne, je trouve ça louche. Discret, remarquablement efficace, Markins aurait pu trouver une place n'importe où. Nous ne savons rien de lui, sinon qu'il est né anglais, mais qu'il possède un passeport américain. Il a donné le nom de ses employeurs américains, mais ne connaît pas leur adresse actuelle.

— Je peux vous dire que ces derniers ont été retrouvés, interrompit Alleyn. Ils confirment les faits.

Cette déclaration les impressionna.

— Saperlipopette ! s'exclama Fabian. J'ai été médisant au sujet de notre modeste détective. Je retire mes accusations de tout à l'heure. Du moins, quelques-unes. Car je continue d'affirmer que notre très cher M. Jackson est presque bon à enfermer.

— De toute façon, cela ne prouve rien ! décréta Douglas. J'appuie mes déclarations sur des faits à peu près sûrs. Je pense que vous en conviendrez vous-même, monsieur, quand vous m'aurez entendu jusqu'au bout.

— N'oublie pas, Douglas, que M. Alleyn a vu les archives ! lui rappela Fabian.

— J'en ai conscience, mais je me demande bien ce qu'ils ont pu y mettre comme bêtises ! Mon but n'est pas de critiquer les morts, mais mon devoir, il me semble, est de vous donner mon avis en toute honnêteté. Or, je ne serais pas honnête si je ne vous disais pas que tante Floss aimait être au courant de tout. C'était une femme curieuse, inquisitrice, qui de surcroît aimait montrer aux autres qu'elle savait tout à tout propos.

— Je sais ce que tu vas dire ensuite, intervint Ursula, et je te désapprouve complètement !

— Ma chère, je te prie de te taire ! Monsieur Alleyn... Revenant de Grèce, j'ai découvert Fabian en pleine... activité. Il me paraît inutile de m'étaler sur la question, conclut-il en haussant un sourcil.

— Douglas, tu es superbe ! railla Fabian. Bien entendu, il est inutile de t'étaler sur la question. N'oublie pas que M. Alleyn sait déjà tout.

— Losse, taisez-vous ! ordonna brusquement Alleyn.

Fabian arrondit la bouche, la referma.

— Vous êtes un vrai moustique ! commenta Alleyn, l'air tranquille.

— Excusez-moi.

— Je poursuis ? s'enquit Douglas, vexé.

— Je vous en prie.

— Fabian m'a parlé de son invention, qu'il avait appelée, pour des raisons de sécurité, son batteur à œufs. Une idée de Fabian, bien sûr. Personnellement, je préfère l'Ajustement X.

— Je vois, murmura Alleyn, très grave. L'Ajustement X.

Fabian esquissa un sourire.

— Il me proposa de jeter un coup d'œil sur ses planches et ses notes. L'ex-canonnier que j'étais fut forcément intéressé. L'idée me parut exploitable. J'avais suivi des études d'ingénieur en électronique avant de m'engager, et cette histoire de détonateur magnétique m'excitait. Je n'épiloguerai pas là-dessus pour le moment.

Alleyn hocha le menton.

— Evidemment, il fallait mettre au courant tante Flossie. Vous comprenez, nous avions besoin d'une pièce pour nous, d'un peu d'équipement. Elle nous avança d'ailleurs de l'argent à cet effet. Il n'y avait pas d'électricité de ce côté du plateau. Nous dûmes construire une éolienne et acquérir une petite dynamo. Elle avait l'intention de demander une installation complète, mais pour le moment, nous n'avons encore de jus que dans notre atelier. C'est elle qui a tout payé. Nous y avons passé de plus en plus de temps, et par la suite, quand il fallut soumettre notre projet aux autorités compétentes, elle nous fut d'un secours précieux. Elle saisit un type haut placé dans la hiérarchie de l'armée et s'arrangea pour que nous le rencontrions... Il avertit ses petits camarades en Angleterre... Nous venons de recevoir les plus vifs encouragements de la part de... Bref !

— Oui, bref, trancha Alleyn.

Fabian eut soudain l'idée de lui offrir un cigare, qu'il refusa.

— Elle nous fut d'une aide certaine, reprit Douglas, mais elle était souvent indiscrète, notamment au cours des repas.

— Il fallait l'entendre ! dit Fabian... « Alors, qu'en pensent mes deux inventeurs ?... » Ensuite, elle nous gratifiait d'une grimace digne des trois sorcières de Macbeth, posait un doigt court sur ses lèvres et murmurait : « Mais, chut ! C'est un secret, n'est-ce pas ? »

Alleyn contempla le portrait au-dessus de la cheminée. La femme maigre, noueuse, semblait le contempler de ce regard vide et indéchiffrable, trait commun à tout tableau académique. Une sensation étrange le submergea, et il eut l'impression que si elle avait pu lever l'index jusqu'à cette bouche trop étirée sur les dents protubérantes, elle l'aurait conseillé : « A vous. Posez telle question. Taisez-vous, ils abordent un sujet d'importance capitale... »

— C'est vrai, acquiesça Douglas. C'était impossible, à la fin ! Bien entendu, tout le monde dans cette maison savait que nous vaquions à de mystérieuses affaires. Fabian tentait de me rassurer : « Et alors ? Tout est sous clé ; d'ailleurs personne n'y comprendrait rien ! » Mais je n'aimais pas du tout la façon dont Flossie en parlait. Ensuite, son attitude changea.

— Parce qu'au Parlement, l'on s'inquiétait de fuites d'informations dans le camp ennemi, dit Ursula. Elle prit cela très à cœur, tu le sais bien, Douglas. Et puis, il y eut ce navire coulé au large de l'île du Nord. Cet épisode la bouleversa !

— Personnellement, je m'affolais beaucoup plus de ses mesures de prudence que de sa curiosité ! constata Fabian. On se serait cru dans un roman d'espionnage. Elle tapissait les murs de mémos incitant à la vigilance. Continue, Douglas.

— L'incident eut lieu vingt et un jours avant sa mort. Et je serais fort surpris que vous n'établissiez aucun parallèle entre mon expérience et celle d'Ursy. Fabian et moi avions travaillé très tard pour améliorer un point crucial de notre gadget... Disons, pour simplifier, qu'il s'agissait d'un mécanisme de sécurité.

— Pourquoi « pour simplifier » ? C'était bien un mécanisme de sécurité, ni plus, ni moins.

— Décidément, Fabian, je ne comprends rien à ton comportement. Je suis certain que M. Alleyn est aussi désemparé que moi. Tu m'énerves, avec ton humour anglais, et...

— D'accord, d'accord, mon vieux ! Mais restons modestes. Tu sais pertinemment que plus d'un écolier a dû imaginer une mine aérienne magnétique de ce type. Seuls, les plans ou la maquette auraient éventuellement pu servir au...

— Justement ! hurla Douglas, puis il baissa le ton... Les plans et la maquette.

— Quant à Markins, nous n'avons rien à craindre de lui aujourd'hui : il passe la soirée avec les Johns.

— Qu'il dit ! rétorqua Douglas. Bien, monsieur Alleyn, j'en reviens donc à cette fameuse soirée, trois semaines avant la mort de tante Floss. Je m'efforçais de modifier le système de sécurité...

Son récit rappelait en effet celui d'Ursula.

Ce soir-là, vers vingt et une heures, Douglas et Fabian venaient de fermer à double tour la pièce où ils travaillaient sur leur invention. Ils étaient surexcités à l'idée qu'ils allaient pouvoir perfectionner une partie de leur appareil.

— Nous n'en pouvions plus, dit Douglas. Nous étions chancelants de fatigue. En général, c'est moi qui conservais les clés de l'atelier et du coffre-fort, mais pour une fois, comme nous pensions peut-être revenir l'un ou l'autre au cours de la nuit, nous avons décidé de les cacher dans une boîte sur la commode de ma chambre. Fabian pouvait donc les y prendre s'il le voulait sans me déranger.

A ce moment-là, ils aperçurent Markins, qui longeait silencieusement le corridor en venant de l'escalier de service. Le domestique leur demanda s'ils savaient où était Mme Rubrick, car on la réclamait au téléphone. Il les avait certainement entendus parler du trousseau de clés.

— Et il a tenté d'en profiter !

Ils se séparèrent. Douglas alla se coucher. Mais il était trop énervé pour dormir. Pour finir, parfaitement éveillé, obsédé par ses calculs et ses dessins, il décida de se relever pour vérifier le problème sur lequel ils s'étaient penchés plus tôt. Il tendait la main vers sa table de chevet pour allumer la lampe, quand il perçut un bruit dans le couloir, à sa porte. Au-dehors, quelqu'un se déplaçait précautionneusement, lentement. Atterré, Douglas tendit l'oreille, la main toujours en l'air. Les pas s'arrêtèrent.

Il eut un mouvement involontaire, et sa bougie tomba. Le bruit lui parut assourdissant. De l'autre côté de sa porte, le rôdeur s'éloigna en courant. Douglas bondit de son lit.

Tout était noir. Au bout du corridor se trouvait un second passage, plus court, donnant à l'ensemble une forme de « T ». Douglas y vit diminuer la lueur d'une torche électrique vers la gauche. Or, dans ce coin, l'unique pièce habitée était celle de Markins. L'escalier de service était à droite.

A ce point de son discours, Douglas renversa la tête en arrière et regarda tout autour de lui, l'air nonchalant. Que pouvait bien fabriquer Markins dans ce couloir à trois heures moins le quart du matin ? (Il avait pris la peine de noter l'heure.) Pourquoi s'était-il attardé devant la chambre de Douglas ? Il n'y avait qu'une explication possible : Markins avait nourri le projet d'entrer dans sa chambre et de voler les clés de l'atelier.

— Tiens donc ! murmura Fabian. Nous attendons la suite avec impatience.

Douglas se recoucha avec son trousseau de clés. A son réveil, il fit part de ses soupçons à Fabian, lequel se montra plutôt sceptique, mais convint qu'à l'avenir ils surveilleraient de plus près leurs clés.

— J'ai même confectionné un volet cadenassé pour protéger la fenêtre, gémit Fabian. Il s'est moqué de moi et ne m'a pas cru quand j'ai soutenu que je me couchais, les clés accrochées à une ficelle autour de mon cou. C'était pourtant la vérité.

— J'étais franchement inquiet, reprit Douglas. Le lendemain, je suivis maître Markins à la trace. A une ou deux reprises, je le surpris m'observant d'un drôle d'air. C'était un jeudi. Flossie lui avait donné son samedi, et il s'en alla avec la voiture postale. Il est copain avec le gérant du pub, de l'autre côté du col. Après mûre réflexion, je me dis qu'une petite enquête était justifiée. Je pense que vous serez d'accord avec moi, monsieur. Je me rendis donc à sa chambre (fermée à clé, mais que j'ai pu ouvrir en limant une clé d'un vieux trousseau suspendu dans l'office).

Douglas marqua une pause et ébaucha un sourire. Son bras était toujours sur les épaules de Terence Lynne. Elle se tourna vers lui, ses aiguilles cliquetant inexorablement, et le dévisagea d'un air songeur.

— Douglas ! C'est odieux ! s'indigna Ursula.

— Ma chère enfant, j'avais toutes les raisons de croire qu'il était lui-même impliqué dans un sale boulot... Ne le comprends-tu donc pas ?

— Bien sûr que si, mais je ne peux pas croire que Markins soit un espion ! Je l'aime bien, moi.

Douglas haussa les sourcils et s'adressa directement à Alleyn :

— Au début, je crus m'être planté. Tout était fermé à double tour. Et puis, j'ouvris une armoire, et là, par terre, je découvris quelque chose.

Douglas s'éclaircit la gorge, sortit de la poche de poitrine de sa veste un portefeuille, d'où il extirpa un morceau de papier.

— Regardez, monsieur. Ce n'est pas l'original, car l'original, je l'ai confié à la police. Mais c'est une fidèle réplique.

— Humm, murmura Alleyn, un fragment d'emballage de pellicule Leica ou autre marque similaire d'appareil photo.

— Parfaitement, monsieur. J'avais connu un type, au mess, qui se servait de ces pellicules, et je me souvenais tout à fait de leur apparence. Je trouvai tout de même bizarre que Markins pût posséder un Leica. Par ici, quand on peut s'en procurer un, c'est pour une somme allant de vingt-cinq à cent livres. Evidemment, me suis-je dit, l'appareil ne lui appartient peut-être pas. Mais un costume était accroché dans le placard, et, dans la poche, je retrouvai le ticket de caisse d'un magasin d'accessoires photo. Markins y avait dépensé cinq livres. Il avait acheté, entre autres, douze pellicules pour un Leica. Sans doute avait-il peur d'en manquer. Je remuai ses valises, l'une d'entre elles devait contenir son matériel de développement. En quittant la chambre, j'étais persuadé d'avoir mis le doigt sur un élément capital. Markins avait l'intention de photographier tout ce qui lui tomberait sous la main dans notre atelier et d'envoyer les résultats de ses exploits à ses supérieurs.

— Je vois, soupira Alleyn. Et qu'avez-vous fait ?

— J'en ai parlé aussitôt à Fabian.

Alleyn se tourna vers ce dernier.

— Oh, oui. Il m'a tout raconté, et... nous nous sommes violemment disputés. N'est-ce pas, Doug ?

— N'exagérons rien, tempéra Douglas. Nous n'étions pas du même avis.

— Pas du tout ! renchérit Fabian. Voyez-vous, monsieur Alleyn, mon idée était celle-ci. Supposons que Markins soit un sale type. Questionné au sujet de son escapade nocturne, il pouvait répondre : a) que souffrant de maux de ventre et n'ayant pas le courage de descendre aux w.-c. du quartier des domestiques, il s'était servi des nôtres ; b) que ce n'était pas lui dont il s'agissait. Quant à sa passion pour la photo... Peut-être un employeur reconnaissant lui avait-il offert un Leica ? Ou peut-être avait-il économisé sou par sou de quoi acquérir lui-même en Amérique un appareil de seconde main ? Fou de photo ne rime pas forcément avec espion. Et s'il enfermait à clé son matériel de développement, ce pouvait être parce qu'il était tatillon, ou parce qu'il n'avait pas confiance en nous... Je dois avouer qu'avec Doug dans les parages, il n'avait pas tort de se méfier.

— Vous pensiez donc qu'il ne fallait pas bouger ?

— Non. J'ai dit que nous devions veiller tout spécialement à la façon dont nous rangions nos documents et rester aux aguets. J'ai suggéré ensuite, après réflexion, que si le comportement de Markins continuait d'éveiller nos soupçons, le plus sage serait d'en référer aux responsables des affaires d'espionnage de ce pays.

— Et vous, Grace ? Etiez-vous d'accord ?

Non. Douglas avait protesté vigoureusement... Il

admit avec un petit rire qu'il avait une piètre opinion du système de contre-espionnage mis en place par le gouvernement.

— Je préférais m'attaquer moi-même au problème. Nous sommes ainsi, par ici, monsieur Alleyn. Nous aimons que les choses soient faites à notre manière.

Il ajouta que sa colère l'avait incité à agir vite et en personne. Les propositions de Fabian étaient grotesques. Pourquoi attendre ? Bien sûr qu'il fallait envoyer un rapport, mais il fallait avant tout confondre Markins. Puis s'en débarrasser, par le biais des autorités compétentes. Ils en discutèrent longuement et finirent par se quitter sans avoir pris de décision. En partant, Douglas croisa sa tante, laquelle, comme par hasard, se lança dans un interminable panégyrique de son majordome :

« — Comment m'en sortirais-je sans lui ? Dieu merci, il rentre ce soir. Je touche du bois, avait-elle déclaré, tout en se tapotant le front. Il affirme être heureux avec nous. S'il devait nous abandonner, je ne m'en remettrais pas ! »

C'en était trop. Douglas la suivit jusque dans le bureau, où elle eut droit à un sermon en règle.

— Je ne me laissais jamais marcher sur les pieds par Flossie, expliqua-t-il en se frottant la moustache. Nous nous comprenions plutôt bien. Je la taquinais souvent, elle adorait cela. Elle était bonne joueuse, au fond ; il suffisait de l'empêcher de vous mener par le bout du nez. Je n'y suis pas allé par quatre chemins : je lui ai dit qu'elle devait renvoyer Markins sur-le-champ et je lui en ai donné la raison.

— Je n'en savais rien ! marmotta Terence Lynne entre ses dents.

Flossie fut anéantie, bien sûr. Elle était prise au piège. Déchirée entre l'idée de devoir se séparer de son « bijou » (elle appelait souvent Markins ainsi), d'une part, et son zèle (appuyé par ses déclarations publiques) en matière de contre-espionnage. Douglas lui rappela un discours qu'elle avait tenu lors d'un débat public, et dans lequel elle avait annoncé, avec autant de fermeté que de majesté : « Je le dis aujourd'hui, solennellement, en toute connaissance de cause... pour notre survie à tous, il est de notre devoir de surveiller nos paroles, mais aussi de dénoncer quiconque, inconnu ou ami proche, qui par la moindre indiscrétion mettrait en péril notre sécurité. Car n'en doutez pas, mesdames et messieurs ! L'ennemi est parmi nous. Méfions-nous de lui et gardons-nous de lui donner l'asile !... » Remise à sa place, penaude, Flossie dévisagea son neveu. Mais elle domina vite son désarroi.

« — Tu travailles trop depuis quelque temps, Douglas. Tu as les nerfs en boule, mon petit. »

Douglas balaya cette objection pour évoquer ses liens avec le dénommé Kurata Kan (Flossie tressaillit), le passé flou de Markins, l'importance du projet sur lequel il œuvrait nuit et jour avec Fabian et l'impossibilité d'encourir le moindre risque. Il mènerait discrètement son enquête, et, si Markins lui paraissait toujours aussi louche, demanderait à Flossie en personne d'en avertir ses supérieurs.

La pauvre Mme Rubrick se tordit les mains de dépit.

« — Mais pense à tous les services qu'il me rend ! gémit-elle. Et il est si gentil avec Arthur ! Il est merveilleux avec Arthur ! Si patient, si déférent, Douglas. Tout seul, dans une demeure de cette taille ! Et tout est impeccable, organisé, parfait, alors qu'il ne bénéficie d'aucune aide.

« — Les filles se débrouilleront bien sans lui.

« — Je ne le crois pas un seul instant ! Je ne me trompe jamais dans mes jugements. Jamais ! Ce n'est pas possible, je refuse de le croire. »

Cependant, comme l'avait précisé Ursula, Flossie était une femme intègre. L'intervention de Douglas semblait avoir provoqué l'effet voulu. Elle arpenta la pièce de long en large en se tapotant les dents du haut avec le bout de son crayon, signe infaillible qu'elle était au comble de l'agitation. Il attendit.

« — Tu as raison, concéda-t-elle enfin. Je ne peux pas laisser passer cela... Oui, tu as bien fait de m'en parler, mon petit, conclut-elle en l'observant par-dessus son pince-nez. Je m'en occupe. »

Ce qui ne le rassura guère.

« — Comment cela ?

« — Je vais réfléchir. Puis, agir.

« — Dans quel sens ?

« — Ne te soucie pas de cela, mon petit. Flossie se charge de tout.

« — Mais, tante Floss ! protesta-t-il, nous avons le droit de savoir. Après tout...

« — Et vous saurez, en temps et en heure. »

Elle s'installa derrière son bureau. Elle était minuscule, mais tous ses gestes étaient lourds et bruyants.

« — Allez, ouste ! (Elle se mit à écrire.) Ouste, j'ai dit ! »

Douglas était horrifié.

« — Ah, non, tante Floss. Il ne faut pas ! Vous allez tout révéler au... Ecoutez... »

Mais elle lui coupa sèchement la parole. Il avait choisi de lui soumettre son dilemme, qu'il la laisse maintenant composer comme elle l'entendait avec ses domestiques. Son stylo ne cessait de gratter le papier... Comme il insistait, elle se mit en colère et lui ordonna de se taire. Incapable de se décider à sortir, Douglas fixa la fenêtre, au-delà de laquelle il aperçut Markins, en costume du dimanche, remontant du portail en s'essuyant le front.

« — Tante Floss, je vous en supplie !...

« — Je croyais t'avoir demandé de... »

Atterré, Douglas pivota sur ses talons et disparut.

Interrompant son récit, Douglas se leva pour se rapprocher de la cheminée.

— Vous vous imaginez bien que, par la suite, nos rapports n'ont plus été les mêmes. Agacée, elle s'est mise à me traiter comme un enfant.

— En effet, murmura Fabian, nous avons remarqué que ta cote avait baissé. Pauvre Flossie ! Elle était prise à son propre piège. A cause de toi. Elle ne pouvait te le pardonner, évidemment. Elle t'en voulait beaucoup.

— Inutile d'en rajouter ! grommela-t-il.

— Au fond, avec un peu d'imagination, cela pourrait se transformer en un joli mobile. Contre toi.

— Fabian, tu n'es qu'un imbécile !

— Oui, Fab ! renchérit Ursula. Tais-toi. Tu es infernal !

— Désolé, ma chérie.

— Je ne vois toujours pas comment j'aurais pu agir autrement ! fulmina Douglas. Après tout, comme elle me l'avait si bien dit elle-même : il était son domestique, et cela se passait dans sa maison.

— Tu n'y as pas songé, quand tu as forcé la serrure de sa porte.

— Je n'ai pas forcé la serrure, Fabian. Et puis... c'était différent.

— Mme Rubrick l'a-t-elle confondu ? s'enquit Alleyn.

— Je suppose que oui. Elle ne m'en a pas parlé, et je n'ai pas osé l'interroger : je ne tenais pas à être rembarré une fois de plus.

Douglas alluma une cigarette et inhala longuement. Alleyn songea qu'il avait plus d'un tour dans son sac et qu'il s'apprêtait à leur assener une nouvelle surprise.

— A vrai dire, proclama-t-il d'un ton léger, je suis à peu près certain qu'elle l'a confondu. Et, selon moi, c'est à à cause de ce qu'elle lui a assené lors de cet entretien que Markins l'a tuée.

— Et voilà, le tour est joué ! s'exclama gaiement Fabian. Flossie dit à Markins : « Si j'ai bien compris, d'après mon neveu, vous êtes un agent ennemi. Je vous donne une semaine de gages en guise de préavis. Vous pouvez vous attendre à être arrêté et fusillé avant d'avoir atteint la gare !... » Cause toujours, se dit Markins en son for intérieur. Le soir même, après avoir servi à table, il s'offre une petite promenade du côté de la lainerie. Il entend Flossie en plein exercice vocal, entre sur la pointe des pieds, la trucide... Non, ça n'a aucun sens.

— Tu caricatures tout ! se plaignit Douglas.

— Mais c'est absurde ! insista Fabian. Accuser de but en blanc Markins ? Cela ne ressemble pas à Florence ! C'eût été un acte parfaitement idiot, et Dieu sait que Flossie n'était pas sotte !

— C'était son intention. Elle l'a clairement exprimée.

— Elle devait « s'en occuper ». Elle avait surtout envie que tu t'en ailles, et au fond, je la comprends.

— Mais comment pouvait-elle « s'en occuper » sans soumettre Markins à un interrogatoire ? demanda Terence Lynne.

Elle s'exprimait si rarement que le son de sa voix, froid et incisif, les surprit.

— A mon avis, la connaissant, elle a dû réfléchir longuement avant d'agir. Peut-être même a-t-elle consulté oncle Arthur, ajouta Fabian.

— Non ! trancha Douglas.

— Qu'en sais-tu ? s'enquit Ursula.

Il y eut un silence.

— Ce n'était pas dans son tempérament, argua Douglas.

— Il est souvent question de son tempérament, n'est-ce pas, monsieur Alleyn ?

— Dès que sont apparues les premières affaires d'espionnage dans ce pays, elle a été sur le qui-vive, protesta Douglas. Markins le savait. Comment aurait-il réagi, selon vous, sachant qu'elle le soupçonnait ?

— D'ailleurs, sans aller jusqu'à l'accuser ouvertement, si elle avait changé d'attitude à son égard, Markins n'aurait pas été dupe ! s'exclama Ursy.

— Absolument ! acquiesça Douglas.

— Notre chère Flossie était rusée comme un renard.

— Exact ! approuva Terence.

— Bien..., soupira Alleyn. Et avez-vous remarqué, les uns ou les autres, une certaine modification dans son comportement envers le majordome ?

— En toute franchise, oui, avoua Fabian. Mais nous avons mis cela sur le compte de sa querelle avec Cliff Johns. Durant la dernière semaine de sa vie, elle fut irritable avec tout le monde, des employés de la ferme à la cuisinière.

— Elle était malheureuse ! la défendit Ursula. Horriblement déçue par cette histoire avec Cliff. Elle se confiait toujours à moi. Je suis sûre que si elle s'était disputée avec Markins, elle me l'aurait dit. Elle me surnommait sa Soupape de Sécurité.

— Mme Arthur Rubrick ! aboya Fabian. Accompagnée de Miss U. Harme, Soupape de Sécurité et Assistante Préférée...

— Peut-être a-t-elle attendu ce soir-là pour entamer la conversation avec lui, suggéra Douglas. Le soir de sa disparition, j'entends. Peut-être avait-elle écrit aux autorités compétentes et préférait recevoir des conseils officieux avant de se lancer. Peut-être est-ce justement cette lettre qu'elle avait commencé à rédiger en ma présence ! s'écria-t-il.

— Si c'était le cas, je serais probablement au courant, dit Alleyn.

— Oui, répondit Fabian. Mais oui, bien sûr. Après tout, vous appartenez aux « autorités compétentes », n'est-ce pas ?

De nouveau, ce fut le silence ; un silence pénible. Alleyn pensa qu'une fois de plus Fabian Losse avait eu une phrase malheureuse. Ils étaient tous sur leurs gardes.

— Bref, voilà mes arguments contre Markins, conclut Douglas. Je ne prétends pas qu'ils soient infaillibles, mais je suis sûr qu'ils contiennent plus d'une vérité. D'ailleurs, vous ne pouvez pas nier qu'après sa disparition, il a réagi de la manière la plus bizarre.

— Moi, je peux le nier, et je le nie ! décréta Fabian.

Catégoriquement, si cela vous fait plaisir. Il était inquiet, comme nous tous.

— Nerveux.

— Nous l'étions tous. Je me serais davantage méfié de lui s'il était resté suave et impassible. Tu raisonnes à l'envers, Douglas !

— Je ne supportais pas ce type dans cette maison. Je ne le supporte pas plus aujourd'hui. Je trouve odieux qu'il soit encore là.

— A ce propos, intervint Alleyn. En quel honneur est-il encore ici ?

— Excellente question, monsieur Alleyn ! Vous n'allez pas me croire, mais s'il se trouve encore parmi nous, c'est parce que la police locale a demandé à oncle Arthur de le garder à son service... Vous comprenez...

Il se lança dans un nouveau récit, où prédominaient les contradictions, l'anxiété et la peur. Cinq jours après que Florence eut emprunté le chemin bordé de lavande et bifurqué vers la gauche, la sonnerie stridente du téléphone les avait surpris. C'était la poste du col. Un télégramme pour Mme Rubrick. Terence l'avait noté. « ESPERONS QUE VOUS N'ETES PAS SOUFFRANTE, STOP, COMPTONS SUR VOUS REUNION JEUDI, STOP, URGENT. » Le tout était signé par un confrère membre du Parlement. Ainsi, Florence n'était jamais arrivée à destination ! Où se trouvait-elle ? Coups de fil de plus en plus affolés ; contacts répétés avec divers avocats, commissariats et autres hôpitaux ; S.O.S. lancé à la T.S.F., équipes de secours mises en place tout autour du domaine de Mount Moon... Effondrement d'Arthur Rubrick... Tous ces événements s'étaient succédé à un rythme de plus en plus fou jusqu'à l'horrible découverte.

Alleyn crut déceler dans l'assemblée un changement d'atmosphère. Douglas avait commencé à parler seul, mais peu à peu, ses compagnons s'étaient permis d'intervenir, avec de plus en plus de liberté. Enfin, après avoir si longtemps refoulé le drame, ils parvenaient à en discuter... Lorsque Douglas décrivit le cortège lors des funérailles, il précisa que celui-ci était accompagné de trois fanfares (de toute évidence, ce détail l'avait beaucoup impressionné). Fabian choqua l'assistance en riant aux éclats.

— Excusez-moi, balbutia-t-il. Je suis navré... J'ai honte. Mais c'est simplement qu'après ce qui lui était arrivé... trois fanfares... je...

— Fabian ! murmura Ursula en le serrant contre elle. Tais-toi, Fabian, mon chéri.

Douglas le dévisagea, atterré, puis se détourna, écarlate de confusion.

— C'était un hommage, marmotta-t-il. Elle était très aimée. Nous n'avions pas le droit de les empêcher. Personnellement, je...

— Poursuis donc ton histoire, Douglas, l'encouragea Terence.

— Attendez ! interrompit Fabian. Il faut que j'explique quelque chose. C'est mon tour !

— Non ! protesta Ursula.

— Nous nous sommes mis d'accord pour tout dire. Il faut que j'explique quelque chose.

— Non !

— Si, Ursy, il le faut. Je t'en supplie, ne me coupe pas dans mon élan. C'est d'une importance capitale. Tant pis, si je me ridiculise !

— M. Alleyn ne t'en voudra pas, n'est-ce pas, monsieur ? C'est la guerre. Il a été affreusement malade après Dunkerque. Ne faites pas attention.

— Pour l'amour du ciel, mon trésor, tais-toi et laisse-moi parler ! explosa Fabian.

— Mais c'est grotesque. Je ne te permets pas, Fabian !

— Tu n'as pas le droit de...

— De quoi s'agit-il, à la fin ? s'énerva Douglas.

— Il s'agit de savoir si j'ai, oui ou non, assassiné tante Florence. A présent, fermez-la et écoutez-moi !

4

D'après Fabian...

Assis par terre, les genoux sous le menton, Fabian entama sa narration. Au début, il bredouilla ; ses phrases se bousculaient et ses lèvres tremblaient. Chaque fois, il se taisait, sourcils froncés, reprenait son souffle, et, d'une voix plus égale, répétait ce qu'il venait de dire. Bientôt redevenu maître de son émotion, il put s'exprimer de manière tout à fait calme.

— Je crois vous avoir expliqué que j'ai reçu un coup sur la tête à Dunkerque. Je vous ai raconté, aussi, qu'une fois plus ou moins guéri, je me suis vu confier pendant plusieurs semaines une mission spécialisée en Angleterre. C'est à cette époque que m'est venue l'idée du détonateur magnétique pour canons antiaériens... C'est-à-dire, ni plus ni moins, notre précieux Ajustement X. Si tout s'était déroulé normalement, sans doute aurais-je travaillé là-bas sur mon projet. Mais voilà, tout ne se passa pas comme prévu.

Il marqua une petite pause, soupira.

— Un matin je me rendis à mon bureau, en proie à une migraine épouvantable. J'avais l'impression que mon cerveau allait éclater. Cela m'était déjà arrivé, mais je m'étais toujours efforcé de ne pas y prêter trop attention. Donc, me voici assis derrière ma table, l'œil fixé sur le mémo que m'avait envoyé mon officier supérieur, tout en me demandant comment remédier à mon mal. Je me rappelle avoir attiré le papier vers moi. Puis, ce fut le trou noir, et lorsque enfin j'en émergeai, la découverte que j'étais plié en deux sur une barrière dans une rue à plusieurs centaines de mètres de mon propre cantonnement. C'était une barrière très haute, surmontée de fil de fer barbelé. Au-delà s'étendait un terrain militaire. J'avais dû tenter de grimper. J'étais fort malade. Au bout d'un moment, je consultai ma montre. Une heure s'était écoulée. Une heure m'avait été arrachée à ma vie sans que je sache comment. Je contemplai ma main droite, tachée d'encre. Je rentrai chez moi, souffrant abominablement, et téléphonai à mon bureau. Je dus leur paraître complètement dérangé : dès le lendemain matin, le psy de l'armée venait me rendre visite. Il m'annonça que c'était ma fracture du crâne. J'ai avec moi son rapport, vous pourrez le lire si vous le souhaitez... Ce fut pendant qu'il se trouvait avec moi que je reçus la lettre. Adressée à moi-même. Par moi-même. De quoi mettre n'importe qui mal à l'aise, en n'importe quelle circonstance. J'ouvris l'enveloppe, d'où tombèrent six pages recouvertes de mon écriture. Le texte était incompréhensible, les calculs désespérément entremêlés. Je les soumis au médecin. Il se déclara passionné et me fit réformer sur-le-champ. Ce fut alors que Flossie apparut.

Fabian s'arrêta de nouveau, songeur.

— Par la suite, je n'ai subi que deux crises de ce genre. Une fois sur le paquebot. J'étais soi-disant en train de me reposer sur mon transat. Ursy affirme qu'elle me surprit en flagrant délit d'alpinisme sur l'échelle de coupée. Je ne sais pas si je vous ai précisé qu'à Dunkerque, j'ai été atteint alors que je grimpais une échelle de corde pour me réfugier dans une embarcation de secours. Je me suis souvent demandé s'il n'y avait pas là un lien intéressant... Bref... Ursy, ne parvenant pas à me convaincre de redescendre, finit par monter me tenir compagnie. D'après ce que j'ai compris, je poursuivis ma petite escapade, me promenai au gré de ma fantaisie, tout en me comportant d'une manière extrêmement déplaisante. Je me fâchai même à un moment et menaçai d'assommer Flossie à coups de poing. Un détail à retenir, monsieur Alleyn. (Je crois vous avoir déjà signalé que les attentions de Flossie me fatiguaient au plus haut point.) Il semble qu'Ursy ait su me faire tenir à peu près tranquille. Quand enfin je revins sur terre, elle me ramena à ma cabine. Le médecin de bord passant le plus clair de son temps à boire, nous jugions inutile de le déranger... Et puis, il y eut le dernier épisode. Le dernier épisode, oui. Sans doute devinez-vous d'avance ce que je vais vous révéler : c'était le fameux soir de la disparition. Pendant que je fouillais le potager en quête de la broche de Flossie. Malheureusement, cette fois-là, Ursula n'était pas là pour me surveiller.

Fabian changea de position et fixa ses mains.

— Je suppose que j'avais déambulé le nez au sol, pendant si longtemps que j'avais créé un déséquilibre dans mon organisme. Je n'en sais rien. Ce que je sais, c'est que j'entendis les deux filles discuter dans le sentier du bas, et qu'ensuite, comme ça, sans prévenir, ce fut le trou noir. Après le vide habituel, cette horrible sensation de remonter à la surface. J'étais là, à l'autre bout du jardin, accroupi sous un peuplier et perclus de courbatures. Oncle Arthur cria : « Ça y est, j'ai trouvé ! » ; les autres s'exclamèrent de joie. Je me ressaisis et les rejoignis. La nuit était presque tombée. Ils ne pouvaient distinguer mon visage, lequel était sans doute vert pomme. Je les suivis dans la salle à manger et bus mon eau gazeuse tandis qu'ils s'imbibaient du whisky préféré d'oncle Arthur. Il n'était pas en pleine forme, lui non plus, le pauvre bougre. Personne n'avait remarqué quoi que ce soit, sauf...

Il s'écarta légèrement d'Ursula et la dévisagea en esquissant un sourire empli de tendresse.

— Sauf Ursula. Elle avait noté mon air de zombie en déroute. Elle m'en parla dès le lendemain matin. Je lui avouai que j'avais eu encore un « accès », comme les appelait Flossie.

— C'est tellement bête ! chuchota Ursula. C'est complètement idiot ! M. Alleyn va se moquer de toi.

— Tu crois ? Je souhaite que oui ! Je dois dire que je serais infiniment soulagé de voir M. Alleyn se tordre de rire. Pourtant, d'après ce que je vois, il n'en a guère envie. Vous comprenez évidemment où je veux en venir ?...

— Je crois que oui, répondit Alleyn. Vous vous demandez si, victime d'une crise d'amnésie, du syndrome de l'automate ou de je ne sais quel comportement inconscient, vous n'êtes pas allé vous-même à la lainerie commettre le meurtre.

— Exactement.

— Vous dites que vous avez entendu Miss Harme et Miss Lynne bavarder dans le sentier du bas ?

— Oui. Terry a dit : « Pourquoi ne pas nous contenter d'exécuter les ordres ? Ce serait tellement plus simple. »

— Avez-vous prononcé ces mots, Miss Lynne ?

— Plus ou moins, oui, je crois.

— Oui, oui, intervint Ursula. Je m'en souviens.

— Ensuite, ce fut le grand vide, dit Fabian.

— Et lorsque vous êtes revenu à vous, M. Rubrick annonçait à la cantonade qu'il avait découvert le bijou ?

— Oui. C'est sa voix qui me ramena à la réalité.

Alleyn s'adressa à Terence Lynne :

— Combien de temps s'est-il écoulé entre votre conversation avec Miss Harme et la découverte de la broche ?

— Dix minutes environ. Pas davantage.

— Je vois. Losse, vous êtes un homme d'une intelligence exceptionnelle.

— Merci, monsieur, vous êtes trop aimable.

— Ce que je ne comprends pas, c'est pourquoi diable vous avez cru bon de nous débiter un tel flot de sottises.

— Là ! s'écria Ursula. Tu vois ? Qu'est-ce que je t'avais dit ?

— Je ne peux répondre que ceci : je suis très soulagé que M. Alleyn considère comme un « flot de sottises » une déclaration qu'il m'a été très difficile d'exprimer et que je considérais, en fait, comme une confession.

— Mon cher, je ne doute pas un instant que vous ayez subi ces détestables expériences. J'ai parlé trop vite, et je vous prie de m'en excuser. Ce que je tiens à souligner, c'est que votre conclusion est absurde. Je ne prétends pas que, sur un plan purement pathologique, vous soyez incapable de commettre un crime de la sorte. J'affirme, en revanche, que sur un plan purement physique, et d'après tous nos indices, il vous était impossible de perpétrer celui-là.

— Dix minutes, souffla Fabian.

— Parfaitement. Dix minutes. Dix minutes, durant lesquelles vous auriez parcouru plusieurs dizaines de mètres, assommé et... pardonnez-moi, mais je suis obligé de rappeler des faits abominables... vous auriez assommé, disais-je, et étranglé votre victime, sorti un grand volume de laine de la presse, ligaturé le corps, hissé celui-ci sur la presse, rempli celle-là de laine... Vous ne pouviez pas accomplir tout cela pendant le temps qu'a duré votre attaque. De plus, je doute que vous soyez revenu par la suite effacer toutes les traces d'un meurtre que vous ne vous rappeliez pas avoir commis... Vous portiez un pantalon blanc, je crois ? Dans quel état était-il à votre réveil ?

— Dégoûtant. N'oubliez pas que j'étais à quatre pattes dans le potager. J'ai dû foncer dans les courges.

— Mais il n'était pas couvert de bouts de laine ? Ni taché d'autre chose ?

Ursula se leva vivement et alla se planter devant la fenêtre.

— Devons-nous absolument... ? s'enquit Fabian, sans la quitter des yeux.

— Mais pas du tout. Cela peut attendre, le rassura Alleyn.

— Non, répliqua Ursula. Nous l'avons voulu, allons jusqu'au bout de notre démarche. Je vais bien. Je suis simplement venue prendre une cigarette.

Elle leur tournait le dos. Sa voix semblait lointaine et ne trahissait rien de ses émotions profondes.

— Finissons-en, insista-t-elle.

— Vous vous rappelez peut-être, dit Fabian, que l'assassin se serait servi d'un bleu de travail appartenant à Tommy Johns et d'une paire de gants. Les combinaisons sont suspendues à un clou près de la presse. Le lendemain en s'emparant de la sienne, Tommy s'est aperçu qu'une couture avait cédé. Il a remarqué aussi d'autres... petits détails.

— Si cela se vérifie, et je le crois volontiers, cela nous rajoute deux minutes à notre emploi du temps, décréta Alleyn. Vous avez dû y penser vous-même, vous avez longuement réfléchi à la question. Pour vous rendre à la lainerie sans être vu, il vous fallait faire le grand tour. Vous ne pouviez pas emprunter le sentier du bas, au risque d'y croiser Miss Harme ou Miss Lynne. Bien... Après le dîner, j'ai effectué le parcours le plus court possible du potager à la lainerie. Deux minutes au chronomètre. Par les chemins détournés, trois ou quatre minutes. Ce qui vous laisse environ quatre minutes pour le crime proprement dit. Comment vous étonner, après cela, que je dédaigne vos hypothèses ?

— En Angleterre, après ma première crise, répondit Fabian, je me suis énormément intéressé aux troubles de comportement inconscients consécutifs à un traumatisme crânien. C'est assez banal, paraît-il. Curieusement, cet état s'accompagne souvent d'une augmentation des forces physiques.

— Mais pas à la vitesse d'un chat échaudé courant comme un fou dans tous les sens.

— D'accord, d'accord, concéda Fabian. Je suis immensément rassuré, bien sûr.

— Je ne vois toujours pas..., commença Alleyn.

Mais Fabian l'interrompit brutalement :

— Comprenez-vous au moins qu'un homme dans mon état se pose quelques questions sur ses agissements ? Savez-vous ce que c'est que de se rendre compte tout d'un coup qu'une minute seulement de votre vie vous a été enlevée, vous laissant dans le vide, dans le noir, sans savoir ce que vous avez fait, ou dit ou ressenti ? Je vais vous le dire, moi ! C'est horrible ! Il a pu se passer n'importe quoi ! Rien n'est impossible !

— Je vois, murmura Alleyn, dans l'ombre.

— Croyez-moi, je ne tiens pas à être le coupable ! Vous affirmez que je ne peux pas l'être. Tant mieux. Epatant ! Et à présent, pour l'amour du ciel, poursuivons !

Ursula revint de la fenêtre et se percha sur le bras du canapé. Ce fut au tour de Fabian de se lever et d'arpenter la pièce. Un silence les enveloppa.

— J'ai toujours pensé, déclara soudain Fabian, que l'aveu public était l'une des pratiques les plus indécentes de notre époque soi-disant moderne. Je dois dire qu'elle n'est pas sans me fasciner. Une fois lancé, il est difficile de s'arrêter.

— Je ne saisis pas..., bredouilla Douglas.

— Bien sûr que non ! Comment le pourrais-tu ? Tu n'es pas un névrosé comme moi, Douglas, n'est-ce pas ? Mais je ne l'étais pas non plus, autrefois, figure-toi. Avant Dunkerque. Tu as été blessé aux jambes, et moi à la tête. C'est toute la différence entre nous.

— Tout de même, de là à t'accuser toi-même d'un meurtre...

— Névrose de guerre, mon cher Douglas. Le cas classique : « Losse, F. Lieutenant. Sujet à crises de dépression. Refuse d'en parler. Traitement : un meurtre dans la famille suivi d'une psychothérapie (de type policier). Désir marqué de parler de lui-même. Forts sentiments de culpabilité. Guérison peu probable. »

— Qu'est-ce que tu racontes ?

— Rien... Sentiments de culpabilité renforcés par un passé conflictuel avec la victime. Car il faut être tout à fait franc, conclut Fabian en venant se poster devant Alleyn. Trois semaines avant sa mort, Flossie et moi nous sommes violemment querellés !

Alleyn contempla son interlocuteur et vit sa bouche se tordre en un rictus amer. Il exhala une sorte de rire nerveux. Il arborait cet air méprisant, défiant, du névrosé qui ne supporte plus ses propres faiblesses. Pénible, songea Alleyn. Pénible et exaspérant. Flûte !

— Vous vous êtes disputés...

Ursula se pencha en avant et glissa une main dans celle de Fabian. Il entrelaça ses doigts avec ceux de la jeune femme puis, d'un mouvement impatient, s'arracha à son étreinte.

— Oh, oui. Puisque j'ai commencé, autant ne rien vous cacher. Je suis navré que nous ne soyons pas seuls, vous et moi. C'est ennuyeux pour les autres. Surtout pour Douglas. Douglas est toujours puni, le pauvre. Je demande pardon aussi à Ursula parce qu'elle est aussi impliquée là-dedans.

— En effet, riposta Douglas. Tu pourrais la laisser tranquille.

— Ne sois pas idiot, Douglas. C'est ce qu'il s'inflige à lui-même qui importe.

— Et à Douglas, bien sûr ! s'écria Fabian. N'oubliez pas ce que j'impose à notre cher Douglas, lequel devient notre guignol de service. Ma foi ! c'est une véritable farce de fin de siècle ! Flossie était notre duègne, naturellement, et toi, Douglas, son candidat idéal pour un mariage de convenance. Ursy est l'héroïne capricieuse qui secoue farouchement ses jolies boucles et regarde ailleurs. En ce qui me concerne, je devrais avoir au moins la sympathie du public, puisque personne d'autre ne me l'accorde. Il n'y a pas de héros, car je tourne mal en cours de route. Terry, tu aurais pu être la confidente, mais mon petit doigt me dit que tu menais en douce une intrigue secondaire.

— Je vous avais prévenus que si l'un d'entre nous tombait dans ce piège, nous le regretterions tous ! s'exclama-t-elle.

Fabian se jeta sur elle en la fusillant des yeux.

— Mais toi, tu l'évites, le piège, n'est-ce pas, Terry ? Du moins pour l'instant.

Elle posa son ouvrage sur ses genoux. Un fil de laine écarlate coulait sur sa robe noire pour se répandre en une petite mare à ses pieds.

— Oui, je l'évite. Je dois avouer que je trouve tout ceci très embarrassant. Et j'aimerais savoir ce que tu entends par « du moins pour l'instant », Fabian.

— Je ne veux pas que le nom de Terry soit...

— Tais-toi, Douglas ! Pauvre Douglas ! railla Fabian. Le chevalier servant toujours prêt ! Mais cela est inutile, tu sais. Je suis décidé. Et franchement, Ursy, il n'y a pas de quoi s'affoler. J'ai peut-être subi une fracture du crâne, je suis peut-être un peu fou, mais n'oublie pas que je t'ai rendu un hommage équivoque le jour où je t'ai demandé ta main.

— Cette histoire révèle un aspect inattendu du caractère de Flossie, expliqua Fabian.

Elle dévoilait aussi une autre facette d'Ursula Harme, songea Alleyn en l'écoutant, car la jeune femme, réalisant que plus rien n'arrêterait Fabian, opta pour la franchise et l'objectivité.

Selon toute apparence, Fabian s'était épris d'elle au cours de la traversée. Mais il avait décidé de garder pour lui son secret.

— Parce qu'à tout prendre, je n'étais pas un candidat au mariage digne de la pupille de Mme Rubrick, railla-t-il.

Dès son arrivée en Nouvelle-Zélande, il consulta un grand spécialiste, auquel il soumit tous les dossiers concernant son état de santé. Il se sentait déjà beaucoup mieux. Ses migraines étaient moins fréquentes, les crises s'espaçaient de plus en plus. Le médecin prit de nouvelles radios, les compara aux précédentes, annonça que la blessure interne était en voie de guérison. Il recommanda à Fabian de mesurer ses efforts, tout en lui affirmant qu'il serait bientôt totalement rétabli. Rassuré, Fabian gagna le domaine de Mount Moon et tenta de prendre une part active à la vie de l'exploitation. Malheureusement, ces prouesses physiques le fatiguaient encore trop, et il finit par se mettre sérieusement au travail sur son projet de détonateur magnétique.

— Mes sentiments envers Ursy demeuraient les mêmes, mais j'étais toujours aussi résolu au silence. Elle était adorable avec moi, ce qui ne me facilitait guère la tâche, mais je ne pouvais pas imaginer ce qu'elle éprouvait envers moi. En attendant, j'évitais tout ce qui aurait pu ressembler à une déclaration d'amour, non seulement par honnêteté, mais aussi par peur d'être humilié.

Un après-midi, quelques mois plus tard, Flossie se rua vers l'atelier, surexcitée. Fabian lui ouvrit la porte, et elle brandit une feuille de papier sous son nez.

« — Lis ! s'écria-t-elle. C'est de la part de mon Neveu Favori ! C'est formidable ! »

Markins avait pris en dictée le télégramme annonçant le retour imminent de Douglas Grace. Flossie était enchantée. Pensez donc ! Son Neveu Favori ! Si gentil avec sa vieille tante ! Ils s'étaient tant amusés à Londres avant la guerre...

Douglas viendrait directement à Mount Moon. Enfant, il y avait passé toutes ses vacances. Mount Moon était son « chez-lui ». Son père avait été tué en 1918, et sa mère était décédée trois ans auparavant, alors qu'il suivait ses études d'ingénieur à Heidelberg.

« — Il n'a donc plus que sa vieille tantine, dit Flossie. Ton oncle assure que s'il est démobilisé, il restera ici en tant que cadet salarié. Mais nous ne savons pas quelle est la gravité de sa blessure.

« — De quoi souffre-t-il ?

« — C'est un problème musculaire, je crois. Un *glutœus maximus*. »

Fabian s'esclaffa, ce qui offensa profondément Mme Rubrick. Mais elle était trop heureuse pour prolonger les hostilités.

« — N'est-ce pas épatant d'imaginer qu'Ursy et Douglas vont se rencontrer ? Ma petite Assistante Préférée et mon Neveu Favori... Et toi aussi, bien sûr, Fab. J'ai si souvent parlé à Ursy de Douglas ! Elle doit avoir l'impression de le connaître déjà. »

A ce moment-là, Florence avait jeté un coup d'œil perçant vers Fabian. Il était sorti avec elle de l'atelier, avait fermé la porte à double tour derrière eux. Son cœur s'était serré d'appréhension. La situation se retournait brusquement contre lui. Flossie lui prit le bras, tandis qu'ils longeaient le corridor.

« — Tu vas me traiter de vieille peau, d'incorrigible marieuse », poursuivit-elle.

En dépit de son désarroi, Fabian trouva le moyen d'être agacé par ces constantes références à son âge.

« — Bien sûr, ce n'est qu'un rêve, mais je serais si contente, s'ils s'entendaient tous les deux ! J'ai toujours pensé qu'ils étaient faits l'un pour l'autre. Enfin ! Nous verrons... Tu sais, Fab, sa présence sera une bénédiction pour toi, ajouta-t-elle en l'observant à la dérobée. Il est si sain, si vigoureux. Il te sortira de ta coquille ! Ha ha ha ! »

Ainsi Douglas avait-il fait son apparition au domaine de Mount Moon, et les deux hommes s'étaient-ils associés pour perfectionner l'invention de Fabian. Dès le début, ce dernier fut aux aguets :

— Flossie ne ratait jamais une occasion d'essayer de créer l'étincelle entre Ursy et Douglas. Ah ! Les expéditions en tête à tête au col ! Les soirées, le choix des places assises... Elle agissait avec une virtuosité incroyable. Ursy et Douglas à sa droite. Terry, oncle Arthur et moi-même à sa gauche. Le tout, avec une maîtrise et une impudence admirables. Un jour, à la veille d'un de ses multiples départs pour l'île du Nord, ses machinations furent si évidentes qu'oncle Arthur la traita de « Pandora ». Mais elle ne saisit pas le sens de son allusion et crut qu'il se moquait d'elle parce qu'elle emportait beaucoup de bagages.

Fabian crut pendant un temps que les plans échafaudés par tante Flossie finiraient par se réaliser ; il tenta de s'accoutumer à cette idée. Rongé par l'incertitude, il guetta les regards furtifs, les clins d'œil complices. A tel point qu'il finit par en voir alors qu'il n'y en avait pas.

— A l'époque, plus j'avais Douglas auprès de moi dans l'atelier, plus j'étais soulagé. Je savais qu'au moins pendant ce temps, ils n'étaient pas ensemble. C'était mesquin de ma part, je le reconnais, mais je ne crois pas que quiconque l'ait remarqué.

— Je croyais simplement qu'il en avait assez de moi, raconta Ursula à Alleyn. Il était d'une courtoisie glaciale.

Et puis, un jour où Fabian souffrait d'une de ses rares mais foudroyantes migraines, ils s'étaient disputés.

— Une scène ridicule, confia-t-il en offrant à Ursula un coup d'œil attendri. Inutile de la décrire. Nous parlions pour ne rien dire, sans nous écouter.

— Quant à moi, je sanglotai, je gémis ! Je lui hurlai que si je l'irritais à ce point, il n'avait pas besoin de se forcer à me voir du tout ! Ensuite, tout s'arrangea comme par miracle. Nous fûmes certains, tout d'un coup, que ce serait le paradis.

— Ce ne fut malheureusement pas le cas, reprit Fabian. Je retombai brutalement sur terre, me disant que je n'avais pas le droit d'aimer qui que ce fût. Dix minutes plus tard, j'entamai mon numéro de héros et annonçai à Ursy qu'elle devait m'oublier. Elle me répondit qu'il n'en était pas question. Nouvelle querelle, que vous imaginez sans doute parfaitement d'après le contexte. Je faiblis, bien sûr. Je n'ai jamais été un champion de la... Bref, une fois de plus, ce fut la réconciliation. Je décidai de revoir le psychiatre et de me fier à ses conseils. C'était compter sans notre Floss nationale.

Fabian retourna vers l'âtre, enfonça les poings dans ses poches, contempla le portrait de sa défunte tante.

— Je vous le répète : elle était rusée comme un renard. Fine, perspicace. Elle eut l'intelligence, par exemple, de ne pas parler de moi avec Ursy. Plus remarquable encore : elle évitait consciencieusement d'aborder avec elle le sujet de Douglas. Je suppose qu'elle se contentait de subtiles allusions, savamment brodées dans la conversation. Mine de rien... N'est-ce pas, Ursy ?

— Elle aurait tant souhaité que Douglas et moi nous aimions ! murmura-t-elle d'un ton chagrin. Elle aimait énormément Douglas.

— Elle était moins fière de moi. Car d'après tout ce que vous avez entendu jusqu'ici, vous avez compris, je pense, que ma cote de popularité avait considérablement baissé. Je n'étais pas un Monsieur Oui-Oui. J'avais mal réagi au trop-plein de soins qu'elle avait voulu me prodiguer, et elle m'en voulait de m'être lié d'amitié avec oncle Arthur.

— C'est absurde ! interrompit Ursula. Franchement, mon chéri, tu dis n'importe quoi ! Elle m'a affirmé au contraire qu'elle était heureuse de constater qu'enfin oncle Arthur avait quelqu'un à qui se confier.

— Bien sûr, bien sûr, murmura Fabian. Mais cela l'exaspérait. C'était une relation sur laquelle elle n'avait pas la moindre emprise. J'adorais mon oncle Arthur, soupira Fabian, l'air songeur. Il était comme un bon vin bouqueté. N'est-ce pas, Terry ?

— Tu t'éloignes de ton sujet, répliqua-t-elle.

— Exact. Ursy et moi avions donc pris notre décision. Je m'efforçai de demeurer le plus neutre, le plus sage possible. Ce ne fut pas une réussite. J'étais... j'étais aux anges. Tout ceci peut vous paraître d'un égocentrisme affolant, mais je ne vois pas comment je peux l'éviter. Donc... Flossie sentit qu'il y avait anguille sous roche. Ah ! ce regard qu'elle avait ! Ce tableau en traduit un peu les effets. Ursy s'en sortit mieux que moi. Elle flirta plus ou moins avec toi, Douglas, au cours du déjeuner, je crois ?

Les flammes étaient tombées, et seule la boule lumineuse de la lampe à kérosène derrière Douglas les éclairait, pourtant Alleyn eut la sensation qu'il avait rougi. Il se frotta la moustache.

— Ursy et moi nous comprenions assez bien, il me semble. N'est-ce pas, Ursy ? Nous connaissions à la perfection notre Flossie.

Ursy s'agita.

— Non, Douglas, je n'accepte pas cela de ta part. Je veux dire que... Oh ! tant pis.

— Allons, Douglas, l'encouragea Fabian d'un ton taquin... Sois un gentleman, avale ton remède.

— Je le répète pour la dixième fois ! Je ne vois pas ce que nous avons à gagner à dévoiler tous ces épisodes à M. Alleyn. Franchement ! A chacun son linge sale !

— Il me semble qu'il vaut mieux le laver, même si cela se passe en public, plutôt que de le plier et de le ranger encore taché dans nos armoires, non ? Je suis convaincu, décréta Fabian avec vigueur, qu'en racontant tout, nous finirons par découvrir la vérité. En l'occurrence, pour le moment tout cela reste assez innocent ; c'est plutôt drôle, même... Allons, Douglas ! Avoue que cet après-midi-là, poussé par Florence, tu as fait des avances à Ursy.

— Je voulais simplement lui épargner...

— Ah ! non, pas de ça avec moi, Douglas ! C'est toi que tu voulais épargner, vieux coq ! Voici comme cela s'est passé, selon moi. Constatant mon exaltation, Flossie t'a encouragé à sauter le pas. Réconforté par l'attitude d'Ursy pendant le déjeuner (à ce propos, Ursy, tu n'y es pas allée de main morte !), tu lui as demandé sa main, qu'elle t'a refusée.

— En fait, s'interposa avec douceur Ursula, tu n'as pas été vexé outre mesure, n'est-ce pas, Douglas. Tu avais agi sur un élan.

— Heu, oui... Oui, bien sûr. Mais cela ne veut pas dire que je...

— Allons ! Allons ! fit Fabian sans méchanceté... A moins que tu ne fusses amoureux d'Ursy ?

— Evidemment ! Je ne lui aurais pas proposé de devenir ma femme si...

Douglas se tut, marmonna un juron.

— Que l'héritier docile s'exprime comme un homme, avec la bénédiction de sa richissime tante ! Restons-en là. Ursy dit ce qu'elle avait à dire, monsieur Alleyn, et Douglas encaissa le coup comme un chef. Ensuite, c'est moi qui fus jeté au tapis. Par Flossie en personne.

La scène, abominable, s'était déroulée ici même dans le bureau. Flossie, expliqua Fabian, s'était conduite d'une manière inconvenante.

« — Fabian, ce que j'ai à te dire est sérieux et désagréable. Je suis profondément déçue. Très triste. Tu sais pourquoi, je suppose ?

« — Je crains de n'en avoir pas la moindre idée pour l'instant, tante Flossie, répliqua-t-il d'un ton faussement enjoué.

« — Si tu prends la peine de l'écouter, ta conscience te parlera, Fabian. »

Mais Fabian ne joua pas le jeu, il demeura résolument fermé. Flossie fit une grimace de tristesse.

« — Oh ! Fabian ! Fabian ! geignit-elle (Puis, après une pause :) Et moi qui avais confiance en toi ! Moi qui avais si confiance en toi ! »

Elle se mordit la lèvre et se protégea les yeux d'une main lasse.

« — Ainsi, tu ne veux pas m'aider. J'espérais que tu me faciliterais la tâche. Qu'as-tu été raconter à Ursula ? Qu'as-tu fait, Fabian ? »

Cette manie de répéter sans cesse son prénom l'exaspérait au plus au point, mais il resta calme.

« — J'ai avoué à Ursula combien j'éprouve de tendresse pour elle.

« — Te rends-tu compte de la terrible faute que tu as commise ? De quel droit, Fabian ?

« — Aucun.

« — Aucun, répéta Flossie. Aucun. Tu vois bien ? Aucun, Fabian.

« — Ursula m'aime en retour », annonça-t-il, savourant la nuance désuète de sa phrase.

Deux ronds rouges s'étaient plaqués sur les joues de Flossie.

« — Sornettes ! aboya-t-elle.

« — Je sais que cela peut paraître invraisemblable, mais elle me l'a dit.

« — C'est une enfant. Quant à toi, tu as profité de son extrême jeunesse pour...

« — Tante Florence, c'est absurde ! coupa-t-il.

« — Elle a pitié de toi. Ce n'est qu'un sentiment de pitié ! Tu l'as touchée, avec tes problèmes de santé. Voilà ce que c'est. De la pitié. Ce n'est pas de l'amour. Tu n'as aucun scrupule ! Faire ainsi appel à sa compassion ! Tu devrais avoir honte !

« — Vous vous trompez, tante Florence. Je suis d'accord avec vous : je n'avais pas à lui demander de m'épouser. Je le lui ai d'ailleurs dit.

« — Quelle perspicacité !

« — Je lui ai expliqué qu'il ne pouvait être question de fiançailles tant que je n'aurais pas subi un nouveau bilan. Tante Florence, je n'ai aucunement l'intention de l'obliger à se marier avec un désaxé.

« — Même si tu étais en parfaite santé, vous ne vous conviendriez pas du tout ! » hurla-t-elle.

Elle développa longuement ce thème, indiquant à Fabian ses faiblesses, orgueil, cynisme, absence d'idéaux. Elle souligna tout ce qui les opposait. Fabian savait-il qu'Ursula disposait d'une rente, et qu'à la mort de son oncle elle serait riche ? Il lui répliqua qu'il était au courant de tout, qu'il était d'accord avec elle, mais qu'après tout, c'était à Ursula de décider. Il ajouta que si l'Ajustement X était un succès, lui-même serait en bien meilleure position sur le plan financier. Flossie le dévisagea, les yeux ronds.

« — Je vais voir Ursula », déclara-t-elle.

Cette nouvelle emplit Fabian de désarroi. Il perdit la tête, l'implora d'attendre qu'il ait revu son médecin.

— Vous comprenez, expliqua-t-il à Alleyn, je me doutais de ce qui allait se passer. Ursy ne m'appuie pas là-dessus, bien sûr, mais la vérité, c'est que pour elle Flossie était une figure toute symbolique. Ursy avait treize ans, elle était complètement désemparée, quand Flossie est apparue comme une fée pour l'emporter dans son univers de nuages roses. Elle la considère encore comme une sorte de mère miracle. Flossie a tout réussi avec Ursula. Elle l'a recueillie jeune, elle lui a inculqué la notion de reconnaissance éternelle. Elle était tout pour Ursula, institutrice adorée, reine mère et amante.

— Jamais je n'ai entendu de telles sottises ! s'exclama la jeune femme, sans ciller. Toutes ces histoires de reines mères ! Je t'en prie, mon chéri, calme-toi.

— Mais je suis sincère ! insista-t-il. Au lieu de glousser avec tes copines à propos d'un gringalet boutonneux, de rêver d'une idole des écrans ou de te convertir au catholicisme à l'anglaise comme toutes les demoiselles de ton âge, tu te dévouais entièrement, complètement à Flossie.

— Tais-toi, je t'en prie ; nous avons déjà épuisé ce sujet des dizaines de fois.

— C'eût été sans grande importance, si cela t'avait passé. Mais c'est devenu une fixation.

— Elle était merveilleuse avec moi. Je lui devais tout. J'étais emplie de gratitude. Quoi de plus normal ? Et puis, je l'aimais. Oh ! toi et tes fixations !

— Vous n'allez pas me croire ! explosa Fabian en se tournant cette fois vers Alleyn. Mais cette petite andouille qui prétend m'aimer refuse de m'épouser, non pas parce que je suis un parti douteux (ce que j'admets), mais tout simplement parce que Flossie, qui est morte aujourd'hui, s'est arrangée pour lui soutirer la promesse qu'elle renoncerait à moi !

— J'ai promis de patienter deux ans, et je tiendrai ma promesse.

— Là ! souffla-t-il, triomphant. C'est du chantage ! Imaginez la conversation. « Ursy, mon trésor, je t'aime comme ma propre fille. Tu rends si heureuse ta pauvre vieille Flossie !... » Beurk ! J'en ai la nausée !

— Et voilà, reprit Fabian après un court silence. Ursy partit le lendemain de nos scènes respectives avec Flossie. La Croix-Rouge l'avait appelée pour qu'elle effectue ses soixante heures de stage de secourisme en milieu hospitalier. J'ai toujours pensé que ma tante était l'instigatrice de ce brusque engagement. Ursula m'écrivit de l'hôpital, et m'apprit par cette lettre l'incroyable promesse qu'elle avait faite à Florence. En fait, c'est plus tard que la peine fut commuée en deux ans de patience. Au départ, Flossie exigeait la rupture totale. Je dois sans doute ce radoucissement à oncle Arthur.

— Vous vous êtes confié à lui ? s'enquit Alleyn.

— Il l'a découvert tout seul comme un grand. Il était d'une perspicacité redoutable, lui aussi. Et très observateur. Il était tellement silencieux que l'on oubliait souvent sa présence dans une pièce. Mais il suffisait de rencontrer son regard pour comprendre qu'il avait tout enregistré. En ce qui concerne cette affaire avec Ursy, il savait depuis le début que j'étais amoureux d'elle. Il me demanda un jour de venir le voir pendant sa sieste. Pour la première fois de sa vie, je crois, il me posa une question directe : « Où en es-tu avec cette petite ? » Il t'aimait bien, tu sais, Ursy.

— C'était réciproque ! se défendit-elle. Mais il était si renfermé...

— Je lui racontai toute l'histoire. Il était dans un de ses mauvais jours. Il avait du mal à respirer et je craignais de le fatiguer, mais il m'obligea à poursuivre. Lorsque j'eus terminé, il me demanda comment nous réagirions si le bilan était mauvais. Je lui répondis que je n'en savais rien, mais que cela ne changerait pas grand-chose, que de toute façon Flossie interviendrait et qu'elle avait beaucoup d'influence sur Ursy. Il me rassura. Il pensait qu'elle finirait par obtempérer. Je songeai qu'il avait peut-être l'intention de convaincre sa femme. Est-ce à la suite d'un tel entretien qu'elle a réduit sa punition ? La querelle avec Douglas au sujet de Markins n'y est peut-être pas non plus étrangère. Tu n'as plus été aussi favorisé, après cela, n'est-ce pas, Douglas ?

— Non, acquiesça ce dernier d'un ton triste.

— Peut-être était-ce un peu des deux, continua Fabian. Mais je suis à peu près certain qu'oncle Arthur lui a parlé. Juste avant que je ne sorte, il a émis une sorte de rire sifflant. « Il faut être un homme fort, pour être faible mari. » Je crois savoir aujourd'hui ce qu'il a voulu dire par là. Pas toi, Terry ?

— Moi ? Pourquoi me poses-tu la question ?

— Parce que, contrairement à Ursy, tu ne te laissais pas aveugler par les splendeurs de Flossie. Tu as pu les regarder tous deux évoluer en toute objectivité.

— Pas forcément, murmura-t-elle.

— Et puis, il était très attaché à toi. Lorsqu'il est tombé si malade, il ne voulait que toi à son chevet.

— Oui, je ne sais pas ce que nous serions devenus sans Terry, intervint Douglas, comme pour répondre à une critique latente. Elle a été merveilleuse.

— Oui, renchérit Fabian en la regardant droit dans les yeux. Vois-tu, Terry, j'ai souvent pensé que parmi nous tous, tu étais la mieux placée pour envisager le problème sous son meilleur angle.

— Parce que j'étais une étrangère, tu veux dire ? Une employée salariée ?

— Si tu veux, oui. Mais surtout, tu n'étais pas du tout impliquée d'un point de vue sentimental... A moins que... ?

— Comment serait-ce possible ? Je ne sais pas ce que tu cherches à me faire dire. Je ne suis pas habile à ce genre d'exercice.

— Oui, toi et moi sommes plutôt à l'écart, n'est-ce

pas ? s'interposa aussitôt Douglas, profitant de l'occasion pour créer l'alliance. Nous ne nous amusons pas à évoquer le passé, ou à essayer d'analyser les uns et les autres.

— Qu'en pensez-vous, monsieur Alleyn ? demanda Fabian. Cette réunion est-elle une perte de temps ? Etes-vous à la case départ, comme vous l'étiez après avoir épluché les archives de la police ? Ou avez-vous accompli ne serait-ce qu'un minuscule pas sur la voie d'une solution ?

— Tout cela est intéressant.

— Vous ne répondez pas à ma troisième question.

— Je ne le peux pas. Mais je vous encourage vivement à poursuivre la séance.

— Alors, tu vois, Terry ? Tout dépend de toi, désormais.

— Comment cela ?

— C'est à toi de prendre la relève. De nous dire où nous nous sommes trompés et pourquoi. De nous peindre, sans préjugés, ton portrait de Flossie Rubrick.

Une fois de plus, Fabian contempla le tableau.

— Tu prétends que cette œuvre traduit bien sa personnalité. Quels sont tes arguments ?

Miss Lynne ne daigna pas lever les yeux.

— Sur cette toile, le visage est celui d'une femme stupide. Et, selon moi, Flossie Rubrick était précisément cela : une femme stupide.

5

D'après Terence...

Ce qui frappa le plus Alleyn en la personne de Terence Lynne était son sang-froid. Il sentit tout de suite combien, plus encore que tous les autres, ce genre de séance d'aveux sincères l'exaspérait. Pourtant, ce fut avec beaucoup de calme qu'elle répondit à toutes ses questions. Contrairement à ses compagnons, elle ne montra aucun signe qu'elle était prête, elle aussi, à se lancer dans un long monologue destiné à la soulager d'un poids devenu insupportable. Alleyn songea que s'il manquait de prudence, il se retrouverait très vite dans la position d'un policier menant un interrogatoire de routine. Or, il tenait à conserver sa place d'observateur qui lui permettait de retenir ou de rejeter à sa guise tel ou tel élément. Mais Terence Lynn ne répondait qu'à des demandes précises

— Nous sommes donc devant deux thèses totalement contradictoires, constata-t-il. Losse, si je m'en souviens bien, affirmait que Mme Rubrick était rusée comme un renard. Vous n'êtes pas d'accord, Miss Lynne ?

— Oh, elle avait plus d'un tour dans son sac, en effet. Elle savait surtout parler.

— A ses électeurs ?

— Parfaitement. A ses électeurs. Elle avait un don. Ses discours avaient toujours l'effet recherché. Alors que sur le papier, ils étaient sans intérêt.

— Terry ! Et moi qui croyais que tu les rédigeais ! se moqua sans méchanceté Fabian.

— Si je les avais écrits, les textes auraient été agréables à lire, mais d'un ennui mortel à écouter. Je n'ai pas son talent d'orateur.

— Mais n'était-il pas difficile parfois de savoir ce qu'attendait le public ? s'enquit Douglas.

— Elle écoutait beaucoup les gens parler à la radio. Elle adaptait son langage à la demande.

— Sacrebleu, pour ça, oui ! s'écria joyeusement Fabian. Te souviens-tu de son appel au clairon, Ursy, lors du meeting pour la réhabilitation des vétérans de guerre ? « Nous leur distribuerons de bonnes terres, des plaines fertiles, nous leur installerons de beaux ateliers dans les collines. Jamais nous ne les abandonnerons ! » Elle ne manquait pas d'audace.

— C'était tout à fait inconscient ! s'écria Ursula. Un écho instinctif.

— Tu parles ! répliqua Terence Lynne.

— Ne sois pas injuste, Terry.

— Je ne crois pas l'être. Elle avait une excellente mémoire et enregistrait avec la plus grande facilité les bonnes idées des autres. Mais elle raisonnait mal et se noyait dans les chiffres. Elle n'avait pas la moindre idée de la façon dont elle pourrait mettre à exécution son programme de réinsertion.

— Oncle Arthur l'aidait en ce domaine, intervint Fabian.

— Evidemment.

— Jouait-il un rôle actif dans sa vie publique ? voulut savoir Alleyn.

— Je vous l'ai déjà dit : d'après moi, cela l'a achevé. Les gens ont dit qu'il avait subi un choc terrible en apprenant sa mort, mais il était à bout de forces bien avant sa disparition. J'ai tenté d'empêcher le désastre. En vain. Nuit après nuit, nous nous penchions sur les notes qu'elle lui avait confiées. Jamais elle ne l'a remercié.

Terence s'exprimait un peu plus vite, tout d'un coup,

d'une voix plus animée. Tiens ! Tiens !... Elle se lançait enfin !

— Naturellement, son propre travail en a pâti, ajouta-t-elle.

— Que veux-tu dire par là, Terry ? Quel travail ? demanda Fabian.

— Ses articles. Il avait entamé une série de six articles sur l'élément pastoral dans la poésie élisabéthaine. Avant cela, il avait composé un poème décrivant le plateau sur le mode élisabéthain. D'après nous, c'était la meilleure de ses œuvres. Il était d'une grande lucidité.

— Terry, ce que tu nous racontes là me stupéfie. Je sais qu'il était passionné par la littérature, et que ses lectures étaient d'une austérité déprimante. Mais... lui, écrivain ? C'est curieux qu'il ne m'en ait jamais parlé.

— Il prenait cela très à cœur. Il attendait d'avoir achevé le tout. C'était tout à fait remarquable.

— J'aurais aimé le savoir, soupira Fabian. Je regrette qu'il n'ait pas eu envie de me confier son secret.

— Il lui fallait bien un hobby, décréta Douglas. Il ne pouvait pas pratiquer de sports, après tout, pourquoi ne pas gratter le papier ? Ça n'a rien de si compliqué !

— Gribouille, gribouille, gribouille, monsieur Gibbon, marmonna Alleyn entre ses dents.

Terence et Fabian l'observèrent à la dérobée. Fabian sourit.

— Il n'a jamais pu en venir à bout, reprit Terence. J'ai essayé de l'y aider en prenant en note ses exposés et en les lui tapant à la machine. Mais il se fatiguait trop. Et puis, il y avait tout le reste.

— Terry, aurais-je par hasard été d'une impardonnable cruauté à ton égard ? l'interrogea Fabian.

Alleyn vit l'ovale du visage de Terence se redresser, aux aguets. Son teint pâle comme la porcelaine était accentué par le noir de ses yeux et de ses sourcils, et le trait net de sa bouche peinte de rouge. C'était une figure énigmatique, un superbe masque joliment encadré par des cheveux noir de jais.

— Je ne voulais surtout pas compliquer les choses, dit-elle.

— Je suis désolé, murmura Fabian.

Elle leva légèrement les mains, les laissa retomber sur ses genoux.

— Cela n'a aucune espèce d'importance. C'est terminé, à présent. Je n'ai pas tout à fait réussi.

— Ah ! que vous êtes compliquées ! gémit-il en gratifiant Ursula d'un regard à la fois tendre et douloureux.

— Qui, nous ? Terry et moi ?

— Toutes deux, oui.

Douglas s'indigna :

— Je ne comprends rien, une fois de plus !

— Aucune importance, répéta Terence. C'est du passé.

— Pauvre Terry, compatit Fabian.

Mais Miss Lynne n'était guère sensible aux manifestations de sympathie. Elle se remit à tricoter avec ferveur.

— Pauvre Terry ! imita Douglas d'un ton taquin, en venant s'asseoir près d'elle et en lui couvrant le genou d'une main large et musclée.

— Où sont-ils, ces articles ? demanda Fabian.

— C'est moi qui les ai.

— J'aimerais les lire, Terry. Est-ce possible ?

— Non, répliqua-t-elle froidement.

— Pourquoi cette attitude revêche ?

— Pardon. Il me les a confiés.

— J'ai toujours pensé qu'ils formaient un couple idéal, proclama soudain Douglas. Ils s'adoraient. Elle était sa trouvaille, son trésor. Il n'avait de cesse de louer ses mérites.

Il lui donna une grande tape sur la cuisse.

— N'est-ce pas, Terry ? insista-t-il.

— Oui.

— Oui, acquiesça Ursula. C'est vrai. Il l'admirait énormément. Tu ne peux pas le nier, Fabian.

— Je ne le nie pas. C'est incroyable, mais vrai. Il avait énormément d'estime pour Florence.

— Pour tout ce qu'il ne possédait pas, rectifia Terence. La vitalité. L'esprit d'initiative. L'énergie. Le culot.

— Vous avez des a priori ! s'emporta Ursy. Fabian et toi. Ce n'est pas juste ! Elle était bonne. Bonne, chaleureuse, généreuse. Jamais elle ne se montrait mesquine ou méchante. Comment pouvez-vous, vous qui lui devez tant...

— Je ne lui devais absolument rien ! coupa Terence. J'exerçais mon métier de manière irréprochable. Elle avait de la chance de m'avoir. J'admets qu'elle pouvait être bonne, mais à la manière des vaniteux ; elle savait exactement à quel point elle était bonne. Oui, elle était assez bonne.

— Et généreuse ?

— Plutôt.

— Et peu méfiante.

— Heu... peu méfiante, oui, concéda Terry après une hésitation.

— Pauvre, pauvre Florence Rubrick, soupira Ursula.

Pour la première fois, Alleyn crut détecter dans la voix de Terence une nuance de colère :

— Pas de cela, je t'en prie, Ursula. Elle était trop bête pour savoir, pour se rendre compte combien elle était gâtée par... elle... Elle ne s'occupait même pas de ses droits de propriétaire.

— Mais elle ne t'a tout de même pas demandé de braconner sur ses terres ?

— De quoi discutez-vous, à la fin, toutes les deux ? interrompit Douglas.

— Ce n'est rien, dit Fabian. Passons.

— Allons, allons, Fabian ! C'est toi, l'instigateur de ce charmant spectacle de strip-tease verbal, non ? Nous avons dû nous déshabiller, pourquoi Terry en serait-elle dispensée ?

Ursula se tourna vers Terry et fronça les sourcils.

Mignonne à croquer ! songea Alleyn. Ses boucles cuivrées cascadaient dans son cou. Ses yeux étaient grands, vifs, sa bouche gourmande. Elle avait toute la fraîcheur, la dignité, la grâce et l'élégance d'une jeune fille de l'ère victorienne. Elle semblait consciente de son pouvoir de séduction, persuadée qu'on lui pardonnerait beaucoup, tant que son petit minois continuerait de charmer. Elle était obstinée, aussi, bien que l'obstination ne fût sans doute pas seule responsable de sa tendance à défendre coûte que coûte Florence Rubrick.

— Terry... J'exagère peut-être un peu ? Ce n'est pas pour te contrarier, mais personne d'autre ici ne peut prendre sa défense.

Sans le regarder, Ursula tendit la main vers Fabian, qui s'empressa de la serrer et de la poser sur son cœur.

— Je t'interdis de me snober, Fabian, ou de te moquer de moi et de jouer les intellectuels. Je l'aimais. Elle était mon amie. Je ne peux pas oublier cela et me mettre à analyser froidement tous ses défauts. Et à force de vous entendre, tous, je me sens obligée de me battre pour elle.

— Je comprends, soupira-t-il. Je comprends. Ne t'inquiète pas.

— Mais je n'ai aucune envie de me disputer avec Terry. Je ne le souhaite pas, Terry, tu m'entends ? Au fond, je préférerais que tu te taises. J'aime mieux continuer comme ça, à bien t'aimer.

— Vous n'allez pas me faire croire que Terry a commis une faute ! s'indigna Douglas. Quant à toi, Fabian, je vais être franc : je n'aime pas du tout la manière dont tu conduis cet entretien. Si tu cherches à insinuer que Terry a quoi que ce soit à se reprocher...

— Silence !

Terence s'était levée d'un bond.

— Tais-toi, Douglas ! Tu n'es qu'une andouille. Honte ou pas honte, le problème n'est pas là. Je ne veux pas de ton amitié, Ursula, et je t'assure que je me fiche éperdument de savoir si oui ou non tu as exagéré à mon égard. Assez de supputations ! Vous m'avez poussée dans mes retranchements, et voilà que, tout d'un coup redevenus magnanimes, vous préférez me laisser tranquille. Mais vous en êtes tous intimement convaincus, n'est-ce pas ? Vous pensez que je l'aimais. Eh bien ! c'est la vérité ! Si M. Alleyn veut entendre toute l'histoire, je la lui raconterai. Mais je vous en prie, permettez-moi de le faire en conservant ce qui me reste de dignité.

N'était-il pas curieux que Terence Lynne, si réticente au début, cédât brusquement, comme les autres avant elle, à ce besoin de se confesser ? Comme elle attaquait son récit, Alleyn regretta une fois de plus de ne pas avoir pu admirer une photo du mari de Florence Rubrick. Qui était-il, cet homme ? Comment s'était-il comporté avec cette jeune femme de vingt ans sa cadette ?

Terence était en Nouvelle-Zélande depuis cinq ans déjà. Armée de ses connaissances de sténodactylo et de six lettres de recommandation, dont une signée par un haut fonctionnaire de Londres et adressée personnellement à Flossie, elle était partie chercher fortune aux antipodes. Flossie l'avait engagée immédiatement, et elle s'était adaptée sans rechigner à une existence partagée entre le domaine de Mount Moon et de courts mais fréquents séjours dans le pied-à-terre de sa patronne près du Parlement, à Wellington. Sans doute s'était-elle sentie assez seule, pensa Alleyn. Séparée des siens par des milliers de kilomètres, elle avait atterri dans un univers totalement inconnu. Fabian et Ursula s'étaient déjà liés d'amitié au cours de leur traversée. Douglas Grace ne devait pas encore être arrivé du Moyen-Orient. De toute évidence, elle avait éprouvé peu de respect pour la maîtresse des lieux. Oui, elle avait dû beaucoup souffrir de sa solitude. Puis, Flossie commença à lui confier des missions auprès de son mari :

« — Ces statistiques concernant la réévaluation,

Miss Lynne. Il me faut quelques citations. De quoi établir deux ou trois comparaisons. Je propose que vous parcouriez ces notes avec mon époux. Surtout, qu'il ne se fatigue pas trop. »

Ainsi Arthur et Terence se mirent-ils à travailler ensemble dans le bureau. Elle lui facilitait la tâche en lui sortant les livres et en prenant en dictée ses textes. Alleyn imaginait parfaitement le tableau, elle arpentant tranquillement la pièce, ou sagement assise dans un coin, lui, dans son fauteuil, un peu à court de souffle, composant les points clés des arguments que Flossie enverrait à la figure de ses opposants politiques. Au fur et à mesure de ces séances, leur complicité s'intensifia. Ils s'amusèrent à rédiger des paragraphes par-ci, par-là, pour les discours de Flossie, mais jamais ils ne furent cités.

— Elle picorait comme une pie sur notre documentation, expliqua Terence. Puis refondait le tout et préparait son offensive. Elle avait la manie des répétitions. « En 1938 », hurlait-elle en tapant du poing, « en 1938, vous m'entendez, en 1938, le revenu de telles propriétés s'élevait à trois millions un quart. Trois millions un quart ! Trois millions deux cent cinquante mille livres, messieurs, c'est la somme... » Et elle avait raison. Ils avalaient cela avec infiniment plus de délectation que nos phrases bien balancées, mais d'une austérité à pleurer. Non, nos textes ne resurgissaient que lorsqu'elle les donnait pour la publication du débat. Elle les conservait exprès. Ils ressortaient bien, ainsi.

Le mari de Flossie et sa secrétaire apprirent peu à peu à se connaître, se comprendre et se respecter. Flossie fut invitée par un hebdomadaire à écrire un article sur le thème des femmes dans l'arrière-pays. Elle était flattée, mais mal à l'aise. Elle arriva dans le bureau et leur parla longuement des mérites des femmes au foyer. D'après elle, la femme du régisseur menait une existence exemplaire, car elle se consacrait aux « principes fondamentaux de la vie ». Mais elle s'arrêta bientôt en se rendant compte qu'il n'y avait rien de franchement merveilleux à œuvrer laborieusement quatorze heures par jour, régime réservé aux hommes condamnés aux travaux de force.

« — Trouvez-moi un meilleur exemple, Miss Lynne. Arthur, mon amour, tu l'aideras, n'est-ce pas ? Je veux souligner l'aspect sacré du travail d'une femme à la campagne. Sans assistance. Seule. »

Markins entra avec la soupe qu'elle prenait invariablement à onze heures chaque matin, et elle la but en allant d'un bout à l'autre de la pièce, jetant pêle-mêle quelques mots destinés sans doute à les inspirer :

« — Existence noble... Splendeur... Héritage... Compagne idéale... »

Appelée au téléphone, elle prit le temps de se retourner au seuil de la salle.

« — A vos crayons, vous deux ! Je veux des citations, mais pas trop intellectuelles, Arthur, mon amour. Restons naturels, sincères... »

Ils composèrent un texte franchement hérétique, debout côte à côte devant la fenêtre dominant le plateau.

« — Quand j'admire ce panorama, soupira Arthur Rubrick, je nous trouve toujours assez absurdes de parler de "renouvellement du pays". Nous nous contentons d'investir quelques hectares de plus de ces terres et de franchir les collines. Il n'y a là rien de nouveau. Ce sont toujours des hommes et des moutons. »

De cette conversation naquit son désir d'écrire à propos du son environnement. Par jeu, pour le plaisir...

Il s'attela ensuite à cinq articles, douloureusement, car les diverses missions de Flossie absorbaient toutes ses forces lorsqu'il était en forme. Souvent, il s'échinait sur ses discours et ses rapports, ou se traînait de meeting en cocktail, au lieu de se reposer. Il ne supportait pas l'idée de devoir avouer à sa femme combien il se sentait mal. Il ne voulait pas l'ennuyer avec ses problèmes de santé ! Elle était si patiente, si bonne avec lui.

— Et elle l'était ! déclara Ursula avec véhémence. Elle se mettait en quatre pour lui !

— Elle se trompait de patience, dit Fabian. C'était du népotisme.

— Faux. Lui non plus n'avait pas cette impression.

— Quel est ton avis, Terry ? demanda Fabian.

— Il était d'une extraordinaire loyauté. Il a toujours dit qu'elle était gentille et bonne avec lui. Mais évidemment, il souffrait de tant de compassion. Et puis...

— Et puis, Terry ? l'encouragea Fabian.

— Rien. C'est tout.

— Pas tout à fait, n'est-ce pas ? Il s'est passé quelque chose ? Une sorte de crise, si je ne m'abuse. Etait-il préoccupé justement par cela, ces quelques semaines avant sa mort ? Car il était inquiet, tu le sais bien. A quel sujet ?

— Il n'en pouvait plus. Il avait la sensation qu'en coulisses, ça ne tournait plus très rond. Mme Rubrick était dans un état d'agitation extrême. Je comprends aujourd'hui que c'était à cause de Cliff Johns et de Markins. Elle ne lui a parlé ni de l'un, ni de l'autre, j'en suis certaine, mais elle ne cessait de lancer des sous-entendus à propos d'ingratitude et de cruelle déception. Sans arrêt. Elle répétait à qui voulait l'entendre qu'elle était seule, que d'autres femmes dans sa position avaient quelqu'un à qui se confier, mais qu'elle n'avait personne. Là-bas, près de la fenêtre, il l'écoutait, une main protégeant ses yeux. Il ne se rebellait pas. Je l'aurais volontiers étranglée !

Cette conclusion fut accueillie par un silence atterré.

— Une exagération que nous avons tous commise, l'excusa Fabian. Moi-même, j'ai mille fois souhaité pouvoir lui tordre le cou. Je suppose que chacune de ses flèches atteignait sa cible ?

— Chacune, confirma Terence.

Un silence plus long suivit. Alleyn avait la certitude que Terence voulait garder le reste de son histoire pour elle. Lèvres pincées, elle se remit à son tricot.

— C'est bizarre, constata soudain Fabian. Au cours de la dernière semaine, il m'a semblé qu'elle jouait tout d'un coup les coquettes avec oncle Arthur. C'était tout à fait étonnant. Peut-être vous en êtes-vous rendu compte, vous aussi ?

— Fabian, mon chéri ! s'exclama Ursula. Franchement, tu nous uses ! Une minute, tu te plains que tante Florence ait négligé oncle Arthur, et celle d'après, tu te plains parce qu'elle l'entourait de trop d'attentions. Comment aurait-elle dû se comporter pour vous satisfaire, Terry et toi ?

— Quel âge avait-elle ? s'enquit Douglas. Quarante-sept ans, il me semble ? Elle était pleine d'entrain, pourtant, non ? Je veux dire que... heu... Ce que je veux dire, c'est que... Je sup...

— Laisse tomber, Douglas, murmura gentiment Fabian. Nous savons ce que tu veux dire. Mais je n'imagine pas une seconde que l'accès d'espièglerie de tante Floss était dû à des causes naturelles, voire pathologiques. Non. Elle brandissait ses droits de propriétaire, tout simplement. Ce que j'ai, je le tiens. Pardonnez-moi l'expression, mais dans le couple, c'est bien elle qui portait la culotte.

— Tu es odieux ! s'indigna Ursula.

— Je ne cherche pas à me faire remarquer, ma chérie, je t'assure. Mais toi-même, tu ne peux pas le nier : son comportement, la dernière semaine, était très différent. Avec nous tous, elle était aigre comme un citron, alors qu'avec oncle Arthur, elle était tout sucre, tout miel. Elle veillait sur lui comme s'il avait été un objet d'art oublié dans un coin et ressuscité par un visiteur de passage, découvrant d'un seul coup combien son trésor était rare et précieux. C'était un peu cela, n'est-ce pas, Terry ?

— Je n'en sais rien. Je n'approuvais pas du tout sa manière de l'appâter par sa maladie. C'est surtout cela que je voyais.

— Mais n'es-tu pas d'accord avec moi, persista Fabian, pour affirmer qu'en même temps, elle... elle lui faisait des avances ? Elle le vampait. Elle secouait ses boucles, jouait son petit numéro de séductrice.

— Je n'avais pas pour habitude d'admirer ses exploits, répliqua sèchement Terry.

— Mais tu l'as vue. Ecoute-moi, Terry ! Ne va pas te mettre en tête que je suis ton ennemi. Je ne le suis pas. Je suis désolé pour toi, d'autant que je m'en rends compte aujourd'hui, j'ai été injuste à ton égard. Tu comprends, j'avais l'impression que tu étais partie à la conquête d'oncle Arthur pour tromper ton ennui. Je sais que je vais passer pour un mufle, mais il était tellement plus âgé que toi, et te convenait si mal ! Or, de toute évidence, il t'adorait, et je t'en ai voulu d'exercer ce que je croyais n'être qu'une prouesse technique. Tu te soucies sans doute assez peu de ce que j'ai pensé de toi à l'époque, Terry, mais je suis sincèrement navré. Bon... Revenons à ce qui nous préoccupe. Lorsque j'ai invité M. Alleyn à nous rejoindre ici, nous avons tous convenu que nous ne pouvions continuer de vivre comme si de rien n'était. Nous étions conscients, les uns comme les autres, que nous risquions de devenir des suspects. Nous étions d'accord pour dire qu'aucun d'entre nous ne soupçonnait les trois autres, et que nous étions assez forts pour supporter la vérité, toute la vérité, rien que la vérité. Avions-nous raison, monsieur Alleyn ?

Le policier changea de position dans son fauteuil et croisa ses longues mains.

— Prétendre qu'une fois connus tous les éléments d'une affaire justice sera faite est une façon de parler. Il est rare, en effet, qu'une enquête judiciaire révèle absolument toute la vérité. Parfois, l'on rassemble suffisamment de facteurs pour reconstituer le crime et arrêter le coupable. Le plus souvent, nous nous retrouvons devant une accumulation de faits intéressants, de détails insignifiants et de mensonges. Si vous vous en tenez à votre projet initial de tout raconter ici ce soir, vous aurez mené à bout une performance unique en son genre.

Il vit qu'ils étaient suffisamment jeunes pour être à la fois flattés et stimulés par cette déclaration.

— Et voilà ! s'écria Fabian, triomphant.

— Cependant, reprit Alleyn, je ne crois pas un seul instant que vous y parviendrez. Combien de temps faut-il au psychanalysé pour voir aboutir son traitement ? Plusieurs mois, voire plusieurs années. Son but est d'aller au fond des choses, d'effacer complètement l'ardoise pour en arriver aux vérités cliniques. N'est-ce pas un peu ce que vous tentez là, Losse ? Si oui, je suis persuadé que vous courez à l'échec. Et en ma qualité de policier, cela ne m'intéresse pas, car il n'est pas dit que je pourrai désigner l'assassin et l'inculper. Si vos descriptions de Mme Rubrick et de son mari jettent ne serait-ce qu'un rai de lumière sur la voie à suivre, ce sera épatant. Mais n'oubliez pas que ce procédé, tout en vous permettant peut-être de vous soulager les uns les autres de secrets trop longtemps refoulés, peut s'avérer dangereux et douloureux.

— Nous le savons, répondit Fabian.

— Le savez-vous vraiment ? Au début, vous m'avez dit qu'aucun d'entre vous n'avait de mobile valable. Pourriez-vous le répéter maintenant ? Le capitaine Grace était l'héritier désigné de Mme Rubrick. Vous-même, Losse, avez expliqué qu'en état d'amnésie passagère, vous auriez parfaitement pu la tuer. En développant ce thème, vous avez aussi révélé un nouveau mobile, Mme Rubrick s'étant violemment opposée à vos fiançailles avec Miss Harme. Poursuivons notre raisonnement : Miss Lynne a elle aussi un mobile. Avec infiniment de courage, elle nous a raconté combien elle s'était attachée à l'époux malade de la défunte. Vous affirmez, Losse, que cet attachement était réciproque... Réfléchissez. Vous avez assuré bravement qu'aucun d'entre vous n'avait quoi que ce soit à craindre d'une pareille séance. Etes-vous certain d'avoir le droit de l'affirmer ? Vous vous servez de ce bureau comme d'un confessionnal, mais je ne suis pas lié par les serments du confesseur.

Ce que vous me dévoilez me servira peut-être d'un point de vue purement pratique, et sera éventuellement consigné dans un rapport destiné à votre police locale. Je sais que tout cela peut vous paraître assez pompeux, mais il était de mon devoir de rappeler ces quelques éléments à Miss Lynne avant qu'elle ne continue. Toute cette procédure est des plus inhabituelles. Vous êtes sans doute le premier groupe de suspects que je connaisse à vous adonner devant un détective à ce que Miss Harme a joliment baptisé un « strip-tease verbal »... Bien, à présent, Miss Lynne, si vous voulez bien reprendre...

— Ce n'est pas parce que j'ai peur. Je ne l'ai pas tuée, et toute tentative de le prouver serait vaine. Je devrais peut-être m'affoler, mais ce n'est pas le cas. Je n'ai rien à craindre.

— Parfait. D'après Losse, le comportement de Mme Rubrick envers son époux a changé assez catégoriquement au cours de sa dernière semaine d'existence. M. Losse pense que vous pouvez expliquer cette métamorphose. Est-ce vrai ?

Elle ne répondit pas. Lentement, à contrecœur, elle leva les yeux vers le portrait de Florence Rubrick.

— Terry ! s'écria soudain Ursula. Le savait-elle ? L'a-t-elle découvert ?

Fabian lâcha un cri aigu, Terence se tourna vers lui.

— Imbécile ! cracha-t-elle. Triple sot !

Le feu était presque éteint ; la pièce était froide et sentait le tabac.

— Je donne ma langue au chat ! souffla Douglas. Je n'ai jamais été doué pour les devinettes et plus vous discutez, moins je comprends de quoi nous parlons. Pour l'amour du ciel, aérons un peu ce bureau.

Il alla tout au bout, tira violemment les rideaux, ouvrit une porte-fenêtre. L'air de la nuit entra, pur et glacé. La lune s'était levée, et de l'autre côté du plateau, à cent kilomètres de là, luisait le pic du Perceur de Nuages, flanqué de ses compagnons. Alleyn rejoignit Douglas. Au loin, il aperçut une nappe d'eau étincelante au clair de lune. Un canard sauvage lâcha un cri avant de s'envoler dans un bruissement d'ailes.

— Sommes-nous obligés de geler sur place ? gémit Ursula.

Douglas tendit la main pour fermer, mais, à cet instant précis, un bruit de pas résonna dehors, tandis qu'un homme longeait la terrasse au nord de la maison. Il portait un costume noir et un feutre. C'était Markins, revenant de sa visite au cottage du régisseur. Douglas claqua la fenêtre.

— Voilà notre suspect qui court partout, libre comme l'air, pendant que nous nous escrimons à évoquer le souvenir de la femme qu'il a peut-être assassinée. Je vais me coucher.

— Il va nous apporter à boire dans une minute, dit Fabian. Pourquoi ne pas attendre ?

— S'il sait à quoi nous jouons, il est capable de nous empoisonner, avec ses boissons !

— Douglas ! s'exclamèrent à l'unisson Fabian et Ursula. Tu es...

— Bon, bon ! Je suis idiot, d'accord. Inutile d'enfoncer le clou, marmonna-t-il, furieux en se jetant sur le canapé.

Cette fois, il ne mit pas son bras sur les épaules de Terence. Il la dévisagea d'un air méfiant.

— Ainsi, vous préférez ne pas répondre à la question de Miss Harme, dit Alleyn à Terence.

Elle tricotait de plus en plus vite, comme si elle espérait par cette action retrouver toute sa maîtrise initiale. Mais ses mains tremblaient, et le fil rouge s'emmêla inexorablement autour de ses aiguilles. Elle laissa tomber l'ouvrage sur ses genoux.

— Vous me forcez à en parler. Tous autant que vous êtes. Fabian, tu prétends que nous étions tous d'accord pour cette séance. Comment pouvais-je ne pas acquiescer, quand vous avez échafaudé ce projet, tous les trois ?

Je n'ai pas le droit de m'opposer à vos désirs. Je suis une étrangère, ici. J'étais salariée au service de Mme Rubrick. Aujourd'hui, Fabian, tu me paies pour que je prenne soin du jardin. Ce n'est pas à moi de me dérober.

— Ne dis pas de bêtises, Terry ! protesta-t-il.

— Tu n'as jamais été dans ma situation ; tu ne peux pas comprendre. Vous êtes tous très gentils, très naturels, vous me traitez comme si j'étais l'une des vôtres. Enfin, presque.

— Terence, tu m'insultes ! Tu me connais assez pour savoir que ce genre d'attitude me révolte. Pourquoi ces états d'âme, tout d'un coup ?

— Tu es mon patron.

— Il me semble, coupa Alleyn, qu'il serait plus raisonnable d'en revenir à nos moutons. Je vous rappelle, Miss Lynne, que personne ne vous force à répondre à la question qui vous a été posée, à savoir : Mme Rubrick s'est-elle rendu compte, durant la dernière semaine de sa vie, des sentiments qui vous liaient à son mari ?

— Et si je ne réponds pas, que penserez-vous ? Que ferez-vous ? Vous vous précipiterez chez Mme Aceworthy, qui me déteste et sera trop contente de débiter toutes sortes de sottises sur mon compte. Lorsqu'il a été malade, il n'a voulu personne d'autre que moi à son chevet. Cela, elle ne me l'a jamais pardonné. Si c'est la vérité qui vous intéresse, c'est moi qui vais vous la dire.

— Parfait ! approuva gaiement Alleyn. Nous sommes tout ouïe.

M. Rubrick et Terence travaillaient sur l'un des discours de Flossie, lui, à la table près de la fenêtre, elle vaquant d'une étagère à l'autre en quête de livres divers. Elle revint vers lui avec le *Hansard* qu'il lui avait demandé et le posa sur le bureau. Debout derrière lui, elle aplatit le volume à la page qui l'intéressait. Il se pencha dessus, et le tweed rustique de sa veste frôla le bras de la jeune femme. Ils demeurèrent immobiles. Elle le contemplait, mais ne voyait pas son visage. Elle glissa sa main libre sur son épaule. C'était la première fois qu'ils vivaient un moment d'une telle intensité. Ni l'un, ni l'autre n'entendit la porte s'ouvrir. Florence s'était plantée sur le seuil, les doigts crispés autour d'une pile de papiers, sa figure, un masque d'impassibilité, ses yeux luisants.

« — Je suis pressée d'avoir ces rapports ! » annonça-t-elle à voix forte avant de faire demi-tour et de claquer la porte derrière elle.

Rubrick s'adressa à Terence :

« — Pardonnez-moi, ma petite. »

Terence, certaine à présent qu'il l'aimait, le cœur en fête, l'embrassa sur le front et s'écarta. Ils se remirent au travail, à peine froissés par l'irruption inattendue de Florence.

Au repas de midi, Terence remarqua que sa patronne était un peu moins volubile que de coutume. Elle se rendit compte aussi que Flossie ne la quittait pas des yeux. Elle n'en fut pas troublée outre mesure.

Après le déjeuner, Flossie décréta qu'elle avait besoin de Terence pour tout l'après-midi. Elle la harcela sans relâche, lui dictant des lettres, lui ordonnant de les dactylographier. Mais il n'y avait rien là d'anormal, et, au début, Terence ne remarqua rien de spécial dans le comportement de Flossie. Petit à petit, cependant, elle sentit que la maîtresse de maison l'observait sous tous les angles. Terence, qui avait été si heureuse le matin, fut submergée par la honte. Elle se voyait tout d'un coup telle que devait la considérer Florence Rubrick : petite secrétaire de seconde zone tentant de séduire son employeur. Mais l'explosion de colère à laquelle elle s'attendait maintenant ne vint pas. A la fin de la journée, alors que Flossie s'apprêtait à quitter la pièce, elle jeta par-dessus son épaule :

« — M. Rubrick n'est pas bien. Nous n'allons plus l'ennuyer avec mes chiffres et mes discours pendant quelque temps. A vrai dire, il m'inquiète. Laissons-le se reposer. C'est entendu, Miss Lynne ? »

Sur ces mots, elle disparut, laissant à Terence le soin d'interpréter comme elle le souhaitait cette conclusion.

— Ce fut après cela, presque immédiatement... en fait, le soir même au dîner, qu'elle modifia son attitude envers lui. Pour moi, ce fut une épreuve douloureuse.

— En fait, devina Fabian, elle avait décidé d'aller à ta rencontre sur le terrain et de te battre à plate couture... C'est assez pitoyable. Terriblement gênant. Cela ne m'étonne pas de sa part !

— Mais il l'adorait ! protesta Ursula. Tu as triché, Terry ! Tu as profité de ta jeunesse ! Ils sont tous semblables, les hommes de son âge. Si tu étais partie, il t'aurait oubliée.

— Non !

Au grand désarroi d'Alleyn, toutes deux se tournèrent vers lui.

— Il l'aurait oubliée, non ? insista Ursula.

— Ma chère enfant, comment voulez-vous que je le sache ?

— Décidément, vous êtes tous pareils, murmura-t-elle. Bizarres...

— Enfin tout de même ! intervint Fabian. Et Flossie, elle n'était pas bizarre, elle ? Cette façon de flirter avec son mari après vingt-cinq ans de mariage et...

— C'est différent ! trancha Ursula en le fusillant des yeux. Et de toute façon, c'est la faute de Terry !

— Je n'y suis pour rien ! se défendit-elle pour la première fois. C'est arrivé comme ça. Et jusqu'au moment où elle nous a surpris, c'était bien ainsi. Je savais, au plus profond de mon âme, que nous ne commettions aucune faute.

Elle les suppliait de la comprendre. Alleyn en fut un peu embarrassé.

— Oui, mais comment as-tu pu ?... Avec oncle Arthur ! Il avait près de cinquante ans !

Un silence suivit. Agé de quarante-sept ans, Alleyn esquissa un sourire : Douglas et Fabian ne savaient que répliquer à Ursula.

— Je ne lui ai fait aucun mal, Fabian ! reprit Terence. S'il a souffert, c'est à cause d'elle. Elle était d'une possessivité insupportable.

— A cause de toi, lui reprocha Ursula.

— Mais nous n'y pouvions rien ! Tu en parles comme si nous avions tout planifié. C'est faux ! Et il n'y a pas eu de suites, Ursula. Ne va pas t'imaginer que nous nous donnions des rendez-vous clandestins. Nous étions simplement un peu plus heureux, l'un et l'autre. C'est tout.

— En avez-vous parlé pendant sa maladie, Terry ? voulut savoir Fabian.

— Un peu. Nous étions contents d'avoir découvert à temps nos sentiments réciproques.

— S'il avait vécu, l'aurais-tu épousé ? demanda Ursula d'un ton amer.

— Comment le saurais-je ?

— Pourquoi ne vous seriez-vous pas mariés ? Tante Florence, qui vous gênait tant tous les deux, n'était plus là.

— Ursula, ce que tu dis là est d'une méchanceté sans nom.

— Je suis d'accord, dit Douglas.

— Du calme, Ursy ! marmotta Fabian.

— Non ! s'emporta-t-elle. Nous avons décidé de tout nous dire, allons jusqu'au bout de notre démarche. Vous ne respectez pas sa mémoire ! Pourquoi ne pas dire tout haut ce que tout le monde pense tout bas ? Sa mort les laissait libres de se marier, non ?

Dans le corridor, un bruit de pas se rapprocha, rythmé par le tintement des verres sur un plateau. Markins entra avec les boissons.

6

D'après les archives...

L'irruption de Markins marqua la fin de la discussion. Tous semblaient soudain victimes d'un sursaut de timidité. Douglas fit toutes sortes de manières autour du plateau, invitant avec insistance Alleyn à prendre un whisky. Se considérant en service, le détective refusa. Tout espoir de reprise de la conversation fut anéanti lorsque apparut Mme Aceworthy, laquelle but, comme les deux jeunes femmes, du thé, en multipliant les remarques spirituelles sur l'heure si tardive... Comment ses petits poulets n'étaient-ils pas tous au chaud dans leurs nids ? A ce propos, M. Alleyn avait-il apporté sa bouillotte ? Cette ultime remarque incita le détective à se lever et à saluer la compagnie. Fabian se précipita sur les bougies et proposa de l'escorter jusqu'à sa chambre.

Ils gravirent ensemble les marches, leurs ombres gigantesques les précédant. Sur le palier, Fabian se tourna vers Alleyn :

— Vous dormirez dans la chambre de Flossie. C'est la plus belle, vraiment, mais nous avons tous préféré rester où nous étions.

— Bien sûr.

Fabian passa devant lui dans la pièce et alluma les candélabres sur la commode, révélant ainsi une jolie chambre toute blanche décorée de rideaux fleuris. Le pyjama d'Alleyn était disposé sur le lit (délicate attention de Markins, sans doute), ses mallettes étaient sur le bureau. Il se sourit à lui-même.

— Vous n'avez besoin de rien ?

— Non, merci beaucoup. Mais avant que nous nous quittions pour la nuit, je souhaiterais, si cela ne vous ennuie pas, jeter un coup d'œil dans votre atelier.

— Pourquoi pas ? Allons-y !

L'antre des inventeurs se trouvait derrière la deuxième porte à gauche le long du corridor. Fabian détacha l'une des clés qui pendaient à son cou.

— Vous voyez ? Pas d'artifices ! Un simple lacet me suffit !

Le néon les éblouit après l'éclairage tamisé des bougies. Il illuminait une étagère où s'alignaient divers outils et autres instruments de dessin. Un petit tour de précision trônait sur une table encombrée d'une masse hétérogène de pièces métalliques. Une énorme armoire cadenassée masquait le mur de droite. A son côté, Alleyn remarqua le coffre-fort, moderne et sophistiqué, muni d'une serrure à combinaison. Sous la table se trouvaient trois vastes tiroirs, eux aussi fermés à clé.

— Les plans et les formules de base ont toujours été rangés dans le coffre-fort, expliqua Fabian. Comme vous pouvez le constater, tout est sous clé. Et je vous en prie, admirez mon volet à cadenas, dont s'est tant moqué ce cher vieux Douglas.

Alleyn dut convenir que son hôte avait bien travaillé.

— Et je puis vous assurer que personne n'a tenté de le titiller ! s'exclama Fabian.

Il s'adossa contre la table et entreprit de décrire leur projet.

— Il s'agit d'un détonateur magnétique pour canons antiaériens. Composée d'un matériau non ferreux, l'ogive contient notre détonateur magnétique, lequel explose dès que l'engin se rapproche d'un moteur d'avion ou de tout autre appareil en acier. Nous pensons que cela sera particulièrement utile à haute altitude, où les tirs directs sont à peu près impossibles à réaliser. L'idée m'a été inspirée par l'observation de mines magnétiques, qui, comme vous le savez, éclatent dans le champ magnétique entourant les navires à coque d'acier. Le moteur d'un avion est en grande partie composé d'alliages, mais il comprend aussi certaines pièces en acier, et il existe un champ magnétique grâce aux bobines d'allumage. Notre détonateur est en quelque sorte un cousin du détonateur magnétique de mines. Si nous aboutissons, ce sera une invention tout à fait remarquable, conclut-il, une lueur d'excitation dans les yeux.

— Bien sûr, bien sûr. J'ai une question à vous poser, cependant. Que se passe-t-il en cas d'explosion « prématurée » ou en cours de transit ?

— Nous avons conçu un système de sécurité, destiné à faire en sorte que le détonateur ne fonctionne qu'une fois l'obus sorti du canon et en rotation. Le résultat est en fait une mine magnétique aérienne. Je vous montre les plans, à condition que vous me présentiez votre carte officielle, ajouta Fabian en souriant.

— Cela me passionne, mais, pour ce soir, arrêtons-nous là. J'ai encore du travail.

— Dans ce cas, je vous ramène à votre chambre ; mais pas avant d'avoir vérifié que personne n'est caché sous les bancs. Là ! Parfait ! Nous y allons ?

De retour dans les appartements d'Alleyn, Fabian s'offrit une cigarette et observa son invité à la dérobée.

— Alors, votre avis ? Cela a-t-il servi à quelque chose ?

— La discussion de tout à l'heure ?

— Oui. Notre confession publique. Etait-ce une initiative stupide ?

— Je ne le crois pas.

— Je suppose que dès demain vous irez consulter la famille Johns, les employés de l'exploitation, etc.

— Si vous le permettez, oui.

— Vous les verrez à l'ouvrage. Tout est resté comme avant, sauf...

— Sauf ?

— La presse est neuve. Je n'ai pas supporté de conserver l'ancienne. Mais elle fonctionne de la même manière.

— J'irai faire un tour.

— Entendu. Je ne sais pas si vous survivrez à nos invraisemblables horaires. Surtout, ne vous sentez pas obligé de suivre notre rythme. Le petit déjeuner est servi à six heures.

— Parfait.

— Je vous conduirai ensuite à la lainerie. Vous n'hésiterez pas à me demander quoi que ce soit, j'espère ?

— J'aimerais autant circuler incognito.

— Ce ne sera malheureusement pas facile. Mais vous serez libre de vos mouvements. J'ai prévenu les hommes et Mme Caneton que vous auriez probablement envie de les interroger.

— Comment ont-ils pris cette nouvelle ?

— Oh ! l'idée leur plaît plutôt. Ils ont l'impression de se retrouver en plein roman policier. Bande de vampires ! Evidemment, vous vous heurterez à un ou deux récalcitrants. Wilson, le trieur, entre autres, et Jack Merrywether, le presseur, n'apprécient pas du tout la perspective d'un interrogatoire. Votre collègue, le sous-inspecteur Jackson, a eu un mal fou avec eux. Et puis, il y a aussi Tommy Johns.

— Le père du garçon ?

— Oui. Pas commode, notre Tommy. Je m'entends pourtant assez bien avec lui. Il est indépendant comme moi, et nous partageons les mêmes opinions politiques. J'ai donc une grande estime pour lui. Mais il n'est pas commode, je vous le répète. Il en a voulu à Flossie d'être intervenue auprès de Cliff, et j'aurais du mal à le lui reprocher. Quant à son opinion sur les méthodes employées par la police ! Selon moi, il se montrera réticent.

— Et son fils ?

— Oh ! il n'est pas méchant. Lui aussi a la tête sur les épaules. Nous sommes bons amis, Cliff et moi. Je lui prête mon *News Statesman*, et lui refait le gouvernement, la société, l'humanité tout entière sur des bases strictement non économiques, à un rythme de deux ou trois fois par semaine. C'est un remarquable musicien, je crois, bien qu'il n'ait guère l'occasion de pratiquer son art ces temps-ci. J'ai tenté de le persuader de se servir du Bechstein dans la maison, mais il est têtu comme une mule et s'y oppose absolument.

— Pourquoi ?

— Le piano appartenait à Flossie.

— Leur querelle l'a donc à ce point atteint ?

— Oui. Dieu merci, pour se défouler, notre petit Cliff pouvait jouer sur cette vieille carcasse dans l'annexe. Tout le monde était au courant de la dispute et de sa fugue. Votre ami le sous-inspecteur s'est accroché à lui comme une sangsue, mais nous avons tous pu confirmer son alibi. Non, avec Cliff, vous ne devriez pas avoir de problèmes.

— Comment expliquez-vous cet incident du whisky ?

— Je n'en ai pas la moindre idée, mais je suis prêt à jurer qu'il ne l'avait pas volé. J'ai tenté de lui extorquer des confidences, mais comme une andouille il est resté muré dans son silence.

— Ses rapports avec les autres hommes sont-ils bons ?

— Pas trop mauvais, en tout cas. Au début, ils avaient plutôt tendance à le considérer comme un phénomène. Vous vous doutez bien qu'avec son éducation et ses goûts, il éveillait leurs soupçons. Dans ce pays, les jeunes sont surtout jugés d'après leur aptitude au sport et leur habileté manuelle... Cependant, notre Cliff national mettait une telle énergie à accomplir ses tâches sur l'exploitation pendant toutes ses vacances scolaires qu'ils finirent par oublier ses défauts, et même à l'encourager à jouer pour eux chaque soir. Lorsqu'il revint avec sa carte du Parti, il fut adopté complètement, bien sûr. Non, pour la plupart, ce sont de bons bougres.

— La plupart ? Pas tous ?

— Le cuisinier des tondeurs est un vaurien. Il ne

vient qu'en saison. Le reste du temps, c'est Mme Johns qui nourrit les employés réguliers. En général, les tondeurs attendent d'avoir reçu leur paie pour aller se soûler au pub du coin. C'est la tradition, et personne n'y changera rien, tant que les tondeurs seront tondeurs. Mais notre expert a ses stocks dans son office, et si nous nous en sortons sans une ou deux crises de delirium tremens, c'est une chance. Il est dangereux, ce Cookie, mais incontournable. Curieusement, ils ne le détestent pas. L'homme à tout faire, Albie Black, s'entend assez bien avec lui. Il était copain avec Cliff, aussi, mais ils se sont disputés, je ne sais pas pourquoi. A mon avis, c'est tant mieux. Albie est un cas désespéré. Voyez-vous, si c'était lui que l'on avait surpris en flagrant délit avec la bouteille de whisky, je n'aurais pas été étonné. Lui, ou Perce. C'est le cuisinier, Percy Gould, dit Perce. Ici, nous avons la manie d'abréger tous les prénoms.

— Comment Mme Rubrick s'entendait-elle avec les employés ?

— Elle était convaincue d'avoir auprès d'eux un succès fou ! Elle adoptait un comportement de jovialité décontractée qui me hérissait. Ils devaient en rigoler entre eux. Elle s'imaginait les avoir convertis à un système féodal-antipodal. Elle se trompait complètement, inutile de vous le préciser. J'ai entendu le trieur, un garçon charmant et plein de qualités, l'imiter, un soir. Je suis soulagé que la nuit du drame ils aient tous été à vingt kilomètres de la lainerie. Le sous-inspecteur est un homme très conscient des distinctions sociales. Par instinct, il aurait dirigé ses soupçons sur ceux appartenant aux basses classes.

— Ne dites pas de bêtises ! s'exclama Alleyn d'un ton enjoué.

— Oh, je suis sérieux. Il est devenu gai comme un pinson quand Douglas lui a exposé sa théorie concernant Markins. Celui-ci, étant un domestique, correspondait tellement mieux au portrait de l'éventuel coupable que nous autres aristocrates. Seigneur ! J'en ai la nausée !

— Et vous, avez-vous des soupçons ?

— Aucun ! A mon avis, ce pourrait aussi bien être un nomade ayant décidé de crécher cette nuit-là dans la lainerie. Flossie l'aura surpris, réprimandé. Dans le feu de la discussion, il aura perdu la tête et se sera jeté sur elle. Prenant conscience de son acte, il aura revêtu le bleu de Tommy et disposé de son encombrant paquet avant de s'enfuir. Elle avait horreur des vagabonds. Ils vont d'exploitation en exploitation. La plupart des fermiers acceptent de les abriter pour un soir en échange d'un petit service rendu. Mais pas Flossie... Voilà mon hypothèse. C'est la seule qui me paraisse raisonnable.

— Il s'agit néanmoins de quelqu'un appartenant aux « basses classes ».

— Oui, avoua Fabian après un court silence. Un point pour vous, Alleyn !

— Je ne mérite pas vos félicitations, Fabian. Votre théorie prête à réflexion, mais apparemment, aucun errant n'a été aperçu ce jour-là dans les parages. Si j'ai bien compris, ils restent sur la route et, de toute façon, se présentent d'abord aux demeures des propriétaires.

— Jamais à Mount Moon lorsque Flossie s'y trouvait.

— C'est possible, cependant, il n'en reste pas moins, d'après l'enquête policière (et sur ce point, je puis vous assurer qu'elle a été menée scrupuleusement), que votre nomade n'a été vu par personne, ni avant, ni après le drame.

— Je crains de n'avoir rien d'autre à vous proposer. Je ne veux pas vous retenir davantage. Bonsoir, monsieur. Je suis heureux que vous soyez là.

— Pourvu que cela dure ! répliqua Alleyn. Ah ! avant de partir, voulez-vous me dire combien d'entre vous ont joué au tennis le soir de la disparition de Mme Rubrick.

— Enfin du concret ! s'exclama Fabian, l'air satisfait. Mais je me demande pourquoi vous vous posez une telle question. Douglas et moi seuls avons joué.

— Vous portiez donc des chaussures à semelle de caoutchouc pendant la fouille ?

— Absolument.

— Et les autres ? En avez-vous le souvenir ?

— Talons aiguilles. Comme toujours, pour les soirées.

— A quel moment, précisément, Mme Rubrick a-t-elle annoncé qu'elle se rendait à la lainerie ?

— Nous venions de nous asseoir. A moins qu'elle l'ait dit juste avant. Elle était tellement excitée...

— Je vois. Merci infiniment.

Fabian était parti, laissant Alleyn seul dans la chambre silencieuse. Il demeura immobile, haute et mince silhouette dessinée à la lueur de la bougie. Au bout d'un moment, il s'avança jusqu'à la table et ouvrit l'une de ses mallettes, d'où il sortit une petite boule de laine qu'il laissa tomber sur le tapis. Même sous cet éclairage avare, elle attirait la vue, inévitablement. Accent blanc sur le vert foncé du sol. Comme le matin après la disparition de Florence, lorsque Ursula avait passé le balai mécanique. Et pourtant, Ursula prétendait n'avoir rien remarqué. A moins qu'elle ait oublié ce détail ? Tous étaient d'accord pour affirmer que Florence n'en aurait pas supporté la vision. Or, elle était montée après le repas, avant la promenade dans le parc. Le bout de laine ne devait donc pas y être encore. Alleyn réentendit la voix d'Ursula Harme : « ... Quelqu'un était sur le palier à deux heures cinquante-cinq ce matin-là. »

Il sortit une pipe de sa poche, s'installa au bureau, ouvrit sa seconde mallette, où se trouvaient les dossiers de la police. Avec un soupir, il les posa devant lui. Un nuage de fumée embruma la pièce, les pages tournèrent lentement, régulièrement ; sur le palier, l'horloge sonna minuit, minuit et demi, une heure...

« ... Le 19 février 1942 à quatorze heures quarante-cinq, je reçus l'ordre de me rendre à l'entrepôt des frères Riven, situé au 68, avenue Jernighan. J'y arrivai en compagnie du brigadier Wetherbridge à quatorze heures cinquante et y fus reçu par le magasinier, Alfred Clark, et M. Samuel Joseph, acheteur pour la maison Riven. Ils me montrèrent une balle de laine d'où émanait une forte odeur d'un corps en décomposition. Je vis aussi le crochet taché d'un brun-rouge. Autour de la partie métallique, je remarquai une boucle de cheveux blonds. La balle en question avait été en partie ouverte. Je demandai au brigadier Wetherbridge d'élargir la fissure. Ceci fut fait en ma présence et celle d'Alfred Clark.

« En effet, victime de violents vomissements, Samuel Joseph était sorti. Dans la balle, nous trouvâmes un cadavre en état de décomposition avancée. Il avait été ligoté, en position assise ; les jambes étaient liées au tronc par dix-neuf tours de corde. Les bras étaient retenus par vingt-cinq tours de cordage spécifiquement réservé aux balles de laine. Le menton était sur les genoux. Le corps reposait sur une couche de laine pressée d'environ douze centimètres d'épaisseur. La balle, dans son ensemble, mesurait soixante centimètres de large sur un mètre vingt de haut. Le corps était celui d'une femme de petite corpulence, d'un mètre cinquante-trois, selon mon estimation. Je le laissai tel quel et entrepris de... »

Les pages continuèrent de tourner...

« ... la blessure derrière la tête. D'après les médecins, le coup a pu être porté par un instrument qui pourrait être un fer à marquer trouvé dans la lainerie. Un examen au microscope permit de relever des traces, lesquelles s'avérèrent par la suite être des gouttes de sang humain. L'autopsie conclut à une mort par suffocation. La bouche et les narines contenaient une certaine quantité de laine de mouton. Le coup à la nuque avait sans doute plongé la victime dans l'inconscience. Il est possible que l'assaillant, après avoir frappé, l'ait étranglée avant qu'elle ne revienne à elle. Les experts médicaux affirment que le décès ne peut être attribué à une quelconque cause accidentelle ou auto-infligée... »

Suivait le rapport détaillé du médecin divisionnaire :

« ... Une déchirure triangulaire près de l'ourlet de la robe, correspondant en position à l'os externe de la cheville gauche, la pointe de la déchirure étant dirigée vers le haut... examens approfondis... clou dans le mur de la lainerie, près de la presse... fils de tissu accrochés dessus... manque de preuves après un si long intervalle... »

— Je ne le sais que trop ! marmotta Alleyn.

« ... John Merrywether, presseur, déclare que le soir du 29 janvier au moment où cessa le travail, les deux moitiés de la presse étaient pleines. La laine avait été tassée, mais pas pressée. Il laissa le tout ainsi. Le lendemain matin, rien ne semblait avoir changé. Les deux moitiés étaient prêtes pour l'opération de pressage, le haut en position au-dessus du bas. Il pressa sa laine comme d'habitude, ne remarqua rien d'anormal. La balle fut ensuite liée, empaquetée et marquée, puis stockée avec les autres, et emportée l'après-midi même...

« Sydney Barnes, chauffeur de camion, déclare avoir pris son chargement le 30 janvier 1942 au domaine de Mount Moon et pris la route... Alfred Clark, magasinier... reçut le lot de Mount Moon le 3 février et l'entreposa en attendant son estimation... James MacBride, expert mandaté par le gouvernement... le 19 février... remarqua l'odeur, mais crut à la présence d'un rat mort... entrouvrit toutes les balles de laine... ne vit rien... évalua le lot... Samuel Joseph, acheteur... »

Fin

— Retour à la case départ, murmura Alleyn, en remplissant sa pipe.

« Investigations ultérieures », lut-il en abordant le dossier suivant. Vingt minutes plus tard, il apprenait que :

« ... l'assaillant n'a pas pu se débarrasser ainsi du corps en moins de quarante-cinq minutes. Plusieurs tests ont été effectués. Il fallait sortir la laine de la presse, lier le corps au plus serré, le placer dans la moitié du bas, remplir celle-ci de laine, la tasser sans la presser, replacer la moitié du haut en position... Thomas Johns, régisseur, déclare que le lendemain matin il découvrit son bleu de travail déchiré et taché. Il accusa les stagiaires de s'en être pris à son vêtement pour des raisons obscures. Ils nièrent y avoir touché. »

L'air s'était considérablement rafraîchi. Alleyn chercha un pull dans son bagage et le revêtit. Tout autour, la maison dormait. Il en avait été ainsi, lorsque Ursula Harme s'était réveillée en sursaut en percevant un bruit de pas sur le palier, et lorsque Douglas avait cru entendre quelqu'un devant sa porte... Ah ! comme ce serait simple, si le rôdeur avait été le même chaque fois !

Alleyn se leva péniblement et se dirigea vers l'énorme armoire remplissant le mur du bout de la chambre. Il ouvrit les portes et y découvrit ses propres habits, parfaitement alignés sur des cintres. Encore une délicate attention de Markins ! C'était là, cachée derrière trois plaids, qu'avait été débusquée la valise de Flossie Rubrick, toute prête en prévision du voyage qu'elle n'avait jamais entrepris. Terence Lynne l'avait trouvée trois jours après cette soirée dans le jardin. Son sac à main contenant argent et billets était dans un tiroir de la commode. Etait-ce la mission qu'avait accomplie le promeneur nocturne d'Ursula ? Avait-il caché sac et valise ? Etait-ce à ce moment-là qu'était tombé le petit bout de laine, glissant d'une chaussure ou de son pantalon ?

L'affaire avait été menée de manière nette et expéditive en tout cas, songea Alleyn. Un coup sur la nuque, suffisamment violent pour provoquer l'évanouissement, mais pas trop pour éviter les dégâts visibles. Etranglement, puis règlement du problème le plus épineux : comment se débarrasser du cadavre ? Oui, tout cela avait été exécuté avec beaucoup de sang-froid et d'audace. A quoi l'assassin avait-il pensé, lorsque le lendemain matin les tondeurs avaient repris leur travail, et que le moment était venu pour le presseur d'abaisser la partie haute sur la partie basse ? Etait-il absolument certain qu'une fois le tout lié, emballé et marqué, il n'y aurait ni bombements, ni souillures ? Et lorsque, à l'aide du crochet, un ouvrier avait hissé la balle dans le camion... le meurtrier n'avait-il pas craint que le poids supplémentaire ne le surprenne ? Florence Rubrick était menue, mais tout de même... Alleyn se replongea dans ses documents.

« ... Les experts médicaux pensent que la ligature des membres fut effectuée dans les six heures ayant suivi la mort, et avant l'installation de la raideur cadavérique, ce qui eût rendu impossible un tel processus. Ils ajoutent cependant qu'étant donné les circonstances, c.-à-d. la chaleur, notamment, l'assaillant avait amplement le temps d'agir. »

Prudents, comme toujours, se dit Alleyn. Bien... A supposer que ce fût un homme. Le meurtrier de Florence Rubrick, persuadé que personne ne viendrait le déranger, acheva-t-il son œuvre avant le coucher des autres membres de la maisonnée ? Les employés étaient absents pour la soirée, mais que fabriquaient Johns, et Markins, et Albert Black ? Leur curiosité n'avait-elle pas pu être éveillée par la lumière allumée dans la lainerie à une heure pareille ? Avaient-ils eu un couvre-feu à respecter ? Non, puisque Ursula Harme avait constaté, en partant à la recherche de sa tutrice, que tout était éteint. Elle s'était donc attendue à voir de la lumière. Les archives ne précisaient rien sur ce point. Si les pas qu'elle avait entendus étaient bien ceux du coupable, était-il monté cacher la valise et le sac afin de maintenir l'illusion que Florence était partie comme prévu pour le Nord ? Y avait-il eu un intervalle entre le crime et son maquillage ? Elle avait été tuée après vingt heures. Personne ne pouvait dire au juste à quelle heure elle avait emprunté le chemin bordé de lavande. Elle avait eu l'intention d'aller à la lainerie essayer sa voix et de revenir. N'était-elle pas impatiente de savoir si l'on avait retrouvé ou non sa broche ? Avait-elle eu besoin de plus d'un quart d'heure pour sa performance de membre du

Parlement discourant devant une salle vide ? Sûrement pas. Elle avait donc été tuée avant, ou peu après, que les autres eussent regagné la salle à manger. Son bijou avait été repéré à vingt heures cinquante-cinq, et c'est à vingt heures cinquante-cinq, quand sa mère était entrée dans l'annexe, que Cliff Johns, abandonnant le piano, était rentré chez lui avec elle. Ensuite, dans la maison, chacun s'était couché. Les employés étaient revenus de leur bal à deux heures moins le quart... Alleyn était fatigué, à présent. La journée avait été longue. Il se mit en pyjama et s'aspergea le visage d'eau glacée. Puis, histoire de se réchauffer, il se mit dans son lit sans quitter sa robe de chambre. Sa bougie vacilla, crachota dans sa propre cire fondue, s'éteignit. Sachant qu'il disposait sur sa table de chevet d'une lampe électrique, Alleyn ne se releva pas pour aller chercher sa bougie de rechange. Il était deux heures et demie du matin.

Pouvait-il s'autoriser un petit somme, ou devait-il écrire à Troy ? Troy, son épouse, à vingt mille kilomètres de là, qui avait momentanément délaissé ses portraits pour peindre levés topographiques et camouflages à Bossicote, en Angleterre. Il s'apprêtait à attaquer l'expédition glaciale jusqu'à la table, et avait déjà rabattu ses couvertures, lorsqu'il se figea.

Pas un brin de vent ne soufflait sur Mount Moon, pas une souris ne courait derrière les lambrissages. Au loin, un chien avait aboyé, mais une seule fois. Non... Le bruit qui avait saisi l'attention d'Alleyn provenait de l'intérieur de la maison. Quelqu'un gravissait les marches du vieil escalier. Quelqu'un traversait le palier. Alleyn compta huit pas. Il tendit la main vers sa lampe de poche, attendit la caresse des doigts sur sa porte, le cliquetis de la poignée. Ses yeux s'étaient accoutumés à l'obscurité. La porte s'ouvrit ; Alleyn distingua une main, une silhouette d'homme. La porte se referma tout doucement. Alleyn alluma sa torche électrique.

C'était Markins.

— Eh bien ! vous en avez mis, du temps ! dit Alleyn.

A la lueur de la bougie de secours, lorsque celle-ci fut allumée, il apparaissait maigre et sec. Ses cheveux noirs étaient brossés vers l'arrière, comme une épaisse perruque sans raie. Il avait les yeux noirs, le nez fin, une bouche mobile. Par-dessus son pantalon sombre, il portait son veston de majordome en alpaga. Sa façon de parler, teintée d'un accent cockney et parsemée d'américanismes, rendait difficile la tâche de lui attribuer une nationalité. Il avait un air à la fois naïf, franc et innocent, mais toujours sur le qui-vive. Il se rapprocha du lit d'Alleyn et posa son bougeoir sur la table de chevet.

— Désolé de ne pas être venu plus tôt, murmura-t-il, penaud. Ils ont le sommeil léger, tous les quatre. C'est bien dommage.

— Quatre ? Pas davantage ? chuchota Alleyn.

— Cinq.

— Cinq est hors course.

— Avant, c'était six.

— Et six moins quatre égale quatre à une exception près.

Ils échangèrent des sourires complices.

— Ouf ! Je passe ma vie dans la crainte d'oublier un jour ces rengaines. Qu'auriez-vous fait, si je m'étais trompé ?

— Vous ne vous seriez pas trompé, d'une part. D'autre part, je vous aurais reconnu n'importe où, monsieur Alleyn.

— J'aurais dû apporter ma fausse barbe, marmotta-t-il d'un ton grave. Pour l'amour du ciel, asseyez-vous et dites-moi tout. Puis-je vous offrir une cigarette ? Depuis quand ne nous sommes-nous plus vus ?

— La dernière fois, c'était en 37, il me semble, monsieur. Je me suis engagé dans les services secrets en 36. Je vous ai rencontré juste avant de me rendre aux Etats-Unis pour effectuer cette fameuse mission d'avant-guerre.

— Ah, oui, c'est vrai. Vous jouiez le rôle d'un steward à bord d'un paquebot allemand, n'est-ce pas ?

— Exactement, monsieur.

— A propos, pouvons-nous parler normalement ?

— Je crois que oui, monsieur. Il n'y a personne dans le dressing, ni même de ce côté du palier. Les deux jeunes femmes sont à l'autre bout. Leurs portes sont fermées.

— Nous pouvons au moins prendre le risque de converser tout bas. Vous avez été remarquable, au cours de votre première mission, Markins.

— Malheureusement, cette fois-ci, il n'en est pas de même. Je me heurte contre un mur.

— Je vous écoute, soupira Alleyn.

— Du début ?

— Eh oui !

— Voilà, monsieur...

Markins poussa sa chaise jusqu'au lit et s'y installa. Penchés l'un vers l'autre, ils rappelaient une illustration de Cruikshank dans Dickens : Alleyn, en peignoir foncé, ses longues mains croisées devant lui ; Markins, menu, sur ses gardes, le regard intense, la flamme de la bougie vacillant derrière sa tête.

— Comme vous le savez, je dus prolonger mon séjour aux Etats-Unis. En mai 1938, je reçus des ordres de chez vous, monsieur Alleyn, et pris contact avec un acheteur de laine japonais nommé Kurata Kan, à Chicago. Il me fallut un certain temps, mais je finis par y parvenir grâce à son domestique. Ce dernier, un métis américano-japonais, assistait à des cours du soir. Je m'y inscrivis aussi, et découvris bientôt que mon métis était de mèche avec un autre élève, homme de ménage dans une usine où se fabriquaient des pièces spéciales pour les moteurs d'avion. Il était donc bel et bien sur le coup, mon métis. Ils paient la moindre information, si insignifiante soit-elle, rubis sur l'ongle. Il me fallut des semaines de leçons de géographie et de civilisation américaine pour tomber sur la bonne piste. Puis, je leur racontai que j'avais été renvoyé de ma place précédente pour avoir dévoilé un zeste de curiosité en trop. La suite fut facile. Je vendis à M. Kurata Kan un intéressant renseignement. Complètement bidon. Après cela, il partit pour l'Australie. Je reçus l'ordre de l'y suivre. Ils me fabriquèrent un nouveau personnage de majordome à Sydney. J'avais soi-disant été au service d'un expert artilleur anglais venu rendre visite au gouvernement de Nouvelle-Galles du Sud. C'est le gouverneur en personne qui me rédigea la lettre de référence, sur un papier à en-tête. Il était avec vous, monsieur. Bon... au bout d'un moment, je cherchai M. Kan et me présentai à lui. Il parut enchanté de me revoir. Je lui révélai ce que mon patron précédent était supposé avoir raconté sous l'influence de l'alcool. Informations aimablement fournies par vos bureaux, monsieur.

— Je m'en souviens.

— Il essayait d'obtenir des détails à propos de fortifications à Darwin. Il fut dupe un certain temps. Evidemment, il s'absentait souvent pour acheter sa laine. Il ne se passa pas grand-chose jusqu'en août 1940, quand il m'annonça que je devais venir ici, chez une amie à lui, une certaine Mme Arthur Rubrick, membre du Parlement, tout particulièrement sensible à l'efficacité des serviteurs britanniques. D'après lui, un neveu de M. Rubrick s'était attelé à un travail dont ils voulaient avoir les tenants et aboutissants. Ces Japonais sont très méticuleux, monsieur.

— Très.

— Bref. J'envoyai un télégramme aux services secrets, et j'eus le feu vert. M. Kurata Kan suscitait chez eux le plus grand intérêt. Mme Rubrick m'engagea, et je m'installai au domaine. Premier hic, cependant : que raconter à M. Kurata Kan ? D'après les services secrets, le travail de M. Losse était d'une importance capitale. Ils me confièrent des faux, afin que je puisse calmer Kan si jamais il s'impatientait. Jusque-là, pas trop de problèmes. Je fabriquai même un appareil imaginaire à l'aide de deux ou trois bouts de radio, que je photographiai sans lumière. Je lui racontai que j'avais pris la photo perché sur une échelle, à travers une fenêtre fermée. Je me suis souvent demandé à quel moment un expert japonais s'est enfin aperçu de mon subterfuge. Ce n'était pourtant pas compliqué. Mais Kurata paraissait content. Ils l'arrêtèrent enfin, sur dénonciation de ma part, puis ce fut Pearl Harbor. Fin de l'épisode.

— Pour Kan, en tout cas.

— En effet, monsieur. Second hic. Mais vous êtes au courant.

— J'aimerais connaître votre version des faits.

— Vous croyez ? Comme vous voudrez. Je ne devais sous aucun prétexte laisser entendre à Mme Rubrick et aux deux jeunes gens qui j'étais en réalité. Ordres de vos hommes, monsieur Alleyn. Quelque temps plus tard, j'appris par vos bureaux qu'il y avait eu fuite d'informations (cette fois, il ne s'agissait pas de mes photos truquées) au sujet du détonateur magnétique. Cette fuite s'était produite non pas par le biais des Japonais, mais par celui des Allemands. En voilà une surprise ! Mon rôle était donc d'oublier ces trois dernières années et de me mettre en quête de la vérité. Ce fut le début de la fin, gémit Markins. J'étais perdu.

— C'est ce que nous avons cru comprendre, acquiesça Alleyn.

— Le plus frustrant, l'aspect de cette affaire qui m'irrita le plus fut celui-ci : quelqu'un, dans cette maisonnée, œuvrait sous mon nez depuis des mois ! Et je n'avais rien vu ! Que pouvais-je ressentir, à votre avis ? Je n'étais qu'un bon à rien ! Un imbécile ! Moi qui me prenais pour une lumière, avec mes photographies falsifiées, alors que pendant ce temps...

— Si cela peut vous consoler, la source est tarie. Il y a deux mois, un cargo allemand fut arraisonné au large de la côte argentine. Des plans détaillés du détonateur magnétique furent trouvés à bord. Le seul lien que nous ayons pu établir entre ce bateau et la Nouvelle-Zélande fut l'histoire d'un journaliste indépendant ayant entrepris un tour du monde en vagabondant. Ces hurluberlus ne sont pas rares, et, pour la plupart, ce sont d'inoffensifs aventuriers. Celui qui nous intéresse, d'origine portugaise, a visité la plupart des ports de ce pays au cours de l'année écoulée. Nos hommes l'ont débusqué dans un pub où il avait été remarqué buvant un coup avec le skipper de notre navire allemand. Il disposait tout d'un coup de beaucoup d'argent, ce qui avait de quoi éveiller la curiosité de n'importe qui. Après enquête, ce journaliste s'avéra être un personnage pour le moins douteux. Il n'obtiendra pas de sitôt un permis de débarquement dans ces zones.

— Ah, oui, j'ai entendu parler de lui, un certain Señor, ou Don je-ne-sais-quoi, dit Markins. Il était en ville, à Pâques, l'année dernière. Les deux gentlemen, Miss Harme et la plupart des domestiques ont passé trois jours là-bas. Ils voulaient assister aux courses. Je suis resté à la maison. M. Rubrick n'était pas au mieux de sa forme.

— Et Miss Lynne ?

— Elle aussi était là. Elle ne voulait pas le quitter.

Markins jeta un coup d'œil furtif vers Alleyn.

— Triste affaire, conclut-il avec un soupir.

— Fort triste, en effet. Mais revenons à notre journaliste louche. Nous pensons que c'est lors de cette escale, sur le terrain de courses, justement, que lui ont été transmis les documents concernant le gadget de M. Losse. Le papier est néo-zélandais de fabrication.

Markins claqua la langue, furieux.

— Et sous mon nez, encore ! Incroyable !

— Votre nez était ici, et la transaction s'est opérée à plus de quatre cents kilomètres.

— Tout de même...

— Enfin ! coupa Alleyn. Par chance, nous l'avons arrêté à temps, et les renseignements n'ont pas été transmis à l'ennemi. M. Losse fut mis en garde par nos services. Il lui fut conseillé de surveiller tout spécialement ses affaires, et de ne se confier à personne, pas même à son associé. Curieusement, il n'a jamais cru à ces histoires d'espionnage, et c'est le capitaine Grace qui, depuis le début, se méfie... De qui se méfie-t-il, à votre avis ?

— Vous me posez la question, à moi ? s'indigna Markins. C'est le bouquet ! Ecoutez ! Il a pénétré dans ma chambre et a tout fouillé avec la discrétion d'un transporteur de charbon ! Ses empreintes sont partout ! Il a mis la tête dans mes costumes, y a laissé l'odeur de sa lotion pour cheveux. Et s'il ne m'a pas piqué un billet dans une poche au passage, j'ai de la chance ! Excusez-moi, je m'emporte... Disons qu'il a été très maladroit. Et si ce n'était pas aussi bête, ce serait presque drôle. Après tout, si je suis là, c'est pour veiller sur son engin ! Mais voilà qu'il s'est mis dans la tête que je suis exactement ce que j'ai fait semblant d'être pour Kan & Co.

— Vous avez pourtant éveillé ses soupçons, d'une manière ou d'une autre.

— Jamais de la vie ! protesta Markins. Et puis quoi, encore ? Je ne me suis approché de son atelier à la noix qu'une seule fois. J'avais reçu un appel urgent pour Mme Rubrick. Percevant des voix là-haut, je m'y suis précipité. Il discutait à la porte avec M. Losse. Ils ne m'ont pas entendu venir. Mais quand Grace m'a aperçu, il aurait tout aussi bien pu avoir rencontré le diable en personne !

— Il prétend que vous rôdiez sur le palier à trois heures moins le quart du matin, trois semaines avant la mort de Mme Rubrick.

Markins émit une sorte de râle sifflant.

— N'importe quoi ! Voulez-vous me dire ce que j'aurais bien pu fabriquer là à une heure pareille ? Et au lieu de m'en parler, il a couru chez Madame la supplier de me renvoyer.

— Ah, vous l'avez donc su ?

— C'est Madame elle-même qui me l'a dit. Elle m'a convoqué pour une « affaire sérieuse ». Elle m'a littéralement accusé d'avoir fouillé dans l'atelier. J'en fus choqué, et je me défendis avec véhémence. Sans doute fus-je assez convaincant, puisqu'elle parut satisfaite de mes explications. Je dois ajouter, monsieur Alleyn, que j'avais moi-même entendu quelqu'un cette nuit-là. J'ai le sommeil léger, il y avait eu des pas, et ce n'était ni l'un ni l'autre des gentlemen. Ils se relèvent de temps en temps pour travailler, mais ne prennent jamais la peine de marcher sur la pointe des pieds. Vous pensez bien que je m'étais levé pour vérifier. Mais je n'avais rien vu. J'en parlai à Madame. Elle en fut fort contrariée. Comme de bien entendu. Alors que je m'apprêtais à sortir de la pièce, elle me retint : « Markins, tout ceci me préoccupe beaucoup. Lors de mon prochain séjour à Wellington, je m'adresserai aux autorités compétentes. Je vais exiger des mesures de protection adéquates pour mes neveux. C'est dans leur intérêt. Je préviendrai le capitaine. » Ce que je ne comprends pas, dit Markins en se mordillant la lèvre inférieure, c'est comment le capitaine s'est mis dans la tête que j'étais un espion.

— Peut-être en avez-vous l'allure, Markins ?

— Je finis par le croire, monsieur Alleyn.

— En fait, les circonstances avaient de quoi susciter des soupçons. Car en ouvrant sa porte cette nuit-là, Douglas Grace a vu une lueur disparaître au bout du couloir, en direction de votre chambre. Or, l'après-midi même, vous vous étiez approché d'eux alors qu'ils discutaient de l'endroit où ils allaient cacher les clés de l'atelier. Il n'a pas eu tout à fait tort de s'affoler.

Markins se raidit.

— Elle ne m'en a pas touché un mot !

— Ah non ?

— Pas un mot ! Elle m'a simplement dit que le capitaine Grace était furieux et qu'il m'accusait d'avoir rôdé autour de l'atelier la veille. Mais je n'avais rien saisi de leur conversation dans la journée. Ils se sont tus en m'apercevant... Evidemment, d'après ce que vous me racontez là, je comprends mieux... Vous dites qu'il a vu quelque chose, lui ?

— Une lueur, précisa Alleyn avant de répéter le récit de Douglas.

— C'était l'unique indice, et je l'ai raté. Décidément, je ne risque pas d'être promu de sitôt !

Alleyn lui signala que le rôdeur en question n'avait pas pu entrer cette nuit-là dans l'atelier. Mais Markins protesta : sans doute y était-il parvenu à un autre moment, puisque les documents avaient été transmis au journaliste portugais durant le week-end de Pâques.

— Je vous déçois, n'est-ce pas, monsieur ? Je ne peux guère vous en vouloir. Je vais vous avouer une chose : je suis complètement désemparé. Quelqu'un est entré dans cette salle et y a volé de précieux renseignements. Je ne sais pas qui est cette personne, ni comment elle s'y est prise pour mener à bien sa mission. C'est honteux. Je mérite d'être muté.

— Vous n'avez pas de quoi être fier, mais il ne servira à rien d'enfoncer indéfiniment le clou, Markins. Je vais inspecter l'atelier. Losse a condamné la fenêtre avec un volet cadenassé. La porte est munie d'une serrure Yale, et, depuis l'alerte, Losse porte toujours les clés autour de son cou. Bien sûr, il est possible de creuser un trou dans le chambranle et de se servir de fil de fer. C'était peut-être la mission du rôdeur, le soir où Grace l'a entendu. Il aura échoué à ce moment-là, mais réussi plus tard. Avant Pâques.

— Impossible, monsieur. J'avais l'œil sur cette serrure. Personne n'y a touché. Pendant leur absence, j'ai consciencieusement vérifié.

— Dans ce cas, nous pouvons imaginer que l'infraction a eu lieu avant l'alerte, à l'époque où ils se méfiaient moins, et que le rôdeur revenait faire un petit tour lorsque Grace le surprit. Objection ?

— Aucune, monsieur.

— Parfait. Soupçons ?

— Peut-être était-ce la vieille elle-même ? Après tout, pourquoi pas ?

— Mme Rubrick ?

— Elle entrait là comme dans un moulin. Elle frappait et roucoulait : « Mes petits inventeurs ont-ils une minute à me consacrer ? »

Alleyn changea de position. Interroger Markins en plein jour serait difficile. D'ailleurs, lui-même aurait de quoi s'occuper. Il était deux heures et demie du matin. Il avait déjà entendu quatre portraits de Flossie Rubrick. Aurait-il le courage d'en écouter un cinquième ? Il tendit le bras vers son paquet de cigarettes.

— Comment était-elle ?

— Bizarre, répondit Markins.

— Ambitieuse, précisa Markins, après réflexion. Oui, très ambitieuse. Ces femmes-là se ressemblent toutes. Souvent, elles n'ont pas eu d'enfants. Elle avait un succès fou, pourtant, elle ne semblait jamais satisfaite. Elle était très capable. Autoritaire. Mais si tout allait selon ses désirs, elle pouvait se montrer fort aimable, voire chaleureuse. Elle se consacrait entièrement à son travail. Elle s'y jetait corps et âme et y entraînait tout son monde avec elle. Elle voulait être la patronne, et dans cette demeure, je puis vous assurer qu'elle l'était. Agent ennemi, elle ? En tout cas, pas pour l'argent. Elle en avait plein. Aurait-elle eu le courage d'œuvrer contre son pays et son peuple ? Elle parlait beaucoup de patriotisme. Elle n'était pas tout à fait contre certaines purges...

— Miss Harme affirme qu'elle voulait rester en Angleterre accomplir une mission de bénévole.

— Ah, oui, vraiment ? Mais elle aurait tenu à être chef ! Je m'interroge, monsieur Alleyn. Bref... Voyez-vous, comme elle était la seule à pouvoir pénétrer dans cet atelier, j'éprouvais pour elle un certain respect. Peut-être avait-elle demandé un double de la clé, le jour où elle avait fait installer la serrure Yale pour ses protégés ? Ce n'était pas impossible. Il ne fallait surtout pas ignorer cette hypothèse. Et plus elle parlait de se débarrasser des agents ennemis infiltrés dans le pays, plus je me posais la question de savoir si elle n'en était pas elle-même. Elle prétendait que nous avions tort de ne pas nous servir de ce que les méthodes nazies avaient de bon. Elle vantait notamment leurs plans d'entraînement pour les jeunes, leur façon d'encourager le nationalisme. Elle se révoltait contre toute pensée critique indépendante. Elle n'était pas la seule à nourrir de tels sentiments. Elle n'aimait pas les juifs, qu'elle considérait comme des parasites...

Alleyn lui demanda s'il avait d'autres éléments plus tangibles à lui fournir, mais Markins hocha tristement le menton. Non, rien. Elle n'avait montré de curiosité qu'envers le projet de ses neveux. Mais il fallait envisager le problème sous un autre aspect. Nommée auprès d'un comité de contre-espionnage, Mme Rubrick n'aurait-elle pas par hasard menacé le succès d'un agent ? Peut-être même avait-elle soupçonné un membre de sa maisonnée, et s'était-elle dévoilée ? La discrétion n'était pas une de ses qualités principales. En poussant un peu ce raisonnement, n'y avait-il pas là matière à un meurtre ?

— C'est précisément ce pour quoi le capitaine Grace est convaincu que vous l'avez assassinée, intervint sèchement Alleyn.

Markins ne cacha pas son animosité envers le capitaine Grace.

— Il est décidément trop bête, celui-là ! Et puis... Ne peut-on s'interroger sur son passé ? Ses études à Heidelberg. Sa sympathie pour les nazis... Je ne suis pas une lumière, mais ce point ne m'a pas échappé.

— Allons, vous ne le croyez pas vraiment, n'est-ce pas ?

Alleyn lui sourit.

— Cervelle d'oiseau ! marmonna Markins.

— Encore une chose. Nous devons savoir si cette tentative de transmettre les documents était le but exclusif et final de l'agent. Son objectif atteint, pouvait-il se contenter de disparaître ? Ou attendait-on de lui d'autres informations concernant, par exemple, les activités de contre-espionnage de Mme Rubrick ? Renseignements faciles à fournir, il suffit pour cela d'une radio.

— Que l'on n'aurait aucun mal à cacher, avec toutes ces montagnes, grommela Markins.

— Tout en veillant à ce que l'accès n'en soit pas trop compliqué... D'après les archives, une fouille importante fut entreprise pour retrouver le corps de Mme Rubrick. J'ai même lu qu'un détecteur de radio avait été apporté, et qu'ils avaient sondé le lit de la rivière. Mais vous en étiez...

— Oui, j'en étais, et j'avais l'air parfaitement idiot. Moi, l'expert, je ne pouvais que les suivre ! Ah ! que c'est dur, la vie !

— Oui, le monde est injuste ! bâilla Alleyn. Mais dites-moi, nous devons nous présenter dans moins de quatre heures en pleine forme pour le petit déjeuner. Je manque d'entraînement, Markins. Et vous, vous êtes un laborieux. Au lit !

Markins se leva aussitôt, et reprenant son rôle de majordome, s'inclina solennellement.

— Je vous ouvre la fenêtre, monsieur ?

— S'il vous plaît, et tirez-moi ces rideaux. Vous avez une lampe électrique, non ? Je vais éteindre ma bougie.

— Vous savez, monsieur Alleyn, par ici, nous pouvons nous permettre de ne pas respecter complètement le couvre-feu.

Les anneaux tintèrent sur la tringle. Un carré légèrement lumineux troua le noir du mur. L'air frais caressa le visage d'Alleyn. Il pinça la mèche de sa bougie, tandis que Markins se dirigeait sur la pointe des pieds vers la porte.

— Markins...

— Monsieur ?

— Il existe une autre solution. Vous l'avez envisagée, bien sûr.

Cette déclaration fut suivie d'un long silence.

— C'est un intello, mais il suffit de le connaître. Il est plutôt gentil.

La porte grinça. Alleyn était seul. Il se prépara à dormir.

7

D'après Ben Wilson...

S'étant conditionné pour cela, Alleyn se réveilla comme prévu à cinq heures et perçut les bruits lointains de la maison. Dehors, dans le noir, un coq chanta, et la clameur de son cri résonna dans le silence. Sous la fenêtre d'Alleyn, un homme passa d'un pas énergique, traversant la terrasse et contournant le bâtiment. Il sifflait à tue-tête, et tenait entre les mains un seau métallique qui battait contre sa jambe. Du côté du dortoir, les chiens bergers du domaine de Mount Moon entamèrent leur chorus matinal. Vinrent ensuite le tintement d'une hache, un murmure de conversations. Une odeur de feu de bois s'éleva dans les airs. A l'horizon, la promesse d'une lueur gris-rose...

Alleyn se lava et se rasa dans la salle de bains à la lumière de la bougie, et, lorsqu'il revint dans sa chambre, constata qu'au-dehors les silhouettes des arbres se distinguaient maintenant au-dessus d'un nuage de brume. A ses pieds, le parc attendait, rigidifié par le froid de la nuit. Tandis qu'il s'habillait, le ciel s'éclaircit derrière les montagnes.

Le petit déjeuner débuta sous un éclairage artificiel, mais, bientôt, la lampe devint inutile. Le jour était enfin là. La vaste demeure s'agitait en prévision d'une journée chargée. Douglas et Fabian étaient en tenue de travail : pantalons de flanelle informes, pulls passés sur des chemises foncées, vieilles vestes de tweed usées à la corde, grosses bottes. Ursula était pimpante, en blouse amidonnée. Terence Lynne, toujours aussi calme, en culotte de cheval et longues chaussettes de laine, était la seule à s'être habillée en fonction d'un rôle de « propriétaire terrien ». Mme Aceworthy, tantôt hésitante, tantôt coquine, présidait la tablée.

Douglas acheva son repas le premier, et, après avoir dit deux mots à Fabian, sortit. Il passa dehors devant les fenêtres de la salle à manger et reparut bientôt, un chien sur ses talons, du côté de l'enclos des béliers. Cinq mérinos, tout au fond, redressèrent brusquement la tête et le fixèrent. Alleyn regarda Douglas s'approcher du portail, l'ouvrir, attendre. Au bout d'une ou deux minutes, les bêtes vinrent vers lui, sans se presser. Il les entraîna à l'extérieur et ils disparurent ensemble en cortège solennel.

— Quand vous serez prêt, je vous emmènerai à la lainerie, proposa Fabian.

— Si vous avez besoin de quoi que ce soit..., commença Mme Aceworthy. Je veux dire que... Nous souhaitons tous vous aider de notre mieux, bien que tous ces interrogatoires... heu... Mais bien sûr, cette fois c'est différent, bredouilla-t-elle.

— Mamy Acy s'égare, ce matin, commenta Ursula. Mais vous nous préviendrez, n'est-ce pas, monsieur Alleyn, si nous pouvons vous être utiles en quoi que ce soit ?

Alleyn les remercia en les rassurant. Pour l'instant, tout était parfait ainsi. Il partit en compagnie de Fabian.

Le soleil n'avait pas encore eu le temps de réchauffer le domaine de Mount Moon. L'air était froid, et le sol craquant sous leurs pieds. Des enclos provenaient divers concerts de bêlements. Fabian conduisit son invité le long d'un chemin flanqué de part et d'autre d'une haie de peupliers impeccablement taillés. Ils prirent ensuite le sentier bordé de buissons de lavande, passèrent un portail, enjambèrent un ruisseau, puis gravirent une colline en direction de la lainerie et des cottages.

Plus ils avançaient, plus le bruit s'intensifiait. Une

bâtisse recouverte de tôle ondulée apparut, flanquée de parcs de tri au-delà desquels s'étendait un vaste enclos rempli de moutons. Ils étaient si nombreux à s'y presser que l'on aurait dit de loin une sorte de lac mouvant et grisâtre. Hommes et chiens, dans une cacophonie de cris et d'aboiements, guidaient les animaux. Un flot ininterrompu de bêtes se serraient dans les goulets menant d'un parc à l'autre, chacun plus petit que le précédent, jusqu'au dernier où un homme à la figure de singe les séparait dans des boxes individuels. Un adolescent à l'extérieur des barrières l'assistait en agitant son chapeau et en poussant des braillements de fausset. Une forte odeur de laine et de graisse imprégnait l'air glacé du matin.

— C'est Tommy Johns, indiqua Fabian en désignant d'un coup de menton celui qui effectuait le tri final. Le jeune garçon, c'est Cliff.

Plutôt mignon, se dit Alleyn. Jolie tête, toison brune tombant sur un front intelligent. Visage mince, traits fins, bouche volontaire, silhouette encore un peu dégingandée... Grandes mains aux doigts nerveux. Son chandail gris et son pantalon maculé de boue lui donnaient un petit air d'écolier qui contrastait fortement avec la rusticité des autres hommes alentour. Apercevant Fabian, il lui adressa un sourire en coin avant de courir après un bélier récalcitrant.

S'étant rapproché, Alleyn pouvait maintenant à peu près distinguer les divers éléments dont se composait cet étonnant orchestre : complaintes des béliers, trépignements sur la terre durcie par le gel, gémissements des chiens, hurlements des hommes, et à l'intérieur, ronron d'un moteur entrecoupé de chocs et de heurts intermittents.

— D'ici dix minutes, ce sera la pause-cigarette, expliqua Fabian. Vous voulez entrer ?

— Volontiers.

Tommy Johns ne leva pas les yeux à leur passage. Sa

barrière battait inexorablement au rythme du passage des moutons.

— Il compte, déclara Fabian.

La lainerie parut fort sombre lorsqu'ils y pénétrèrent tout d'abord, et l'odeur des moutons presque insupportable. Toute la lumière était concentrée sur le lieu où œuvraient les tondeurs. Elle provenait d'une ouverture sans porte, d'où avait été repoussé un rideau en toile de jute, et des trous par où ressortaient les animaux une fois tondus. Petit à petit, cependant, prirent forme dans la pénombre la table du trieur, les balles de laine déjà entassées pour le départ, les boxes où les moutons attendaient leur tour.

Pendant un temps, Alleyn se contenta d'observer les tondeurs. Ils sortaient les bêtes de leur parc en les saisissant par les pattes arrière et les manipulaient avec une telle dextérité qu'elles s'offraient sans protester, le dos contre les jambes, le cou coincé entre les genoux, en position aussi ridicule que voluptueuse, aux lames propulsées par un moteur électrique.

— Là, ils ne tondent que le ventre.

Alleyn vit la laine noirâtre se retourner comme une vague. Sur la face interne, elle était d'une belle couleur crème. A demi nu, le mouton était ensuite poussé dehors par l'un des hublots destinés à cet effet. Deux stagiaires silencieux ramassaient la laine pour la présenter au trieur, qui disposait devant lui de plusieurs caisses en fonction des divers critères de qualité établis.

Alleyn put ensuite admirer, à une distance respectable et en position centrale, la presse. Elle pouvait faire penser, en effet, à une sorte de tribune improvisée. C'était donc là que Flossie Rubrick se serait tenue pour prononcer son discours lors de la fête. C'était de là qu'elle avait eu l'intention de haranguer amis, employés et électeurs du voisinage, lesquels l'auraient sans doute écoutée comme un troupeau de moutons dociles. Alleyn tenta de se remémorer la femme avec laquelle il n'avait conversé que quelques minutes. Une femme minuscule, à la voix claire, insistante ; une femme laide. Une femme qui avait tenu absolument à le recevoir chez elle, et de chez qui il avait eu le plus grand mal à s'échapper. Il se rappela son regard intense, perçant, son attitude autoritaire, voire arrogante. Ces souvenirs n'étaient en rien modifiés par les révélations de la veille... Bien... Où donc s'était-elle placée, le fameux soir de sa disparition ? D'où son assaillant avait-il pu surgir ?

— Elle voulait essayer sa voix, dit Fabian, à son coude.

— Oui, mais d'où ? De là-dessus ? Elle était ouverte, les deux moitiés pleines de laine juste tassée. A-t-elle fermé le couvercle, ou je-ne-sais-quoi, pour grimper sur le tout ?

— C'est ce que nous avons toujours supposé.

— Cette nouvelle presse est-elle située au même endroit exactement que la précédente ?

— Oui. Sous le ticket rouge cloué à ce poteau.

Alleyn s'avança. Le mur d'en face était une partition haute d'un mètre cinquante séparant les parcs intérieurs du reste de la lainerie. Un peu plus loin, derrière la presse, cette cloison s'élevait jusqu'au plafond. A une certaine époque, un clou y avait été enfoncé de l'autre côté, qui, aujourd'hui rouillé, ressortait tout près de la presse. Alleyn s'arrêta pour l'examiner de près. Autour de lui, les ouvriers continuaient leur labeur, mais ils sentaient sa présence. Il se redressa. Au-dessus du clou rouillé courait une poutre dans le mur ; n'importe qui ayant le dessein de grimper sur la presse pouvait s'y accrocher. Autour du clou, ils avaient trouvé un fil du tissu de la robe de Flossie. La pointe de la déchirure avait été dirigée vers le haut, elle avait donc été provoquée par un tiraillement dans ce sens. Alors qu'elle montait sur son estrade de fortune, et non pas pendant que son meurtrier se débarrassait du corps, se dit Alleyn. Les liens étaient trop serrés. D'ailleurs, la presse s'ouvrait par le devant. Mais où s'était-elle trouvée lorsqu'on avait porté le coup sur sa nuque ? Penchée en avant, les mains sur la presse ? Etait-elle en train de tenter de récupérer sa robe accrochée au clou ? Ou encore, était-elle descendue de son perchoir, le dos tourné, pour lui parler ? C'était l'hypothèse la plus vraisemblable.

Tout près, une lampe-tempête était suspendue à un crochet dans le mur. Sur la gauche, un bougeoir rustique fabriqué dans une boîte métallique contenait les restes d'une bougie et une boîte d'allumettes. Tous ces instruments avaient été là au moment du drame. Flossie avait-elle allumé la lampe ou la bougie ? Sans aucun doute. Dehors, la nuit tombait, la lainerie était dans l'obscurité. Il imagina cette femme minuscule, debout dans la pénombre, scandant des slogans dont Terence Lynne et Fabian Losse s'étaient lassés depuis longtemps, sa voix stridente résonnant dans le silence. « Mesdames et messieurs !... » A quel moment de son discours avait-elle été interrompue ? Le meurtrier (il ou elle) avait-il assisté en spectateur invité à cette répétition, placé au bout de la salle par Flossie elle-même ? Ou était-il venu subrepticement et avait-il attendu la fin pour se jeter sur elle ? Avec le fer à marquer dans la main droite ? Et les moutons, parqués dans leurs boxes dans l'attente de la tondaison du lendemain, avaient-ils bêlé en écoutant Flossie ? « Mesdames et messieurs !... » « Bêêêêê !... » De l'endroit où il se tenait, Alleyn apercevait du coin de l'œil les cinq hublots et l'ouverture au bout du plancher de tondaison. Le soleil brillait de tous ses feux, à présent. Mais ce soir-là, tout avait été fermé, le rideau de jute avait été baissé, les portes coulissantes du bout verrouillées. « Mesdames et messieurs ! J'ai l'immense plaisir de... »

Un coup de sifflet retentit. Chaque tondeur en termina avec la bête qu'il tenait en main, puis la lâcha. Les moteurs se turent. Un étrange silence s'abattit sur la lainerie.

— Pause-cigarette, décréta Fabian. Venez, je vais vous présenter Ben Wilson.

Ben Wilson, le trieur, était aussi le chef de la lainerie. C'était un homme d'un certain âge, calme et posé. Il serra gravement la main d'Alleyn, mais ne dit rien. Fabian lui expliqua les raisons de sa venue ; Wilson fixa le sol, toujours muet.

— Nous nous éloignons un peu ? suggéra Alleyn.

Ils sortirent dans le soleil. Alleyn offrit une cigarette à ses compagnons.

— Merci, marmonna Wilson en se servant.

— C'est toujours la même rengaine, Ben, attaqua Fabian, mais cette fois, nous espérons que M. Alleyn nous aidera davantage que ceux qui l'ont précédé. Nous avons beaucoup de chance de le compter parmi nous.

M. Wilson porta son regard d'Alleyn à la terre. Il fuma prudemment, protégeant sa cigarette d'une main.

— Vous étiez ici pour la tonte de janvier dernier, lorsque Mme Rubrick a été tuée, n'est-ce pas, monsieur Wilson ?

— Ouais.

— Je crains que vous en ayez par-dessus la tête des policiers et de leurs interrogatoires.

— Ouais.

— Malheureusement, je vais devoir répéter le processus et vous poser exactement les mêmes questions.

— A qui le dites-vous ? soupira Wilson, à la fois méfiant et résigné.

— Bien. Allons-y. La nuit du 29 janvier 1942, lorsque Mme Rubrick fut assommée, étranglée, ficelée et placée dans une presse semblable à celle-là, c'est bien vous qui étiez responsable de la lainerie ?

— J'étais à Lakeside, marmotta-t-il comme s'il exhalait une obscénité.

— Au moment du crime ? Oui, certainement. C'était un bal, je crois ? Mais (pardonnez-moi si je me trompe), en période de tonte, c'est bien vous qui avez la charge de la lainerie, n'est-ce pas ?

— Façon de parler, ouais.
— Bien. Je suppose que vous avez jeté un dernier coup d'œil après l'arrêt des ouvriers ?
— Ouais. Si on veut.
— Prenez par exemple ces trappes par lesquelles passent les bêtes... Etaient-elles toutes fermées ?
— Ouais.
— Mais elles peuvent être soulevées de l'extérieur, il me semble ?
— Ouais.
— Et la toile protégeant cette ouverture. Elle était baissée ?
— Ouais.
— Attachée, d'une façon ou d'une autre ?
— Attachée ?
— Oui, attachée.
— Elle est clouée à un bout de bois. On la laisse tomber, tout bêtement.
— Je vois. Et ces sacs, devant ces doubles portes coulissantes... Etaient-ils ainsi étalés par terre de telle manière que quelqu'un passant par là les aurait mis en désordre ?
— Ben ouais !
— Mais le lendemain matin, avez-vous eu l'impression qu'ils avaient été bougés ?
M. Wilson hocha légèrement le menton.
— Les avez-vous remarqués, seulement ?
— Ouais.
— Pourquoi ?
— J'avais bien dit aux stagiaires de les ranger. C'était pas fait.
— Ces portes pouvaient-elles s'ouvrir de l'extérieur ?
— Impossible.
— Elles étaient verrouillées de l'intérieur ?
— Ouais.
— Quelqu'un aurait-il pu être caché ici au moment où vous avez effectué votre dernière ronde ?

— Impossible.

— Comment Mme Rubrick est-elle entrée, selon vous ? Par l'ouverture au rideau ?

— Possible.

— Son assassin a dû emprunter le même chemin.

— Faut croire.

— Où était le fer à marquer, lors de votre tournée ?

— Là, près de l'ouverture, par terre.

— Et ce pot de peinture, il était là aussi ?

— Ouais.

— Le fer à marquer était-il à sa place le lendemain matin ?

— Le jeune Cliff prétend qu'il avait été bougé ! répondit Wilson, dans un brusque élan de loquacité.

— C'est donc lui qui l'avait rangé ?

— Ouais. Il dit que le fer avait été déplacé. C'est lui qui a attiré l'attention sur ce machin. Lui qui en a parlé à la police.

— Avez-vous remarqué quoi que ce soit d'anormal, ce matin-là, monsieur Wilson ? Ne serait-ce qu'un détail ?

Le regard bleu pâle de M. Wilson demeura rivé sur un groupe de brebis au fond de l'enclos.

— Ecoutez...

Alleyn admira, lui aussi, les bêtes.

— Ecoutez, reprit-il. J'ai dit au brigadier Clark tout ce que j'ai vu quand je suis entré, je l'ai dit aussi au sous-inspecteur Jackson, et ils ont pris des notes tous les deux. Les ouvriers leur ont dit ce que eux avaient vu, et ça aussi, ils l'ont marqué.

— Je sais, je sais, murmura Alleyn. Cela peut paraître idiot, mais maintenant que j'ai vu la lainerie, j'aimerais entendre votre version des faits. Voyez-vous, Clark et Jackson connaissent le fonctionnement d'une telle exploitation. Ils sont originaires de la Nouvelle-Zélande, ils sont nés dans la laine. Ils comprennent cet univers.

Contre toute attente, M. Wilson émit un rire méprisant.

— Eux ? Ils étaient aussi à l'aise là-dedans qu'un couple de girafes sur un radeau ! Bande d'imbéciles !

— Dans ce cas, insista Alleyn, raison de plus pour que vous me racontiez votre histoire.

— Y a pas d'histoire. C'est justement ce que je me tue à vous répéter. Y a pas d'histoire !

— Contentez-vous d'expliquer à M. Alleyn la façon dont vous avez démarré la journée, Ben, l'encouragea Fabian.

— Oui, renchérit précipitamment Alleyn. Je veux simplement savoir quelle est la routine, les faits et gestes que vous avez accomplis, au fur et à mesure, ce jour-là. C'est pour me donner une idée... Point par point. Mettez-vous à ma place, monsieur Wilson. Supposons qu'on vous demande tout d'un coup ce qui s'est passé précisément à l'aube dans... dans une conserverie de cornichons, ou un pensionnat de jeunes filles, ou une maternité... Je veux dire... Tenez, prenez une cigarette... Ecoutez, soyez gentil. Accouchez.

— Bon. Bon.

Alleyn s'assit sur une balle de laine.

Une fois lancé, M. Wilson fut plus explicite que n'avait osé l'espérer Alleyn. Oh ! il avait tendance à sauter les étapes, à éluder, mais Fabian intervenait chaque fois en qualité d'interprète, et, peu à peu, Alleyn put imaginer le tableau. Ce matin-là, apparemment, tout le monde se leva du pied gauche. M. Wilson lui-même souffrait d'une crise de foie. A deux heures moins le quart, lorsqu'ils étaient arrivés à Mount Moon après le bal, il en souffrait déjà et avait fort peu dormi. Non, ils n'avaient rien remarqué de particulier du côté de la lainerie à leur retour. Ils n'étaient pas d'humeur à remarquer quoi que ce fût, d'ailleurs. Ayant emprunté la camionnette de la ferme, ils avaient crevé au bout de l'allée et avaient décidé de la laisser là-bas. Ils avaient accompli le reste du parcours à pied, en profitant pour digérer leur trop-plein d'alcool. Ils s'étaient peu parlé, sauf au moment où ils avaient atteint les enclos, quand deux des tondeurs s'étaient soudain violemment querellés sur une question politique.

— Je leur ai dit de la fermer, et nous nous sommes couchés.

Ils furent debout à l'aube, comme de coutume. Le ciel était gris, et lorsque Albie Black alla ouvrir la lainerie, il pleuvait un peu. Si ce mauvais temps persistait, les hommes seraient obligés, après en avoir fini avec les moutons déjà à l'abri, d'attendre le séchage du prochain arrivage. Or, dès l'après-midi, le camion communal devait passer prendre le lot de balles. Tout devait être terminé pour midi. Albie s'empara de la lampe-tempête et constata que les stagiaires ne l'avaient pas remplie de kérosène comme il le leur avait demandé. Furieux, jurant entre ses dents, il se tourna vers la bougie, pour découvrir que celle-ci était totalement consumée. Il en prit une nouvelle, la fixa au bougeoir. Entre-temps, le jour s'était levé. Il n'avait plus besoin de lumière. A l'arrivée de M. Wilson, Albie lui raconta tous ses malheurs, et M. Wilson, lui-même de fort mauvaise humeur, abreuva les pauvres stagiaires de reproches. Il fut d'autant plus furieux de découvrir un chargement de laine dans le casier numéro deux qu'il n'y était pas quand il avait fermé. Tout sale, en plus !

— La laine est triée en fonction de sa qualité ? s'enquit Alleyn.

— Ouais. Là, c'était du numéro deux. Du bon. J'ai pensé que c'était les stagiaires, pendant qu'on était au bal.

Mais les garçons nièrent avec véhémence ces accusations. Ils jurèrent qu'ils avaient rempli la lampe-tempête et vérifié la bougie. Tommy Johns surgit sur ces entrefaites et enfila son bleu, accroché à un clou. Son pied se prit dans une déchirure du pantalon, qui s'élargit. Il s'empressa de reprocher à Albie Black de s'être servi de ses affaires. Albie Black se défendit vigoureusement. M. Johns remarqua alors les taches sombres sur le devant de son vêtement et râla plus fort encore.

Les hommes se mirent au travail. Les moutons humides furent serrés dans les parcs intérieurs et essuyés, tandis que les moutons secs étaient tondus. Fabian et Douglas apparurent, inquiets à cause de la météo. Tout le monde était prêt à mordre. L'un des tondeurs blessa une bête au ventre. Douglas, tout près de lui, marcha dans une mare de sang.

— Il est devenu comme fou ! raconta M. Wilson avec délectation.

Ensuite, ce fut au tour d'Arthur Rubrick de se montrer, essoufflé comme de coutume.

— Le patron a compris que ça ne tournait pas rond, poursuivit M. Wilson. Il a demandé à Tommy Johns ce qui se passait. Tommy s'est mis à gémir qu'on était tous des bons à rien. Ils étaient près de la table de triage. Je les ai entendus.

— Vous souvenez-vous de leur conversation ? demanda Alleyn.

— Ouais, mais y avait rien d'intéressant là-dedans.

— Et si vous me la rapportiez, cette discussion ? Je vous suis immensément reconnaissant de votre aide, monsieur Wilson.

— Oh, c'était rien ! Il est bizarre, Tommy. Par moments, il est un peu cinglé. Il a traité les ouvriers de feignants.

— Et... ?

— Cliff était dans le pétrin à cause d'une histoire de bouteille d'alcool. Mme Rubrick l'avait disputé, deux soirs auparavant. Tommy était furieux. Il s'en est plaint.

— Et M. Rubrick ? Qu'a-t-il dit ?

— Il n'était pas en forme, ce matin-là. Il était verdâtre. Renfermé sur lui-même. Il répétait sans arrêt que c'était malheureux, oui, vraiment malheureux. Il trouvait la chaleur dans la lainerie insupportable, il se dirigeait sans arrêt vers la sortie, comme s'il était pressé de partir. Il tremblait. Oh, oui, il était en mauvais état !

— Comment cela s'est-il terminé ?

— Le jeune Doug est arrivé. Le capitaine, précisa

Wilson, non sans ironie. Il était tout sale. Plein de sang. Le patron n'a pas apprécié. Il a demandé, d'un ton assez violent, ce que Doug avait bien pu fabriquer. Doug lui a tourné le dos et est reparti aussitôt.

— Voilà un incident qui n'a pas été consigné dans les archives, dit Alleyn.

— J'en ai jamais parlé. Ce sous-inspecteur Jackson ! Quel goujat ! Il entre ici comme dans un moulin, nous traite dès le départ comme si on voulait tout lui cacher. « Ce que vous pensez ne m'intéresse pas. Je veux simplement que vous répondiez à mes questions ! » qu'il répétait. Bon. On a répondu à ses questions.

— Ah ah, murmura Alleyn, pacifiquement.

— C'est pas qu'on veuille pas en parler, poursuivit M. Wilson d'un ton chaleureux. Le choc a été terrible pour nous comme pour les autres, quand on a appris la nouvelle. Et quand ils ont expliqué à Jack Merrywether, le presseur, ce qu'il avait dû faire sans le savoir ce matin-là, il a vomi, le pauvre. C'était un mois après, mais ça ne changeait rien pour lui.

— Je comprends. Comment cette visite de M. Rubrick s'est-elle terminée ?

— Ça s'est fini par une crise. Nous l'avons aidé à sortir. Vous n'étiez pas dans les parages, monsieur Losse, et il nous a fait promettre de ne rien vous dire. Il portait sur lui un flacon, qu'il a reniflé une ou deux fois. Apparemment, le remède a produit l'effet voulu. Tommy a envoyé Cliff chercher la voiture de la ferme pour reconduire M. Rubrick à la maison. Il a beaucoup insisté pour qu'on n'en parle pas. Il ne voulait pas créer de problèmes. C'était un vrai gentleman, notre M. Rubrick.

— Oui. Bien, monsieur Wilson. A présent, revenons-en à la presse. A l'arrêt du travail, la veille, elle était pleine de laine, n'est-ce pas ? Les deux moitiés avaient été remplies et tassées, mais pas pressées. C'est cela ?

— Ouais.

— Et ce matin-là, apparemment, rien n'avait changé.

— D'après ce que j'en ai vu, non. Mais vous savez, j'ai juste jeté un coup d'œil. En tout cas, Jack Merrywether n'a rien vu non plus.

— A quelle heure avez-vous fini la tonte ?

— Pas avant dix-huit heures ! Après avoir fini les bêtes qui avaient couché là la nuit, il a fallu attendre, parce que les autres étaient mouillées par la pluie. Quand le soleil a enfin reparu, nous avons pu nous y remettre. Tout le monde était de méchante humeur. Doug disait que les moutons étaient assez secs, moi je répondais que non, Tommy Johns aussi. Là-dessus, le camion est arrivé, et Syd Barnes, le chauffeur, s'est énervé parce qu'il voulait avoir tout chargé pour pouvoir s'arrêter au pub du col avant la nuit. On s'y est remis. Cliff traînaillait par là, sans rien faire, puis il s'est endormi. En le découvrant, son père a piqué une colère noire. Oui, vraiment, l'ambiance était très gaie, ironisa-t-il.

Le sifflet retentit de nouveau, et l'activité reprit dans la lainerie. Cinq béliers furent tirés par leurs pattes arrière et mis en position, le moteur se remit en marche. M. Wilson éteignit sa cigarette, hocha le menton et retourna à sa table de triage.

Alleyn observa le presseur à l'ouvrage. Une fois pressée, la laine était enveloppée d'une toile qu'il fallait coudre sur les côtés. Puis, la balle était poussée sur le sol jusqu'aux portes coulissantes, où se tenaient Alleyn et Fabian. Ce transfert était accompli à l'aide d'un crochet.

— Le camion effectue une marche arrière par ici, dit Fabian, et les balles sont hissées à bord. Le sol est à la bonne hauteur. Pas besoin de soulever. A l'autre bout, à l'entrepôt, le système est le même.

— Est-ce le presseur dont nous parlions ? Jack Merrywether ?

— C'est lui, oui. Celui qui a tant regretté l'absence d'un vomitorium dans la lainerie.

— Sera-t-il de nouveau malade si je lui pose quelques questions toutes simples ?

— Comment le savoir ? Que voulez-vous lui demander ?

— S'il s'est servi d'un de ces crochets pour pousser la balle fatale.

— Hum... A votre place, je me méfierais. Moi-même, rien que d'y penser, j'en ai la nausée. Jack ! Salut !

La réaction de Jack après les présentations fut troublante : il blêmit, fixant Alleyn d'un air paniqué.

— Ecoutez, s'il n'y avait pas eu la guerre, je ne serais jamais revenu ici. C'est vous dire combien j'ai été affecté. J'aurais refusé la place, s'il n'y avait pas eu pénurie de personnel à cause de la guerre. « Ecoutez », j'ai dit à M. Johns et à Ben Wilson, j'ai dit « si c'est la même presse, pas question ! », j'ai dit, « je ne remettrai pas les pieds à Mount Moon si vous ne la changez pas ». Ils m'ont assuré qu'elle était neuve, j'ai fini par accepter. Oh ! pas de grand cœur, croyez-moi ! Ça ne me plaisait guère, ça ne me plaît pas plus maintenant. Vous pouvez me traiter de mauviette, mais je suis comme ça. Si on m'interroge sur vous savez quoi, ça me prend tout de suite là, dans l'estomac. Jamais je n'oublierai ! Jamais !

Alleyn compatit aimablement.

— On a beau se raisonner, insista Merrywether. On croit que c'est fini, qu'on se domine, et puis vlan ! Quelqu'un vient vous poser toutes sortes de questions idiotes, et ça recommence !

— En ce qui me concerne, s'empressa de le rassurer Alleyn, je n'ai qu'un détail à vérifier avec vous.

Il contempla le crochet que Merrywether serrait entre ses doigts. Merrywether suivit son regard, sa main s'ouvrit, l'outil tomba.

— Je sais ce que vous allez me dire ! hurla-t-il. Eh bien, non ! Faux ! Je n'y ai pas touché avec mon crochet ! Et vous voulez savoir pourquoi ? Je vais vous le dire, moi ! Ils me l'avaient planqué ! Là ! Exprès pour me faire enrager, je suppose.

— Comment cela ? Ils avaient caché le crochet ?

— Exactement ! Comme je vous le dis ! Là-haut, sur la poutre.

D'un geste nerveux, il indiqua celle du mur à l'autre bout de la bâtisse.

— Des crochets comme celui-ci, il y en a deux. Et ils les avaient mis là. Dans ce coin bien sombre où je ne pouvais pas les voir. Alors qu'est-ce que je fais, moi ? Je m'en prends aux stagiaires. Evidemment. Ils sont jeunes, ils font des bêtises de gamins. Ils sont insolents. Je les avais réprimandés la veille, je pensais qu'ils s'étaient vengés. « Trouvez-moi ces deux crochets, ou je vous botte les fesses ! » que je leur ai dit. Ils m'ont répondu qu'ils n'étaient pas au courant. Je ne les ai pas crus, et nous voilà repartis pour un tour ! Pendant ce temps, mes casiers étaient pleins, j'avais du retard.

Alleyn s'approcha du mur, tendit le bras. Il atteignait tout juste la poutre.

— Vous avez donc poussé les balles sans votre crochet.

— Exact. Et n'allez pas me demander si j'ai remarqué quelque chose. Si j'avais remarqué quelque chose, je l'aurais dit, non ? Bon !

— A quel moment avez-vous retrouvé les crochets ?

— Ce soir-là, en rangeant. Albie Black marmonnait à propos des mômes, des vauriens, incapables de remplir une lampe-tempête, ou de vérifier une bougie quand on le leur demandait. Et tout d'un coup : « Qu'est-ce que c'est que ça ? » qu'il crie. Il est grand, lui, il se dirige vers la poutre, prend les crochets. Les stagiaires jurent qu'ils ne savent pas comment ils sont arrivés là-haut. Il a fallu que Tommy Johns vienne ensuite nous rappeler l'incident de son bleu... Ah ! la belle journée !

— Les balles ayant finalement été chargées dans le camion..., commença Alleyn.

Mais Merrywether s'affola aussitôt :

— Ah, non ! Commencez pas avec ça ! J'ai rien vu ! Rien du tout !

— Bon, bon. Vous n'avez rien vu. Le problème est réglé. Ne soyez pas si susceptible.

— Faut que je pense à mon estomac.

— Je crains que votre estomac ne doive apprendre à supporter le choc. Qui a marqué les balles ?

— Cliff.

— Qui a cousu les toiles ?

— Moi.

— Bien. La balle qui m'intéresse est la première que vous ayez manipulée ce matin-là. Quand vous vous êtes mis au travail, la laine avait été tassée, mais pas pressée. C'est vous qui l'avez pressée. Vous avez déclaré à la police n'avoir rien remarqué de particulier ou d'anormal. Tout était exactement comme la veille.

— Ben, oui ! Sinon, je m'en serais aperçu !

— Je comprends. Et le sol, tout autour ?

— Quoi, le sol tout autour ? s'indigna Merrywether.

Alleyn vit ses mains se crisper, ses paupières cligner de plus en plus vite.

— Quoi, le sol tout autour ?

— Je remarque combien la surface est lisse. Est-ce à cause de la graisse naturelle issue de la laine fraîchement tondue ? Je constate que vous portez des bottes. Les semelles finissent par être glissantes, non ?

— Pas forcément, répliqua-t-il, visiblement mal à l'aise.

— Le sol était comme d'habitude ce matin-là ? Vous n'avez pas vu de bouts de laine traînant par-ci, par-là ?

— Je vous ai dit que...

Mais Alleyn lui coupa la parole :

— Allons, allons ! Je suis prêt à parier qu'il vous revient à la mémoire un détail dont vous avez oublié de parler à Jackson.

— Comment voulez-vous que je... ? J'étais sous le choc ! Et lui qui ne cessait de me demander comment j'avais pu soulever cette balle avec vous savez quoi dedans !

— Je comprends. Mais le sol. Réfléchissez. N'y

avait-il rien par terre, autour de la presse, à votre arrivée ce matin-là ? Tout avait-il été balayé et nettoyé comme toujours ?

— C'était balayé.

— Et nettoyé ?

— D'accord, d'accord ! Non, pas bien nettoyé. Mais comment devais-je m'en souvenir, trois semaines plus tard au moment où l'autre m'interrogeait ? J'y pense à l'instant parce que vous en parlez. Je l'ai remarqué sans le remarquer, si vous voulez.

— Je comprends parfaitement.

— Mais, Jack, pour l'amour du ciel, qu'avez-vous vu d'autre ? s'écria Fabian.

— Des traces.

A l'heure du déjeuner, Fabian amena Cliff dans le bureau. Alleyn était curieux de connaître ce garçon qui avait si brusquement refusé les attentions de Florence Rubrick. Ayant demandé à Fabian de les laisser seuls, il était maintenant face à lui et observait les mouvements désordonnés de ses longues mains de musicien. Cliff se doutait-il qu'il comptait parmi les suspects préférés du sous-inspecteur Jackson, en dépit de son alibi ?

Il invita le jeune homme à s'asseoir. Cliff savait-il quel était le but de cet entretien ? Cliff acquiesça, serrant et desserrant les poings. Derrière lui, au-delà des portes-fenêtres ouvertes, s'étendait le parc éblouissant sous le soleil, et plus loin, jaillissaient les montagnes. Un rai de lumière tomba sur la chevelure de Cliff, et Alleyn songea que sa femme aurait sans doute pris grand plaisir à peindre son portrait.

— Aimez-vous la peinture autant que la musique ?

Cliff cligna des yeux, se trémoussa.

— Oui. J'ai un ami qui a un certain talent. Je veux dire que... Enfin... C'est que...

— Je vous pose la question simplement parce que je me demandais s'il était aussi difficile d'exprimer la beauté de ce paysage par le biais d'un piano que par celui d'un pinceau... Voyez-vous, reprit Alleyn conscient de l'affolement de l'adolescent, je ne connais rien à la musique. En revanche, je suis sensible à la peinture. Je pensais qu'établir un lien entre ces deux arts était une façon comme une autre d'entamer la conversation.

— Je préfère ne pas tourner autour du pot, si cela ne vous ennuie pas. Finissons-en.

Cependant, au lieu de laisser à Alleyn l'initiative de la suite, il continua :

— C'est ce que je voulais faire. Avec ma musique, j'entends. Raconter tout ça... Sans tomber dans le piège de la symphonie de l'oiseau du coin entrecoupée d'une *haka* maori.

— Vous êtes bon musicien ?

— J'aurais pu l'être. J'ai tout lâché.

— Pourquoi ?

Cliff marmonna quelques mots incompréhensibles, saisit le coup d'œil d'Alleyn, se reprit.

— A cause de certains événements.

— Je vois. Vous faites allusion au différend qui vous a opposé à Mme Rubrick, puis au meurtre. Ainsi, vous avez préféré revenir à la terre.

— Ils n'ont pas voulu de moi à l'armée.

— Vous n'avez pas encore dix-huit ans, si je ne m'abuse ?

— Ils n'ont pas voulu de moi. Les yeux et les pieds, précisa-t-il comme s'il prononçait deux mots obscènes. Je vois aussi bien que n'importe qui. Et je peux marcher trois jours dans la brousse sans souffrir. Enfin ! C'est ça, l'armée !

— Vous arrive-t-il d'aider les hommes à trier la laine, ou au moins de vous intéresser aux divers procédés employés dans la lainerie ?

— J'évite la lainerie.

— Pourtant, c'est un métier qui peut rapporter.

— Il ne me tente pas.

— Et la musique ?

Cliff se trémoussa de nouveau.

— Pourquoi ? persista Alleyn.

— Je ne peux plus, murmura-t-il en se frottant les mains l'une contre l'autre. Je ne peux plus.

— Depuis ce soir-là, dans l'annexe ? Quand vous avez joué pendant plus d'une heure sur ce piano branlant ? Le lendemain de l'incident de la bouteille de whisky ?

Le rappel de cette affaire bouleversa Cliff plus encore que l'évocation de la mort de Florence Rubrick. Il se remémorait parfaitement Markins apparaissant à la fenêtre, blême d'indignation, le fracas de la bouteille se brisant par terre, l'odeur de l'alcool.

— Avant d'écouter votre histoire, je tiens à vous rassurer : nous avons tous à nous reprocher un moment d'égarement. Je ne connais pas un adolescent qui n'ait commis, à un moment ou à un autre, un petit délit de cette sorte. J'ajoute que sur le plan personnel, je me soucie peu de savoir si, oui ou non, vous aviez volé son bien à M. Rubrick. Ce qui m'intéresse, c'est de savoir si vous avez dit la vérité en affirmant que vous ne l'aviez pas volé, et si tel est le cas, ce que vous fabriquiez dans cette pièce.

— Je ne l'avais pas prise.

— Vous le jurez sur la Bible ?

— Sur la tête de qui vous voudrez ! Je ne sais pas comment vous le dire pour que vous me croyiez !

— Je fais de mon mieux, mais je pense que le plus simple serait que vous m'expliquiez pourquoi vous vous trouviez là.

Cliff se réfugia dans un silence morose.

— Vous ne jouiez pas les héros, tout de même ?

Cliff arrondit la bouche, la referma.

— Pourquoi brouiller les pistes inutilement, si vous n'avez pas tué Mme Rubrick ? Cette affaire de whisky n'a peut-être aucun intérêt pour mon enquête, mais il faut bien effectuer un tri. Evidemment, si c'est vous qui l'avez assassinée, vous avez peut-être raison de vous taire. Je n'en sais rien.

— Mais vous savez que ce n'est pas moi ! J'ai un alibi. Je jouais du piano.

— Qu'avez-vous joué ?

— Du Bach. *L'Art de la fugue.*

— Un morceau difficile ?

Alleyn dut attendre longtemps la réponse, et ne l'obtint qu'après deux faux départs.

— Je l'avais énormément travaillé.

Pourquoi était-ce si pénible pour lui d'avouer qu'il s'était échiné sur cette œuvre ?

— Ce doit être frustrant de jouer sur un instrument qui sonne faux.

— Pas tant que ça. Un ami était venu de la ville me l'accorder du mieux qu'il pouvait.

— Mais il ne valait pas le Bechstein du salon, devina Alleyn.

— Il n'était pas si mauvais que ça ! D'ailleurs, il était dans la maison, avant qu'elle n'achète le Bechstein.

— Le Bechstein devait vous manquer, non ?

— On ne peut pas tout avoir.

— Bien, soyons un peu sérieux. Pouvez-vous me décrire votre querelle avec Mme Rubrick ? Je ne vous y oblige pas, bien sûr. Vous pouvez refuser de parler, comme avec mes collègues, et me forcer à adopter leur comportement : à savoir, me baser uniquement sur les récits des autres témoins. Savez-vous que les archives de la police consacrent deux pleines pages à votre relation avec Mme Rubrick ?

— Cela ne m'étonne pas. Avec leurs méthodes dignes de la Gestapo !

— Voyons, Cliff, vous exagérez, il me semble. Si vous disposez d'un petit moment, je vous prêterai mon manuel du règlement de la police. Cela vous rassurera. Vous y apprendrez que je n'ai absolument pas le droit de citer au tribunal vos commentaires concernant vos liens avec Mme Rubrick s'ils ne sont pas écrits et signés de votre main devant témoins. Or, ce n'est pas ce que je vous demande. Je vous demande seulement de me fournir quelques éléments, afin de m'aider à élucider le mystère de sa mort.

— Ça n'a aucun rapport.

— Tant mieux. Je suis tout ouïe.

Cliff se pencha en avant, se ratissa les cheveux. Alleyn s'impatientait, mais ne dit rien. Cliff releva enfin la tête.

— Au fond, je vais tout vous raconter, ce sera un soulagement. Mais c'est une longue histoire.

8

D'après Cliff Johns...

— Vous ne la connaissiez pas, marmotta Cliff. C'est ce qui complique tant cette affaire. Vous ne savez pas quel était son caractère.

— J'apprends, petit à petit.

— Mais ça n'a aucun sens ! J'ai lu toutes sortes d'articles à ce sujet, et curieusement, je n'ai jamais établi de lien entre ces textes et mon cas personnel. En tout cas, quand j'en ai pris conscience, il était déjà trop tard. Je n'étais qu'un enfant. Au début...

— Oui, acquiesça Alleyn.

Cliff tourna un pied de côté, examina avec une attention soutenue la semelle de sa botte. Alleyn fut surpris de constater qu'il était écarlate.

— Autant vous l'avouer tout de suite, soupira-t-il : je ne suis pas certain de savoir ce qu'est précisément le complexe d'Œdipe.

— Quant à moi, je ne suis pas certain de pouvoir vous aider dans cette analyse. Je propose que vous vous contentiez de me raconter votre histoire, en toute simplicité. D'accord ?

— D'accord... Elle s'est intéressée à moi alors que j'étais encore très jeune, et que j'allais à l'école là-bas, sur le plateau... Les parents lui avaient parlé de ma passion pour la musique. Au début, elle m'effrayait. Vous pensez peut-être qu'il n'existe pas dans ce pays de barrières sociales, mais elles sont bel et bien là, ne vous inquiétez pas ! Alors, quand la patronne s'intéresse au fils du régisseur... Bref... Elle montra une certaine condescendance à mon égard. Au départ, je trouvai sa voix bizarre, aussi, puis je m'y habituai, et même, je pris plaisir à l'écouter avec son soupçon d'accent anglais, un peu cassant. Elle n'avait pas peur de dire ce qu'elle pensait, sans tergiverser. La première fois qu'elle me reçut ici, j'avais à peine dix ans. Je n'étais jamais entré dans un salon. Il me parut immense, blanc ; je fus enivré par les parfums de fleurs et de bûches craquantes. Elle me joua un morceau au piano. Du Chopin. Très mal, mais je fus émerveillé. Elle me demanda ensuite de jouer, moi aussi. Je commençai par refuser, mais elle sortit de la pièce, et je ne résistai pas à la tentation de caresser le clavier. Je me sentais bête, mais personne ne vint, aussi continuai-je de marteler une note après l'autre, puis quelques accords. Elle me laissa seul un long moment, puis vint me chercher pour le thé. Je bus un soda et mangeai du gâteau.

— Vous étiez donc bons amis, en ce temps-là.

— Oui, du moins en avais-je l'impression. Imaginez un peu ce que cela pouvait représenter pour moi, de passer tant d'après-midi ici. Elle me donnait des livres, des disques pour le gramophone. Et puis, il y avait le piano. Elle parlait énormément de musique, elle me racontait des histoires invraisemblables, mélodramatiques à souhait, mais j'enregistrais tout avec avidité. Elle entreprit ensuite de m'apprendre à « parler correctement ». Papa et maman se moquaient de moi, mais je crois qu'au fond, maman était plutôt contente. Aux réunions de l'Institut des Femmes, maman se vantait de l'intérêt que me portait Mme Rubrick. Et même papa, malgré ses opinions, fut flatté, au début. La vanité des parents, ça ne se commande pas. Ils ne comprirent pas tout de suite combien tout cela était absurde, que j'étais en quelque sorte le hobby de cette femme, un investissement. Papa dut exprimer ses doutes à un moment ou à un autre, mais je suppose que maman le découragea d'intervenir davantage.

— Et vous, comment vous sentiez-vous ?

— A votre avis ? Tout ce dont je pouvais rêver était dans cette maison. Si cela avait été possible, je m'y serais installé. Mais elle était rusée. J'avais le droit de venir une heure tous les deux jours : ainsi, le glaçage ne fondait jamais sur le gâteau. Elle ne me forçait jamais à poursuivre trop longtemps une même activité. Je ne me lassais donc de rien. Je comprends aujourd'hui à quel point cela dut lui paraître pénible, certains jours, de se retenir : elle-même était une véritable esclavagiste.

Il marqua une pause, ressuscitant ses souvenirs.

— Mince ! s'exclama-t-il tout d'un coup. Quand j'y pense aujourd'hui ! Je devais être odieux !

— Comment cela ?

— Toujours à lui lécher les bottes. A me satisfaire de jugements médiocres à propos de musique médiocre. A lui raconter ce que j'éprouvais en écoutant Chopin ou Tchaïkovski, à taper comme un sourd la *Chanson triste* sur le Bechstein. Avec beaucoup d'âme et de fausses notes. A feindre, pour elle comme pour moi, de détester la *Sérénade des ânes.*

— A l'âge de dix ans ? s'enquit Alleyn, incrédule.

— Jusqu'à mon treizième anniversaire. J'écrivais des poèmes, aussi, sur la nature et mes idéaux. J'en mis même un en musique et le lui offris pour Noël avec, en prime, une illustration à l'aquarelle. Seigneur ! J'étais horrible !

— Vous aviez tout d'un enfant prodige, constata Alleyn non sans une certaine admiration. Ainsi, à treize ans, vous êtes parti pour le pensionnat.

— Oui. A ses frais. Bien entendu, j'étais fou de joie, ironisa-t-il.

— Et cela vous a-t-il réussi ?

A l'étonnement d'Alleyn, Cliff répondit :

— Assez, oui. Je désapprouve le système, évidemment. L'enseignement est l'affaire de l'Etat, et non d'une ribambelle de ratés dont le but réel est d'encourager et de soutenir la conscience sociale. Dans l'ensemble, les cours étaient plutôt comiques. A une ou deux exceptions près...

Il vit Alleyn hausser un sourcil, et s'empourpra.

— Vous me trouvez terriblement prétentieux, n'est-ce pas ?

— J'essaie surtout de me rappeler que vous tentez de me parler en toute franchise et que vous n'avez pas encore dix-huit ans. Mais je vous en prie, poursuivez. En quoi cette expérience a-t-elle été positive pour vous ?

— Ils ne pouvaient pas tout casser, tout gâcher en moi. Les premiers temps, je fus bousculé, maltraité. Très malheureux. Mais bientôt, je compris que je pouvais être aussi malin que les autres, et c'est ce qui me sauva. Je récoltai quelques lauriers lors des concerts de l'école, m'amusai à écrire des rengaines frôlant l'indécence. Tout cela me réconforta. Et puis, grâce à elle (je lui en suis fort reconnaissant), j'eus un excellent professeur de piano. C'est lui qui me révéla la musique. Je me fis enfin quelques amis. Des gens avec lesquels je pouvais discuter.

— Pendant cette période, Mme Rubrick est partie pour l'Angleterre, je crois ?

— Oui. C'est à ce moment-là que c'est arrivé.

— Quoi ?

Le récit fut un peu saccadé au début. Avant de s'en aller en Angleterre, Mme Rubrick rendit visite à Cliff dans son collège, se jetant sur lui comme elle l'avait fait sur Ursula Harme quelques années auparavant. Son succès fut moindre, cependant. L'écolier lui trouva soudain tous les défauts du monde. Elle parlait trop fort, elle donnait de trop gros pourboires qu'elle distribuait à tort et à travers. Elle exigea de rencontrer ses aînés, ses professeurs, le directeur. Pire encore : elle tint absolument à un entretien avec son professeur de musique, un homme austère et fastidieux auquel elle eut le malheur de vanter les mérites des œuvres de Mendelssohn. Cliff finit par ne plus du tout supporter cette femme qui l'étouffait par ses attentions maladroites, et fut persuadé que ses camarades venus comme lui du plateau se moquaient d'eux derrière leur dos. Il avait commis un crime impardonnable : il s'était distingué de son milieu d'origine. Il eut une conversation avec Flossie, qui pour toute réponse aborda le sujet de la cérémonie de confirmation, dont la date se rapprochait, et des problèmes de pré-adolescence (usant et abusant d'exemples botaniques, ce qui le gêna encore plus). Au cours de cet entretien, elle se plaignit de n'avoir jamais pu avoir un fils (elle accusa presque son mari de le lui avoir refusé). Elle lui prit le visage entre les deux mains et le regarda droit dans les yeux jusqu'à ce qu'il fût cramoisi de honte. Elle lui rappela alors tout ce qu'elle avait fait pour lui, gentiment, l'air de rien, et lui assura qu'il n'aurait aucun mal à le lui rendre, comme un vrai fils. « On est copains, n'est-ce pas ? Amis. Potes. » Le sang de Cliff se glaça.

Une fois en Angleterre, elle lui écrivit de longues lettres. Elle lui rapporta un nouveau gramophone et une impressionnante collection de disques. Il avait maintenant quinze ans. Il avait oublié tous les désagréments de leur dernier entretien. Il se sentait beaucoup mieux dans son collège et travaillait comme un fou sa musique. Au début, après le retour de sa protectrice, leurs rencontres furent plutôt sympathiques. Cliff exposait ses états d'âme, Flossie l'écoutait attentivement.

Au cours du dernier trimestre de 1940, Cliff se lia d'amitié avec un Anglais évacué en Nouvelle-Zélande par ses parents, tous deux des intellectuels. Communistes. Leur fils, délicat, véhément et sardonique, parut à Cliff d'une maturité exemplaire. Un homme parachuté parmi des enfants. Il se mit à avaler toutes les paroles de son nouvel ami, se rallia avec enthousiasme au mouvement communiste, s'opposa à ses maîtres, convaincu qu'il valait infiniment mieux qu'eux. Ensemble, ils formèrent un groupe décidé à se battre « sans préjugés » contre le fascisme et se réservant le droit à la révolte après la guerre.

— Tout ceci vous horrifie, je suppose..., dit Cliff à Alleyn.

— Vous croyez ? Dans ce cas, je ne vais pas vous décevoir. Et Mme Rubrick, là-dedans ? Fut-elle horrifiée, elle aussi ?

— Un peu, oui ! C'est alors que tout commença à se dégrader. Nous avons d'abord tenté de nous engager. Mon ami et moi en avions assez du collège et... Bref... Nous nous sommes présentés, et avons été refoulés, évidemment. Ce qui nous vexa affreusement. Nous étions fin 1941. Je rentrai pour les vacances de Noël. J'étais désormais profondément persuadé de m'être trompé en jouant le gentleman en herbe aux dépens de Mme Rubrick. Il me semblait que si je ne pouvais être à égalité avec mes camarades, mieux valait ne plus rien prendre de ce qu'elle m'offrait. Par ici, ils manquaient d'hommes. J'ai pensé que si l'armée ne voulait pas de moi, ici au moins, je pouvais peut-être rendre service.

Il se tut, penaud, marmonna entre ses dents :

— Je ne cherche pas à améliorer mon image. Je n'étais pas du tout militariste. L'idée d'aller au front me répugnait. Les complications, l'ennui, la routine idiote, le carnage. Mais j'avais la sensation que c'était mon devoir.

— Je comprends.

— Pas elle. Elle avait prévu tout autre chose. Elle voulait m'envoyer (à ses frais, bien entendu) au Royal College of Music de Londres. Elle fut enchantée d'apprendre que j'étais déclaré inapte pour l'armée. Lorsque je m'efforçai de lui expliquer mes convictions, elle me traita comme un môme récalcitrant. J'insistai ; elle me taxa d'ingratitude. Elle n'avait pas le droit ! Personne n'a le droit de prendre sous son aile un enfant de dix ans et de le forcer à tout accepter sans qu'il comprenne où cela le mènera, puis de se servir de sa générosité contre lui ! Elle avait toujours parlé de la liberté à laquelle aspirait tout artiste. La liberté ! Ha ! Elle avait investi sur ma personne, elle avait bien l'intention d'en récolter les fruits. C'était abominable.

— Quel a été l'aboutissement de cette discussion ?

Cliff s'était tourné sur son siège et avait renversé la tête en arrière. Alleyn se rendit compte subitement qu'il contemplait le portrait de Florence Rubrick.

— Elle se tenait exactement de cette manière, reprit-il à voix basse. Les mains ainsi, la bouche... jamais complètement fermée. Son visage était inexpressif, il ne trahissait pas grand-chose de ses pensées. A la voir, jamais je n'aurais imaginé qu'elle pût me sortir tout ce qu'elle me sortit ce jour-là. Elle m'énuméra toutes les dépenses qu'elle avait effectuées pour moi. Elle gémit qu'elle était cruellement déçue, elle qui avait cru que je l'aimais. Lorsque vraiment je fus à bout de nerfs, je me levai et sortis.

— Quand était-ce ?

— Le soir de mon retour pour les grandes vacances. Je ne la revis plus jusqu'à... jusque...

— Jusqu'à l'épisode de la bouteille de whisky, devina Alleyn.

Cliff resta silencieux.

— Allons, vous avez été très franc jusqu'ici. Pourquoi vous arrêter en si bon chemin.

Cliff s'agita, grommela :

— Bon, bon, mais comment savoir... agent libre... Méthodes de la Gestapo... notées et utilisées contre moi.

— Ne dites pas de bêtises ! Je n'ai rien écrit, et nous n'avons pas de témoins. Ne revenons pas là-dessus. Si vous ne voulez pas me raconter ce que vous fabriquiez avec cette bouteille d'alcool, libre à vous de vous taire. Mais avouez que vous pouvez difficilement en vouloir au sous-inspecteur Jackson de vous reprocher une telle réticence. Concentrons-nous sur les faits. Vous étiez dans la laiterie. Markins est apparu à la fenêtre, vous avez lâché votre bouteille. Il vous a conduit de force à la cuisine. Mme Caneton a couru chercher Mme Rubrick. Il y a eu une scène terrible, au milieu de laquelle la maîtresse de maison à prié Markins et la cuisinière de sortir. Nous disposons de plusieurs déclarations concernant ce qui s'est passé jusqu'à ce moment-là. J'aimerais avoir votre point de vue sur l'ensemble de l'incident.

Cliff fixa le tableau. Alleyn le vit s'humecter les lèvres, étouffer un bâillement nerveux. Un tic commun aux prisonniers attendant un verdict.

— Peut-être puis-je vous aider en vous disant ceci : tout ce qui n'intéresse pas directement mon enquête sera éliminé d'office de mon rapport. Je vous donne ma parole, si vous voulez la prendre, que je ne répéterai à quiconque vos déclarations dans la mesure où elles ne relèveront pas de notre affaire... Bien... Alors, cette scène avec Mme Rubrick dans la cuisine ? Ce fut terrible, je crois ?

— Ils vous ont dit ce qu'ils ont entendu. Les deux autres. C'était déjà affreux avant leur départ. Mais après !... Je m'en souviens encore comme si c'était hier. Quel cauchemar !...

— En avez-vous parlé à quelqu'un ?

— Jamais.

— Dans ce cas, je ne peux que vous conseiller d'accoucher du monstre. Vous vous sentirez mieux ensuite.

Mais Cliff hésitait.

— Donc, ce fut terrible...

— Oh !... Ecœurant, surtout.

— C'est-à-dire ?

— Je suppose que j'éprouvais pour elle un certain respect. En partie forcé, mais en partie sincère. Il me semble que je lui aurais été infiniment reconnaissant de tout ce qu'elle m'avait donné, si elle n'avait pas exigé de moi cette gratitude. Je ne sais pas. Je sais seulement que j'eus la nausée de la voir ainsi devant moi, le menton et la voix tremblants. J'avais un professeur, au collège, qui réagissait ainsi dès qu'il était en colère... Elle me donnait l'impression de jouer la comédie. La dame de la maison ne s'emportait jamais devant ses domestiques, n'est-ce pas ? Elle aurait dû hurler. C'eût été mieux pour tout le monde. En fait, elle lâcha un cri, un seul, après leur disparition, quand je lui affirmai que je n'avais pas volé la bouteille en question. Puis, se dominant, elle s'exprima en un chuchotement... Mais tout cela sonnait faux. Au fond, je suis sûr qu'elle s'amusait énormément. C'est ce que je trouvai le plus détestable.

— Je comprends.

— Vous croyez ? Et puis, elle était vieille, ce qui n'arrangeait rien. Je me mis en colère, car elle refusait de me croire. Puis je ressentis pour elle un élan de pitié. Je n'avais qu'une envie, m'échapper. Elle se mit à pleurer ! A pleurer ! Elle était hideuse. A un moment, elle me tendit la main, mais je ne pus la prendre. Honteux, je tournai les talons et m'enfuis. Vous connaissez la suite.

— Je sais que vous avez passé le reste de la nuit et une bonne partie du lendemain à marcher en direction du col.

— Exactement. Cela paraît puéril. Un hystérique, ce môme ! allez-vous dire. Je n'y pouvais rien. Je fus assez pitoyable : je manquais d'entraînement, et mes pieds me lâchèrent. Cependant, si mon père n'était pas arrivé, j'aurais poursuivi ma route.

— Vous n'avez pas tenté une seconde fugue ?

— Non.

— Pourquoi ?

— A la maison, ils se sont jetés sur moi. Maman me fit promettre de ne plus jamais recommencer. Mon retour fut assez pénible.

— Ce soir-là, donc, vous vous êtes défoulé avec Bach sur le vieux piano de l'annexe. C'est bien cela ?

— Mouais, marmonna Cliff en se frottant le coude.

Alleyn essaya de le faire parler davantage.

— Losse prétend que vous avez joué merveilleusement.

— *Quoi ? Qu'a-t-il voulu dire par là ?*

Cliff se tut, horrifié par sa propre véhémence.

— Je vous l'ai dit, cette œuvre, je l'avais travaillée.

— Je trouve curieux que vous ne jouiez plus du tout.

Renoncer d'un seul coup à sa passion, ce doit être très douloureux.

— Vous croyez ?

— Etes-vous sûr de ne pas tirer une certaine gloire de cette abstinence ?

Cette question stupéfia Cliff.

— Une gloire ? répéta-t-il. Si seulement vous saviez...

Il se leva.

— Si vous en avez terminé avec moi, je...

— Oui. Vous ne l'avez donc jamais revue ?

Cliff se dirigea vers la porte-fenêtre.

— Vous ne l'avez jamais revue ? répéta Alleyn.

Il répondit d'un signe de tête.

— Et la bouteille de whisky ?

— Je ne peux rien vous dire.

— Bien. Je crois que je vais jeter un coup d'œil dans l'annexe. Merci de votre quasi-franchise.

Cliff cligna des paupières et s'en fut.

L'annexe n'était pas un lieu désagréable. Fabian avait expliqué à Alleyn que M. Rubrick l'avait accolée au dortoir, afin que les hommes disposent d'une pièce commune pour leurs soirées. Il y avait été encouragé par son épouse, dont les élans de sollicitude étaient aussi brutaux que généreux. Ayant acquis son Bechstein, elle avait proposé à ses ouvriers son vieux piano, une T.S.F. et quelques meubles dont elle ne se servait plus dans la maison.

— A l'époque, avait raconté Fabian d'un ton glacé, elle se présentait au Parlement. Elle se fit prendre immortalisée parmi les employés et envoya la photo à tous les journaux. Vous en verrez un agrandissement encadré sur la cheminée.

La pièce était en désordre. Table, radio et piano (ce dernier croulant sous les partitions) étaient recouverts de poussière. Une pile de vieux programmes des émissions de radio encombrait un coin, plusieurs journaux jaunis par le temps jonchaient le sol. Sur le dessus du piano s'entassaient des dizaines de partitions, ballades, chansonnettes, cahiers d'études. Plusieurs d'entre eux étaient marqués au nom de Cliff, dont *L'Art de la fugue*, de Bach... Alleyn souleva le couvercle, joua la première phrase de la première mélodie. Deux notes se coincèrent. Bach s'était-il retourné dans sa tombe, ou l'état du piano s'était-il considérablement détérioré en quinze mois d'abandon ? Alleyn se frotta les mains, l'air lointain, alla fermer la porte et revint s'accroupir devant les revues.

Il put ainsi parcourir soixante-cinq semaines de programmes radiophoniques. Mais les magazines n'étaient pas classés dans l'ordre, et la tâche fut ardue. Il les tria, remontant jusqu'à la première semaine de février 1942. Il n'en restait plus qu'une douzaine. Il les mit en place rapidement. L'exemplaire de la dernière semaine de janvier 1942 manquait à l'appel.

D'un geste mécanique, il rangea le tout soigneusement, mais, après une légère hésitation, se ravisa. Mieux valait ne pas les empiler trop proprement ! Il arpenta la salle en sifflotant l'air de Cliff, retourna vers le piano, déchiffra de nouveau le début de la fugue de Bach qu'avait si bien interprétée Cliff, le soir du drame. Il referma le couvercle, alla s'asseoir sur un fauteuil dépenaillé, remplit sa pipe.

— Je me trompe peut-être complètement, mais le jeu en vaut la chandelle. Je vais devoir les envoyer tous ici et là sous des prétextes quelconques, murmura-t-il. Et appeler Jackson en renfort. S'agit-il d'un meurtre, ou nageons-nous en pleine illusion ?

La porte s'ouvrit. Une femme apparut.

Sa silhouette sombre se dessina sur un fond de soleil éblouissant. Alleyn vit que la main avec laquelle elle avait tourné la poignée était maintenant sur sa bouche. C'était une femme d'âge moyen, vêtue de façon simple.

Elle demeura immobile un instant, puis recula. Un rayon de lumière tomba sur sa figure.

— J'ai entendu le piano, souffla-t-elle. J'ai cru que c'était Cliff.

— Le pauvre, ce n'est guère flatteur ! répliqua Alleyn. Je n'ai aucune technique !

Il se dirigea vers elle.

— C'est à cause du piano, reprit-elle. Il y a si longtemps...

— Les autres hommes ne s'en servent donc jamais ?

— Pas dans la journée, en tout cas ! Et puis cet air, je... Excusez-moi, je ne voulais pas vous déranger, je... Excusez-moi.

Elle s'apprêtait à s'enfuir, mais Alleyn l'arrêta.

— Je vous en prie, ne partez pas ! Vous êtes la mère de Cliff, n'est-ce pas ?

— Oui.

— Je vous serais reconnaissant de bien vouloir me consacrer un moment. Ce ne sera pas long, je vous le promets. A propos, je m'appelle Alleyn.

— Enchantée.

Il s'effaça, et, après une légère hésitation, elle entra, le regard droit devant elle, les doigts toujours sur ses lèvres. Alleyn laissa la porte ouverte.

— Asseyez-vous, je vous en prie.

— Non, merci.

Il poussa une chaise vers elle. Elle finit par s'y percher à contrecœur.

— Vous savez sans doute pourquoi je suis ici, attaqua Alleyn en douceur. A moins que... ?

Elle opina du chef, les yeux baissés.

— J'aimerais que vous m'aidiez.

— Impossible ; je ne sais rien. Aucun de nous ne sait quoi que ce soit. Ni moi, ni mon mari, ni mon fils... Laissez-le tranquille, monsieur Alleyn !

— Vous savez, je suis bien obligé de discuter avec les uns et les autres. C'est mon métier.

— Parler avec Cliff ne sert à rien, je vous le dis tout

de suite ! A rien du tout ! Ce qu'ils lui ont fait, c'est cruel ! Cette façon de le harceler, jour après jour, alors qu'il était innocent. Ils en avaient la preuve, pourtant ils ne le lâchaient pas. Il n'est pas comme les autres, lui. Il n'est pas dur comme eux. Il est différent.

— Oui. C'est un garçon exceptionnel, dit Alleyn.

— Ils l'ont brisé, insista-t-elle, sourcils froncés, refusant toujours de lui faire face. Il a changé, depuis. Je suis sa mère, et je sais ce qu'ils lui ont fait. S'attaquer comme ça à un jeune, alors qu'il est innocent !

— Le piano ? demanda Alleyn.

— Mme Caneton l'a vu. La cuisinière. Elle se promenait : elle n'était pas allée au bal. Elle l'a vu s'asseoir et commencer à jouer. Ils l'ont tous entendu, ils l'ont dit et répété. Son père et moi aussi, on l'a entendu. Il jouait, il jouait. Finalement, à bout de nerfs, je suis venue le chercher pour le ramener à la maison. Que veulent-ils de plus ?

— Madame Johns, quelle sorte de... Aimiez-vous Mme Rubrick ?

Pour la première fois, elle le dévisagea.

— Si je l'aimais ? Heu... oui, sans doute que oui. Elle était bonne. Généreuse avec tout le monde. Mais elle a commis des erreurs. Comme si je ne le savais pas ! Les choses ne se sont pas passées comme elle l'espérait.

— Avec Cliff ?

— Exactement. On a dit toutes sortes de bêtises à propos de l'intérêt qu'elle lui portait. Les gens sont bizarres. Jaloux.

Elle s'essuya le front d'une main calleuse.

— Je ne dis pas que je n'étais pas moi-même un peu jalouse, avoua-t-elle. Je ne dis pas que je n'avais pas peur pour lui. Mais il avait un bel avenir devant lui. Ce n'était pas à moi de le contrer. Et voilà... Non, je ne peux pas dire que je ne lui en voulais pas un peu quand même de me le prendre.

Alleyn éprouva un élan d'admiration pour cette femme.

— Ce sentiment a-t-il persisté ?

— S'il a persisté ? Pas vraiment, non. Il a grandi, mon garçon. Il s'est détaché d'elle, si vous me comprenez. Personne ne connaît un fils comme sa mère. Cliff ne se laisse pas mener par le bout du nez. C'est ce qu'elle a essayé de faire, et ça s'est retourné contre elle. C'est un bon garçon, vous savez, mais il est un peu curieux. Et si sensible.

— Avez-vous regretté de l'avoir envoyé au pensionnat ?

— Si je l'ai regretté ? A voir ce qui s'est passé ensuite, comme il a changé, je...

Elle pinça les lèvres, se tordit les doigts.

— J'aurais préféré qu'elle ne voie jamais mon fils, avoua-t-elle avec une violence inouïe... C'est pas leur faute. Ils s'adoraient. Quand c'est arrivé, quand ils se sont fâchés, Cliff en a énormément souffert. Oh, oui, comme il a souffert, mon pauvre garçon !

Elle fixait maintenant le mur derrière la tête d'Alleyn. Son visage était tellement impassible que ses larmes parurent irréelles, incompréhensibles.

— Madame Johns... Que pensez-vous de cette affaire de bouteille de whisky ?

— Celui qui traite mon fils de voleur est un menteur ! Voilà ce que j'en pense ! Ce sont des mensonges ! Il n'a jamais bu une goutte d'alcool de sa vie !

— Que faisait-il, à votre avis ?

— Posez plutôt la question au cuisinier des ouvriers. Ou à Albert Black. Cliff ne parlera pas, ni à vous, ni à moi. J'ai mon idée là-dessus, mais il ne me pardonnerait jamais de vous la dire. Allez donc les voir, eux.

— Merci, répondit Alleyn, songeur, en la regardant sortir. Je crois que je vais suivre votre conseil.

Alleyn rencontra le cuisinier dans des conditions aussi dramatiques qu'incroyables le soir même, deuxième de son séjour au domaine de Mount Moon. Après un dîner servi assez tôt, repas dégusté en silence, comme s'ils souffraient les uns comme les autres des flots de confidences de la veille, Fabian proposa à Alleyn une petite expédition aux quartiers des ouvriers. Juste avant de sortir, Alleyn demanda à Ursula de lui prêter la broche que Florence Rubrick avait perdue le soir de sa disparition. Les deux hommes longèrent le chemin bordé de lavande, tandis que le crépuscule les enveloppait. Les tiges de lavande n'étaient plus que des bâtons gris, et derrière eux les zinnias ressemblaient à des momies couronnées de têtes friables.

— La végétation était-elle dans cet état-là ? s'enquit Alleyn.

— La lavande était verte et touffue, mais le bijou fut retrouvé sous les zinnias, qui n'étaient pas très différents d'aujourd'hui. Ils fleurissent mal, par ici.

Alleyn fit tomber la broche ici, puis là. Elle scintillait de tous ses feux comme une fleur artificielle sur la terre desséchée.

— Allons voir notre cuisinier.

Ils franchirent le portail qu'avait emprunté Florence, et, comme elle, prirent le sentier menant au dortoir des ouvriers.

Bien avant d'apercevoir le bâtiment, ils perçurent une voix rauque dominant toutes les autres. Ils passèrent devant la lainerie et débouchèrent devant la bâtisse à laquelle avait été accolée l'annexe.

Une douzaine d'hommes, certains accroupis, d'autres adossés au mur, écoutaient en silence un de leurs camarades, qui, violacé et surexcité, s'était hissé sur une caisse retournée pour les haranguer.

— J'ai hurlé devant Dieu ! aboya l'orateur. Voilà ce que j'ai fait ! J'ai hurlé devant Dieu !

— C'est Perce, murmura Fabian. Soûl comme un cochon. S'il continue, ce sera le delirium tremens. La progression est régulière et inexorable.

— Et Dieu m'a répondu : « Quelle mouche t'a piqué, Perce ? » Et j'ai dit : « Mes péchés me pèsent sur l'estomac, j'ai rechuté, et c'est trop dur. » Alors, Dieu m'a dit : « Encore un p'tit coup pour la route, Perce ! » Et j'ai bu un p'tit coup, et Dieu m'a soutenu, et je suis sauvé.

Ici, le cuisinier marqua une pause. Au prix d'un effort surhumain, il exécuta un geste curieux, comme s'il tentait d'écrire un message dans l'espace.

— Le jugement est inscrit sur le mur ! Pour ceux qui ne sont pas trop malades pour le lire ! C'est écrit comme je vous vois. Et qu'est-ce qu'on lit ? « Encore un p'tit coup pour la route ! » Alléluia !

— Alléluia, répondit en écho un petit bonhomme ratatiné sur une marche de l'annexe.

C'était Albie Black, l'homme à tout faire.

Remarquant Alleyñ et Fabian, Perce se mit à gesticuler vers eux.

— Et deux moutons égarés qu'il faut sauver ! Deux !

Accompagné de son ami Albie, il entonna un hymne, dont la mélodie fut reprise par un joueur d'accordéon à l'intérieur du bâtiment. D'un geste, Fabian indiqua aux autres qu'Alleyn et lui souhaitaient rester seuls avec Albie Black et le cuisinier. Ben Wilson, qui fumait tranquillement sa pipe, eut un coup de menton vers Perce.

— Il est complètement ivre !

Ben entraîna les autres vers le dortoir. L'accordéon se tut.

— Je crains que ce soit sans espoir, marmonna Alleyn en avisant Percy Gould, qui continuait de chanter, mais avec moins d'élan, d'un ton mélancolique.

— C'est maintenant ou jamais, répliqua Fabian. Demain, il sera inutilisable, et, en principe, il s'en va le surlendemain. A moins que vous n'exerciez votre autorité pour le garder ici. Perce ! Descendez de là ! Quelqu'un veut vous parler.

Le cuisinier obéit maladroitement, tituba, fut rattrapé in extremis par Alleyn.

— Je vous en prie, asseyez-vous, l'invita ce dernier. Je vous écoute.

— Je vous laisse ? proposa Fabian.
— Restez où vous êtes. Il me faut un témoin.
— Qu'est-ce qui vous tracasse ? demanda Perce à Alleyn.
— Une bouteille de whisky.
Le cuisinier le saisit par le col et plongea les yeux dans ceux du détective.
— Vous êtes un copain ! J'en veux bien, merci.
— Je n'en ai pas. Et vous ?
Le cuisinier hocha tristement la tête et se mit à trembler de tous ses membres. Il étouffa un sanglot. Son haleine empestait la bière et autre chose, qu'Alleyn ne parvenait pas à identifier.
— Pas facile d'en trouver, ces temps-ci, n'est-ce pas ? dit Alleyn.
— J'en ai pas bu une goutte depuis... depuis... Depuis vous savez quand.
— Quand ?
— Ah ! ça, c'est une bonne question.
Du coin de l'œil, il observa Fabian, sa bouche se tordit en un rictus. Il plaça l'index sur le bout de son nez. Albie Black s'esclaffa.
— Oh, mon Dieu ! s'exclama-t-il en cachant sa figure dans ses bras.
— Ils n'en ont pas, là-bas, dans la maison ? demanda Alleyn.
— Aaaaaahhhh ! répondit le cuisinier.
— Qu'en dites-vous ?
Perce secoua de nouveau la tête. Alleyn aspira une bouffée d'air et tira à vue :
— Et notre jeune Cliff ? Il ne peut pas vous en fournir ?
— Lui ! cracha Percy, avant d'émettre (avec une netteté surprenante) toute une succession de jurons.
— Vous n'aimez pas Cliff ? demanda Alleyn.
— Adressez-vous à lui, riposta Perce en désignant Albie Black. Ils sont potes, tous les deux...
— La ferme ! s'emporta Albie Black, soudain

furieux. La ferme, sinon je t'arrache le cou ! Je t'avais pas dit d'oublier ça ? A quoi tu penses, à la fin ? T'as pas de cervelle ? T'as pas encore compris qui c'est, celui-là ? Tu veux qu'on finisse tous les deux à l'ombre ?

Le cuisinier soupira.

— Arrête ! Arrête ! Je croyais que tu t'étais arrangé avec lui.

— Tais-toi ! ordonna Albie, affolé. Tais-toi !

— Une seconde ! Une seconde ! intervint Alleyn, mais déjà le cuisinier se braquait, terrorisé lui aussi.

— Tout est pourri ! grommela-t-il en jetant un bras autour du cou de son ami. Tout est pourri... La vie est moche. Viens, Albie, on va boire un p'tit coup, histoire de se consoler.

— Ah, non, pas question ! trancha Alleyn.

Mais Perce, le visage contre la poitrine de son camarade, glissait lentement à terre.

— Et voilà ! C'est malin ! grogna Albie Black.

9

L'agression

Le cuisinier ayant sombré dans l'inconscience et ce, d'après Fabian, pour de longues heures, Alleyn accepta qu'il fût transporté dans son lit et concentra toute son attention sur Albert Black.

Si le cuisinier avait paru à Alleyn d'un caractère assez douteux, Albert Black, lui, était franchement abominable. Il respirait la méchanceté et la mesquinerie. Il était assez soûl pour se montrer impertinent, mais encore assez sobre pour savoir se protéger. Alleyn décida qu'une seule méthode serait valable, celle de l'intimidation. En compagnie de Fabian, il entraîna l'homme à tout faire dans l'annexe.

— Avez-vous déjà été impliqué dans une affaire de meurtre ? attaqua le détective, imitant de son mieux ses collègues du commissariat local.

Albert leva les yeux au ciel.

— Je n'y suis pas mêlé aujourd'hui. Attention à ce que vous dites !

— Vous refusez de donner certaines informations concernant une enquête judiciaire, n'est-ce pas ? Savez-vous ce que cela signifie ?

— Hé ! protesta Albert. Vous n'avez pas le droit !

— Un peu, que j'ai le droit ! riposta Alleyn. N'avez-vous jamais eu de problèmes avec la police ?

Albert le fusilla d'un regard indigné.

— Allons, allons ! insista Alleyn. Ne vous a-t-on jamais inculpé pour vol, par exemple ?

— Moi ? Moi ? Moi qui suis blanc comme neige depuis des années que je travaille ici ? Vous m'accusez d'être un voleur ? Ça alors !

— Et le whisky de M. Rubrick ? Allons, Black, accouchez, cela vaudra mieux pour vous.

Albert fixa le piano. De ses doigts sales, il tripota sa lèvre inférieure. Il se rapprocha d'Alleyn, le dévisagea longuement. Il empestait l'alcool à brûler.

— Vous avez une sèche ? demanda-t-il d'un ton doucereux, tout en saisissant Alleyn par le col de sa veste.

Alleyn se dégagea de cette étreinte, sortit son porte-cigarettes de sa poche, l'ouvrit, le présenta à Albert.

— C'est sympa, merci, dit-il en s'emparant de six cigarettes d'un coup et en les empochant... Hum... C'est d'un chic ! A votre avis, monsieur Losse, c'est de l'or ?

Fabian se détourna.

— Alors ? persista Alleyn. Ce whisky ?

Albert désigna d'un hochement de menton le piano.

— Il est devenu bavard, l'autre ? Le salaud ! Bon. Enfin !

De nouveau, il s'accrocha à Alleyn, tandis que, de sa main libre, il pointait l'index derrière lui, vers la pile de partitions.

— Sacré copain, celui-là ! Saint Jo en personne se fâche pour une goutte de Johnny Walker, et ça devient une affaire d'Etat !

— Qu'est-ce que vous racontez ? s'emporta Fabian.

Albert vacilla.

— Expliquez-moi, s'il vous plaît, comment ce petit salaud pouvait être en train de jouer sa musique à la noix, alors qu'au même moment, il tournait autour de la lainerie ? En voilà un mystère que vous allez vous amuser à résoudre !

Fabian s'avança d'un pas.

— Taisez-vous, Losse, ordonna Alleyn.

— C'est très, très bizarre, poursuivit Albert Black, comme un individu peut se trouver en deux endroits en même temps. Et il savait bien qu'il n'avait rien à faire là, cet imbécile heureux ! Parce que pendant que moi, je le voyais rôder au coin de la lainerie, lui continuait de taper comme un fou sur son piano à la noix ! Hein ? Qu'est-ce que vous en dites ?

— C'est très étrange, en effet, concéda Alleyn.

— Hein ? Hein ? Je savais bien que ça vous épaterait.

— Pourquoi n'en avez-vous jamais parlé auparavant ?

Albert s'écarta, cracha par terre, s'essuya la bouche du revers de la main.

— Un pacte est un pacte, n'est-ce pas ? Mais attendez un peu que je retrouve ce minable. C'est lui qui m'a dénoncé, hein ? Ha ha ha ! Et qu'est-ce qu'il a eu comme récompense ?

— Avez-vous entendu Mme Rubrick parler dans la lainerie ?

— Comment aurait-elle pu parler, une fois qu'il s'était occupé d'elle ? Non, ça, c'était un peu plus tôt : « Mesdames et messieurs !... » Seigneur ! Quelle affaire !

— Où était-il ?

— Alleyn, pour l'amour du ciel, commença Fabian, mais Alleyn se fâcha :

— Losse, taisez-vous, sans quoi je vais être obligé de vous mettre dehors. Bien... Black, où était Cliff ?

— Ben ! Je vous l'ai dit ! Il sortait de la lainerie !

Alleyn regarda par la fenêtre de l'annexe. Il vit le sentier cahoteux descendant en pente raide, au-delà des enclos jusqu'à un étroit ruisseau et la barrière que Florence Rubrick avait poussée en quittant le chemin bordé de lavande.

— Est-ce à ce moment-là que vous l'avez supplié de ne rien dire à propos de ce qui s'était produit la veille, quand il vous avait surpris en flagrant délit de vol de whisky ?

Alleyn retint son souffle. Il avait l'impression de tirer les yeux bandés.

— Non, pas à ce moment-là.

— Lui avez-vous parlé ?

— Pas à ce moment-là.

— Aviez-vous déjà discuté de cette histoire de whisky ?

— Là-dessus, je ne dirai pas un mot. Je vous explique simplement ce qu'il a fait.

— Et moi, je vous explique ce que vous avez fait. Car c'était bien cela, votre pacte ? Il vous a découvert parmi les bouteilles. Il vous a chassé et a été pris sur le fait alors qu'il les remettait en place. Plus tard, quand il y a eu l'assassinat et l'enquête policière, vous avez conclu votre pacte. Si Cliff taisait vos intentions de vol de whisky, vous ne signaleriez pas que vous l'aviez vu sortir de la lainerie. Exact ?

Albert était redevenu parfaitement sobre, d'un seul coup. Il jeta un regard furtif à Alleyn et Fabian.

— Faut bien que je me protège.

— Bien sûr. En fait, ce que vous voulez, c'est que je lui dise que vous avez commis une gaffe, et que j'obtienne sa propre version. La police sera fort intéressée de constater que vous avez tu de précieux renseignements sur cette enquête.

— D'accord, d'accord ! hurla Albert. Comme vous voudrez !

Il fondit en larmes.

Fabian et Alleyn redescendirent la colline en silence. Ils s'arrêtèrent un moment devant la lainerie, et Alleyn examina de plus près l'ouverture protégée par la toile de jute. Fabian l'observait d'un air malheureux.

— La lumière devait être à peu près comme celle-ci, murmura Alleyn. La nuit venait de tomber.

— Tout de même ! s'indigna Fabian. Vous n'allez pas me dire que vous prenez au sérieux les paroles de cet ivrogne ! Je connais le jeune Cliff. C'est un bon garçon. Vous avez parlé avec lui. Vous ne pouvez pas imaginer une seconde qu'il...

— Il y a quinze mois, interrompit Alleyn, Cliff était un adolescent à la sensibilité exacerbée. Il frôlait l'hystérie et subissait les affres d'une remise en question profonde.

— Mais... Oh, et puis flûte ! souffla Fabian avec lassitude. Je me demande bien ce qui a pu me pousser à relancer tout cela.

— Je vous avais prévenu, lui rappela gentiment Alleyn.

— C'est impossible. Je vous jure... Je vous jure sur ce que vous voudrez que si ce piano s'est tu, c'est à peine quelques secondes. Vous savez ce que c'est, le soir, quand tout est calme. Un bruit comme celui-là qui s'arrête brusquement vous casse les oreilles. Albie était probablement soûl, une fois de plus. Seigneur ! Il affirme lui-même que le piano n'a pas cessé. Ce n'est pas Cliff qu'il a vu, j'en suis sûr. Je suis sidéré que vous accordiez la moindre attention à ses bêtises !

Fabian marqua une pause, et, lorsqu'il reprit, ce fut d'une voix changée :

— S'il a aperçu quelqu'un, c'est très probablement le meurtrier. Mais il ne s'agissait pas de Cliff. D'ailleurs, vous venez de le signaler vous-même : il faisait sombre.

— Pourquoi Cliff a-t-il refusé d'évoquer l'affaire du whisky, dans ce cas ?

— Par loyauté. Il s'était lié d'amitié avec cette horrible créature.

— Oui, acquiesça Alleyn. C'est une idée qui se défend.

— Pourquoi ne l'acceptez-vous pas ?

— Mon cher, si cette pièce s'imbriquait convenablement dans le puzzle, je l'accepterais. Ecoutez-moi bien. Je veux que vous me rendiez deux petits services. Le premier est fort simple. Quand nous serons rentrés, vous m'aiderez à téléphoner, en toute discrétion.

— Entendu.

— Le second est un peu plus compliqué. Ces boxes,

à l'intérieur de la lainerie, où se serrent les moutons en attente de tonte...

— Oui ?

— Vous avez terminé aujourd'hui, n'est-ce pas ?

— Oui.

— Il faudrait y soulever les lattes du plancher.

Fabian écarquilla les yeux.

— Pourquoi diable ?...

— Nous trouverons peut-être quelque chose dessous.

— Des crottes de moutons vieilles de trente ans, oui !

— Je m'en doute. Il me faudra une pelle et une passoire. Et si vous pouviez mettre la main sur un bleu de travail, je vous en serais très reconnaissant.

Fabian contempla les mains d'Alleyn.

— Ah ! des gants aussi, si cela vous est possible, ajouta l'inspecteur. Je suis navré de devoir abîmer le plancher en question. Les services de la police vous rembourseront les dommages, bien sûr. Peut-être pourrai-je me limiter au secteur le plus proche de la presse. Je vous conseille d'avertir les autres.

— Puis-je vous demander ce que vous espérez trouver ?

— Une lumière qui a failli.

— Suis-je censé comprendre ?

— Pourquoi pas ?

Ils avaient atteint la barrière au bout du chemin bordé de lavande. Alleyn se retourna. Il voyait la porte ouverte de l'annexe, où ils avaient abandonné Albie Black en sanglots, souffrant les affres combinées d'une confession, d'une trahison et d'un trop-plein de boisson.

— C'est de l'alcool à brûler qu'ils buvaient ? s'enquit Alleyn.

— De leur part, cela ne m'étonnerait guère. Ou peut-être du *hokanui*.

— C'est-à-dire ?

— Une eau-de-vie locale.

— Pourquoi ne le renvoyez-vous pas ?

— Ses excès sont rares. Nous sommes en temps de guerre, nous avons besoin d'hommes.

— Je serais trop content de l'enfermer. Il pue. Un vrai crapaud.

— Pourquoi l'avez-vous écouté ?

— Pensez-vous que les policiers n'entendent que les gens qu'ils aiment ? Allons ! Il faut absolument que j'appelle avant la fermeture du relais téléphonique.

Les membres de la maisonnée s'étaient réunis dans le superbe salon victorien dominant la pelouse et, au loin, sur le côté, la lainerie.

— Nous n'avions pas très envie de nous retrouver dans le bureau, expliqua Ursula. Après ce qui s'y est passé hier soir... Nous avions besoin d'un peu d'air. Quant à moi, je vais me coucher tôt, à vingt heures. Si M. Alleyn m'y autorise, évidemment. Vous rendez-vous compte que nous avons eu droit en tout et pour tout à cinq heures et demie de sommeil la nuit dernière ?

— Je ne souhaite pas du tout que le portrait de Flossie préside une séance du même genre, acquiesça Fabian. Si celle-ci devait avoir lieu, bien sûr. Je n'avais pas regardé ce tableau depuis trois ans, et voilà que, soudain, il m'incommode. Ursy, ma chérie, pourquoi ne l'accrocherais-tu pas dans ta chambre ?

— Si c'est une plaisanterie, Fabian, elle est de fort mauvais goût.

— Allons, allons ! Ne sois pas si susceptible. M. Alleyn veut inspecter l'un des espaces les moins ragoûtants réservés à nos moutons, Douglas. Nous devons soulever le plancher des boxes dans la lainerie.

Alleyn, au seuil de la pièce, observait le groupe devant l'âtre. Mme Aceworthy arborait son masque presque coutumier d'aristocrate perpétuellement offensée. Terence Lynne, dont les aiguilles tricotaient à toute allure sa laine écarlate, le fixa, puis fronça les sourcils. Ursula Harme avait marqué une pause, lèvres entrouvertes. Douglas laissa tomber son journal, et, fidèle à son habitude, s'indigna :

— Qu'est-ce que tu me racontes, Fab ? Juste ciel !...

— Oui, mon cher Douglas, répondit Fabian. Nous savons combien les événements actuels te perturbent, mais c'est ainsi.

Douglas se réfugia derrière son quotidien, furieux.

— C'est grotesque ! marmotta-t-il. Je l'ai toujours dit... Et qui assumera cette tâche glorieuse ?

— Si vous le permettez, moi-même, intervint Alleyn.

— Je préfère ne pas être à votre place, monsieur.

— Que voulez-vous, c'est le triste sort réservé aux policiers !

— Je vais ordonner aux hommes de s'en occuper, proposa Douglas sans enthousiasme, toujours caché derrière son journal.

Il observa Alleyn à la dérobée.

— S'il le faut, je viendrai vous aider, ajouta-t-il.

— L'important, c'est l'esprit d'équipe ! approuva Fabian. Je savais bien que l'on pouvait compter sur toi. Ah ! ce bon, vieux Doug...

— Si vous voulez bien m'excuser..., murmura Alleyn en se retirant dans le hall.

Fabian l'y rejoignit.

— Le téléphone est branché dans le bureau, chuchota-t-il. Je vous promets de ne pas écouter aux portes.

Soulevant l'appareil, Alleyn coupa une conversation sur une autre ligne. Une voix agacée s'éleva, et il raccrocha aussitôt. Dans le vestibule, Fabian sifflotait. Le téléphone émit une brève sonnerie, et Alleyn tenta de nouveau d'établir sa communication, cette fois avec succès. L'opératrice du col voulut bien composer le numéro du commissariat de police situé à quatre cents kilomètres de là, où avec un peu de chance, se trouvait encore le sous-inspecteur Jackson.

— Je vous rappelle, annonça-t-elle d'un ton glacé.

— Je suis de la police. J'attends.

— Mais vous téléphonez bien de Mount Moon ?

— Exactement, et je suis toujours de la police.

— Ne me dites pas que vous avez un problème là-haut, monsieur Losse ?

— Pas du tout, je suis gai comme un pinson, mais pressé, répliqua Alleyn.

— Je me dépêche, gloussa l'opératrice.

Divers bruits se succédèrent.

— Voilà, monsieur Losse, c'est à vous de parler.

Le sous-inspecteur Jackson n'était malheureusement pas là, mais le brigadier Wetherbridge, qui avait suivi l'affaire avec lui, put venir à la rescousse.

— Les émissions de radio de la dernière semaine de janvier 1942 ? Oui, oui, je crois que c'est possible.

— C'est la soirée du jeudi 29 qui m'intéresse, entre vingt heures et vingt et une heures. Uniquement les stations que l'on reçoit bien dans la région.

— Ce sera peut-être un peu long, monsieur Alleyn.

— Je comprends. Demandez au poste du col de rester ouvert et rappelez-moi, voulez-vous ?

— Parfait, monsieur.

— Ah, et, Wetherbridge ! Contactez M. Jackson. Dites-lui que rien n'est moins sûr, mais que je vais peut-être devoir lui amener quelqu'un au commissariat. J'aimerais lui parler dès que possible. L'idéal serait qu'il vienne jusqu'ici. Il voulait que je le tienne au courant de l'évolution de l'affaire. Or, l'affaire évolue. Trouvez-le, ce serait bien.

— Il est chez lui, monsieur. Je l'appelle tout de suite.

Sa voix s'estompa, et Alleyn n'entendit que la fin de son discours.

— ... et... plus vite pos...

— Trois minutes, monsieur Losse ! annonça l'opératrice. Vous prolongez ?

— Oui... non ! Entendu, Wetherbridge. Epatant ! J'attends.

Alleyn raccrocha.

Fabian s'était assis sur la dernière marche de l'escalier, une cigarette au coin des lèvres. Il chantonnait une mélodie.

— Alors ? Vous avez eu votre communication ?
— Ils vont me rappeler.
— Avec beaucoup beaucoup de chance. En tout cas, ce sera long. Je les connais, au poste du col. Je monte à l'atelier. Voulez-vous vous joindre à moi ? Vous entendrez la sonnerie de l'appareil, de là-haut.
— Avec plaisir.
Alleyn tâta sa poche de poitrine.
— Flûte !
— Qu'y a-t-il ?
— Mon porte-cigarettes.
— Vous l'avez laissé au salon ?
— Je ne le crois pas.
Il s'y rendit. Les quatre occupants, sur le point d'aller se coucher, interrompirent une conversation qui avait sans doute été animée. Le porte-cigarettes demeurait invisible. Douglas chercha vaguement, Mme Aceworthy claqua la langue. On frappa à la porte, et Cliff entra, un périodique roulé à la main.
— Oui ? fit Douglas.
— Papa m'a demandé de vous apporter ceci. C'est arrivé par erreur dans notre courrier. Il est désolé.
— Merci, Cliff, murmurèrent-ils à l'unisson.
Il se trémoussa, admira le bout de ses chaussures.
— Bonsoir.
— Bonsoir, Cliff.
Il sortit.
— Oh, zut ! s'exclama Alleyn. Je m'en souviens, à présent : il est dans l'annexe. J'y vais de ce pas.
Les aiguilles de Terence Lynne sautèrent une maille.
— J'y vais, si vous voulez, proposa Douglas.
— Non, merci infiniment, Grace. C'est à moi de réparer mes oublis. Désolé de vous avoir dérangés. Je prends un manteau et je file.
Il retourna dans le hall. Cliff était dans le couloir menant à la cuisine. Fabian avait disparu. Alleyn monta en courant. Le faisceau d'une lampe de poche rebondit

le long du passage et s'arrêta sur la porte de l'atelier. La main de Fabian se posa sur la serrure.

— Coucou ! C'est moi ! s'écria Alleyn. C'est vous qui l'avez.

La lumière se posa sur lui, l'éblouissant.

— Quoi ?

— Mon porte-cigarettes. Vous l'avez repris à l'abominable Albert.

— Au secours ! Je l'ai posé sur le piano. Il ne craint rien, remarquez.

— Je préfère aller le chercher. J'y tiens énormément. C'est un cadeau de Troy, ma femme.

— J'y vais, si vous voulez, dit Fabian.

— Non, non ! Mettez-vous au travail. Je n'en ai pas pour longtemps.

Il alla dans sa chambre chercher son pardessus. En sortant, il découvrit Fabian, rôdant sur le palier, visiblement mal à l'aise.

— Ecoutez... Il vaudrait mieux que ce soit moi... Je veux dire...

Le téléphone sonna dans le bureau.

— C'est votre appel ! s'exclama Fabian. Allez-y vite ! Prêtez-moi votre manteau, il fait un froid de canard !

Alleyn le lui jeta dans les bras et descendit en courant. Comme il s'enfermait dans la pièce, il entendit les autres quitter le salon. Un instant plus tard, la porte d'entrée claqua.

Le téléphone sonna de nouveau.

— Ça y est, monsieur Losse ! On vous parle !

C'était le brigadier Wetherbridge.

— Un message de la part du sous-inspecteur, monsieur. Il est parti en voiture et devrait vous rejoindre d'ici quatre heures environ.

— Saperlipopette !

— Je vous demande pardon, monsieur Alleyn ?

— Beau travail, Wetherbridge. J'espère qu'il ne se déplace pas pour rien.

— Je vous entends mal, monsieur. Nous avons effectué le petit travail que vous nous avez demandé. J'ai tout noté. J'ai trois stations à vous proposer.

— Bravo !

— Vous prenez le temps de les écrire, monsieur ?

— Non, non, allez-y ! Je vous écoute.

Wetherbridge s'éclaircit la gorge et entama une énumération monocorde :

— ... Syd Bando et les Rhythm Kids... I Got a Big Pink Momma... Le Pouce Vert... Météo... Résultats des courses... Informations... Une demi-heure en compagnie des Jitterbugs... Rien qui vous intéresse là-dedans, monsieur Alleyn ?

— Rien pour le moment, mais poursuivez. Je pencherais davantage pour quelque chose d'un peu plus intellectuel, Wetherbridge.

— Mélodies d'autrefois et d'aujourd'hui ?

— Heu... non, pas exactement. Continuez.

— Il ne reste qu'une station que vous pouvez recevoir correctement de là-bas... Donc... Dix-neuf heures trente. Vingt-septième épisode du feuilleton « Les Vampires ». Dix-neuf heures quarante-cinq. Extraits des plus beaux classiques. Vingt-heures cinq. Une heure avec les maîtres.

La main d'Alleyn se resserra sur le combiné.

— Oui ?

— C'est écrit en tout petit, monsieur. Attendez, je mets mes lunettes... Ah ! C'est mieux ainsi ! Vingt heures vingt-cinq, *Polonaise* de Chopin, et ce n'est pas tout... Back, ou peut-être Bark ? Les initiales sont J.S. Ce doit être le soliste.

— Et puis ?...

— *L'Art de la fugue*. F comme Freddy, U comme Ursule, G comme George, U comme Ursule, E comme...

— Oui, oui, ça va, merci.

— Fin de l'émission à vingt heures cinquante-sept.

— Bien.

— C'est tout. C'est ce qu'il vous fallait, monsieur ?

— Je crains que oui.

Après avoir raccroché, Alleyn demeura là un moment à siffloter. D'un geste mécanique, il porta la main à sa poche de poitrine, où il rangeait son porte-cigarettes. Fabian était sorti depuis dix minutes. Peut-être l'attendait-il dans le vestibule ?

Mais le hall était désert et silencieux. Sur la table brûlait une lampe à huile. Alleyn vit qu'il ne restait plus que deux bougies sur six. Apparemment, ceux du salon s'étaient retirés pour la nuit. Fabian avait dû monter à l'atelier. Se servant de sa torche électrique, Alleyn grimpa en silence jusqu'au palier. Un rai de lumière filtrait sous les portes des deux jeunes femmes et de Douglas. Chez Fabian, rien. Alleyn longea le couloir jusqu'à l'atelier. Pas de lumière. Il attendit, l'oreille aux aguets, repartit à reculons. Une latte du plancher craqua sous ses pieds.

— Coucou ? C'est toi, Fab ? s'enquit Douglas.

— C'est moi, répondit à voix basse Alleyn.

Douglas passa la tête dans le corridor.

— Je me demandais bien qui cela pouvait être. C'était plutôt bizarre...

— Vous pensiez à un rôdeur ?

— Pour être franc, vous avanciez prudemment, comme pour ne pas être repéré. Avez-vous besoin de quelque chose, monsieur ?

— Non, merci. C'est le détective qui furète. Couchez-vous tranquille.

Douglas esquissa un sourire.

— Amusez-vous bien ! lança-t-il avant de disparaître.

Peut-être Fabian avait-il déposé le porte-cigarettes dans sa chambre et s'était-il couché ? Curieux qu'il ne l'ait pas attendu, tout de même.

Mais Alleyn ne vit pas de porte-cigarettes dans sa chambre.

— Flûte ! marmonna-t-il. Il ne le trouve plus ! Ce vaurien d'Albert l'aura empoché. Flûte ! Flûte ! Flûte !

Il redescendit sur la pointe des pieds. Au bout du hall brillait une faible lueur. Le passage menant à la cuisine était ouvert. Alleyn s'y engagea et rencontra Markins dans l'office, sa bougie à la main.

— Je fermais, monsieur. Vous vouliez me voir ?

— Je cherche M. Losse.

— N'était-il pas près de l'annexe avec vous, il y a une dizaine de minutes ?

— Lui, peut-être. Mais pas moi.

— C'est curieux, j'aurais juré que c'était vous.

— Il portait mon pardessus.

— Ah, vraiment ? Dans ce cas, je me demande bien qui pouvait être l'autre monsieur.

— Quel autre monsieur ?

Markins posa son bougeoir et ferma la porte.

— J'allais au cottage du régisseur, expliqua-t-il. J'avais deux mots à dire à M. Johns. Cliff venait d'y retourner. Le cottage est là-haut de l'autre côté de la colline, vous savez bien. En passant par l'arrière, ici, j'ai cru que c'était vous, sur le sentier en direction de l'annexe. J'ai voulu couper en travers pour vous rejoindre. Je vous ai entendu crier quelque chose. J'ai répondu « Pardon, monsieur ? », puis vous vous êtes mis à courir vers le bas, et je ne vous ai plus revu.

Alleyn se frotta le bout du nez.

— Ce n'était pas moi. C'était M. Losse.

— Il m'a pourtant bien semblé entendre votre voix.

— C'est curieux, parce que, au téléphone, on m'a pris pour M. Losse... Où a-t-il bien pu passer, celui-là ? Pourquoi n'est-il pas rentré ? Et à qui s'adressait-il ? Au jeune Cliff ?

— Non, monsieur. Cliff était déjà chez lui. En arrivant au cottage, je lui ai demandé s'il vous avait aperçu.

Il m'a dit qu'il n'avait vu personne. Mais que faisait M. Losse ?

Alleyn le lui expliqua.

— Venez. Ceci ne me plaît pas du tout. Allons le chercher.

— Il pourrait être à dix endroits différents, monsieur !

— Par exemple ? Passons par votre cuisine, Markins. Montrez-moi le chemin. J'ai ma lampe de poche.

— Heu... Il est peut-être en train de vider le radiateur du camion. Il va geler, cette nuit.

— Y serait-il allé en courant ?

— Non. Et puis, le garage est là-haut, près des bâtiments.

— Quelles ont été ses paroles ? demanda Alleyn alors qu'ils traversaient l'immense cuisine qui sentait le bois de pin et la graisse.

— Je n'en sais rien. Il a poussé un cri. Il paraissait surpris. Un instant, je vous prie, monsieur Alleyn. C'est verrouillé. Depuis cette histoire de Cliff avec le whisky, je ferme tout à double tour.

— Cliff n'y était pour rien. C'était cet abominable Albie.

— Je l'ai surpris la bouteille à la main !

— Il s'apprêtait à la ranger.

— Jamais de la vie !

— Albie a avoué. Le môme a voulu lui permettre de sauver la face.

— Mais pourquoi ne pas l'avoir dit plus tôt ? explosa Markins. Oh ! je ferais mieux de ne m'occuper que de mes fonctions de majordome. Je suis vraiment un incapable ! Suivez-moi, monsieur.

La nuit était noire, l'air, glacial. Markins, s'étant emparé de la torche d'Alleyn, marchait devant. L'herbe crissait sous leurs pieds, le froid leur cinglait le visage. Le ciel était rempli d'étoiles.

— Où allons-nous, monsieur ?

— A l'annexe.

— Ce chemin arrive au-dessus des bâtisses, mais nous pouvons couper par là. C'est un peu plus pentu, c'est tout... Enfoncez bien vos talons dans la terre, pour ne pas glisser... Mais où est ce sentier ?

Ils franchirent un monticule, et au loin, dans l'obscurité, aperçurent un parallélépipède blanchâtre.

— Voilà, monsieur... Attention à la clôture. Passons par-dessus.

— Il n'y a pas de lumière dans l'annexe, constata Alleyn.

— Nous l'appelons, monsieur ?

— Non, non. S'il était là, il nous aurait entendus. Nous ne voulons pas réveiller les hommes. C'est donc d'ici que part l'autre sentier en direction de la lainerie, n'est-ce pas ? Ah, oui... Voilà... En pente descendante... *Attendez !*

Markins pivota sur ses talons pour éclairer Alleyn.

— Donnez-moi ça, ordonna le détective.

Il tendit la main, prit sa lampe, l'agita devant lui sur l'allée blanchie par le givre, arrêta le cercle de lumière sur un tas informe un peu plus loin.

— Mon Dieu ! s'exclama Markins. Qu'est-ce qui se passe, encore ?

— Ne marchez pas sur le sentier, ordonna Alleyn.

En se rapprochant, il reconnut son manteau, les jambes de Fabian, et sa tête, face contre terre. Il avait les bras tendus, comme s'il avait tenté de se protéger dans sa chute.

Alleyn s'agenouilla à ses côtés, tendit la torche à Markins. La chevelure de Fabian était épaisse à la base de son cou, lequel était long et fin. Très délicatement, Alleyn écarta ses cheveux. Markins lâcha un juron.

— Le coup a été assené comme ceci, annonça le policier, geste à l'appui.

Plaçant une main sous le visage, il souleva la tête, et de l'autre main, tel un prestidigitateur macabre, sortit de la bouche de Fabian un mouchoir en satin multicolore.

— Il n'est donc pas... ?

— Mais non ! Bien sûr que non, répondit Alleyn. Seulement, nous ne pouvons pas le laisser là, dans ce froid. La lainerie est à quinze mètres à peine. Il ne semble pas avoir subi d'autres blessures. Pouvons-nous le transporter jusque-là ?

— Bon, bon...

— Doucement. Attendez ! Je vais d'abord aller dégager la toile de jute.

Lorsqu'ils le soulevèrent, la respiration de Fabian leur parvint, pénible et sifflante. De petits jets de vapeur jaillissaient de sa bouche.

— Doucement, doucement, répéta Alleyn. Voilà, parfait, Markins. J'ai sa tête. Là... Glissons-le comme ceci, oui... Le plancher est lisse comme du verre. Impeccable. Laissez retomber la toile, je vais chercher des sacs.

Ils couchèrent la victime.

— Et maintenant, la lampe à huile, ainsi que cette bougie... Cette fois, j'ai bien l'impression que les objets seront à leur place. Enveloppez-lui les pieds, voulez-vous ? ordonna Alleyn.

— Il fait un froid affreux, ici, se plaignit Markins. On se croirait à la morgue.

Comme prévu, la lampe à huile et la bougie étaient accrochées au mur. Alleyn les prit, les alluma, les apporta près de Fabian. Markins l'avait entouré de balles de laine et avait plié un sac de jute pour lui soutenir la tête.

— Il ne perd pas de sang, déclara-t-il. Et sa respiration, monsieur Alleyn ? Qu'en dites-vous ?

— Ça va, il me semble. Le mouchoir, *mon* mouchoir... ce n'était qu'une mesure préliminaire, je crois. Vous lui avez sauvé la vie, Markins.

— Comment cela ?

— Si vous ne vous étiez pas manifesté... A moins

que... Je ne sais pas. Tout dépend si Losse a reconnu ou non son assaillant.

— J'espère bien que oui, monsieur Alleyn !

— Je crains bien que non.

Alleyn chercha le poignet de Fabian.

— Le pouls est à peu près régulier... Il sortait de l'annexe.

— Comment le savez-vous, monsieur ?

Alleyn brandit un porte-cigarettes.

— C'est le mien. Il était allé le chercher. Je viens de le trouver dans la poche.

— Et maintenant ?

Alleyn examina Fabian, dont les yeux n'étaient pas complètement fermés. Fabian fronça les sourcils, remua les lèvres.

— Et maintenant, répéta Alleyn dans un soupir. Que faire ?

— Aller chercher le capitaine ?

— Si j'étais certain de son état, je ne préviendrais personne. Mais nous ne pouvons rien affirmer. Ne prenons pas de risques. Non, ne réveillez personne dans la maison. Allez d'abord chez les hommes et vérifiez leurs alibis. Que fabriquent-ils et depuis combien de temps ? Dépêchez-vous ! Ils sont probablement tous au lit. Ensuite, vous irez au cottage avertir le régisseur et sa femme qu'il y a eu un petit accident. C'est tout. Demandez-leur de l'eau bouillante, des couvertures, un brancard, aussi. Faites venir M. Johns et Cliff. Ensuite, servez-vous de leur téléphone et débrouillez-vous pour contacter le médecin de M. Losse.

— Le relais téléphonique ne sera pas ouvert avant demain matin, monsieur.

— Flûte ! Tant pis ! Servons-nous de nos méninges. Allez-y, Markins ! Et... Non, laissez, ça ira comme ça.

Markins disparut.

Alleyn patienta dans un silence qui semblait s'alourdir avec le froid. Assis sur ses talons, il surveillait Fabian, qui, de temps en temps, plissait le front et tentait de parler. Au bout d'un moment, Alleyn pointa sa lampe électrique vers la presse. Elle était vide, mais tout près étaient entassées les balles provenant de la tonte du jour. L'assaillant avait-il envisagé une réédition du meurtre de Florence Rubrick ? Alleyn aurait-il dû partir, empaqueté dans une balle de laine, à bord du camion du lendemain ? Il contempla Fabian. Ou plutôt lui, Fabian, s'il avait eu la mauvaise idée de mourir... Il éclaira de nouveau la blessure, puis se leva. Dans sa niche, près de la porte, se trouvait le fer portant la marque de Mount Moon. Alleyn s'accroupit pour l'examiner de plus près. Il avait un second mouchoir dans la poche de son pantalon, et s'en servit pour en envelopper le manche avant de revenir avec l'instrument vers Fabian.

— Oui, je crois bien que c'est cela, murmura-t-il en portant son regard de la tige métallique à la nuque de Fabian.

Il déplaça la lampe à huile, tira sur les pans de son pardessus. Sur celui de gauche, il découvrit une marque, assez longue. Il prit sa loupe. La surface du tweed était abîmée.

— Où diable vais-je pouvoir te cacher, toi ? s'enquit-il auprès du fer à marquer.

Il alla le dissimuler sous un sac de toile un peu plus loin. Son regard se perdit dans les ombres. Il revit la fourche, d'où partait le sentier menant à l'annexe.

— *Ça, c'est trop fort !*

Alleyn se figea.

— *Et en quel honneur, cette course de chat échaudé ?*

Dans le cercle jaune de lumière, la silhouette s'agita.

— Vite ! Vite !

Un bras jaillit.

— Oui, bon. Dormir. Mourir. Dormir. Allez-vous-en ! Allez au diable ! Oh ! Seigneur ! Si fatigué... *Si fatigué...*

Alleyn se rapprocha tout doucement de Fabian.

— Ça ne m'étonne pas de toi ! ricana Fabian... Drôle de créature. Ils t'en voudront, tu sais.

Alleyn s'immobilisa.

— Elle a dû trouver son machin. Tiens ! ajouta-t-il, d'un ton à la fois étonné et dégoûté. Terry ! Oh ! je n'aurais jamais dû venir jusqu'ici. Ah ! ce vieux fou...

Il s'assit. Alleyn vint se mettre à genoux près de lui.

— Ce n'est rien, vous pouvez vous rendormir.

— Oui. Mais pourquoi courir ainsi ? Il a dû se passer quelque chose là-bas.

— Là-bas, où ?

— Tu l'as bien entendue, non ? Elle a dit qu'ils t'en voudraient. Où était-elle ?

— Sur le chemin bordé de lavande, dit Alleyn.

Fabian avait les yeux ouverts et regardait dans le lointain.

— Qui l'a trouvée ?

— Oncle Arthur.

— Ça alors ! Oh ! que je suis fatigué. Je n'en peux plus ! Et ce piano ! Qu'il se taise, à la fin ! Allez, debout les gars !

Il se débattit contre Alleyn.

— Allez, les gars ! C'est facile ! Je vous mets sur la piste !

Alleyn tenta de le calmer, mais Fabian s'agitait tellement que, pour le maîtriser, il aurait fallu user de la force.

— J'essaie de vous aider, marmonna Alleyn. Doucement !

— Ha ! Mais non, pas moi, mon vieux. Parce que moi, je vais rentrer en Angleterre !

Il jeta les bras en avant, frappa dans son mouvement le menton d'Alleyn, tenta de se lever, voulut escalader les poutres du mur. Alleyn le retint en entourant ses jambes des deux bras. Mais, brusquement, Fabian s'effondra, et ils tombèrent, Fabian sur Alleyn.

— Dieu merci, murmura Alleyn, il n'a pas reçu un autre coup sur la tête.

Fabian respirait avec peine. Alleyn réussit à s'extirper de là où il était.

— Ursy, espèce d'andouille, râla Fabian.

Puis, poussant un soupir, il sombra dans un profond sommeil.

Alleyn, tout en soignant son menton bleui, réfléchit. Les paroles de Fabian pouvaient-elles le mettre sur la bonne piste ? Un frisson le parcourut.

— Je vais m'enrhumer avant la fin de la nuit, grommela-t-il.

Au loin, la rivière gargouillait dans le silence de la nuit. C'était la deuxième fois qu'il l'entendait, ce soir. Il attendit un peu. Un cliquetis métallique lui parvint.

— La barrière, soupira-t-il. Que va-t-il se passer, maintenant ?

Au même moment, au-dessus des dortoirs des hommes, des chaînes tintèrent, et les chiens de Mount Moon entamèrent un concert d'aboiements. Une voix d'homme leur ordonna de se taire.

— Jock ! Couché ! Attention à toi, mon vieux ! Couché ! J'ai dit...

Une lueur apparut derrière l'annexe.

— Enfer et damnation ! s'écria Alleyn excédé. Quand tout cela finira-t-il ?

10

Une nuit agitée

Tommy Johns et son fils Cliff entrèrent derrière Markins et clignèrent des paupières dans la lumière. Tommy hocha le menton en direction d'Alleyn.

— Que se passe-t-il ?

— Là...

Tommy s'avança.

— C'est Fabian ! s'exclama Cliff.

— Oui, confirma Alleyn.

— Que lui est-il arrivé ? Markins, pourquoi ne pas nous avoir dit que c'était lui ? Quelle mouche vous a piqué ?

— J'avais reçu des ordres.

Tommy Johns se tourna vers Alleyn.

— De qui ? s'enquit Cliff. Il a subi une de ses crises ? Il est mort ?

— Non, répondit Alleyn.

Cliff alla s'agenouiller auprès de Fabian.

— Ne te mêle pas de ça ! grommela son père.

— Je veux savoir ce qu'il a. Je veux savoir s'il est blessé.

— Il a reçu un coup sur la tête, expliqua Alleyn. Avec le fer à marquer.

Cliff lâcha un cri incohérent. Son père posa une main rassurante sur son épaule.

— N'en parlez pas lorsqu'il aura repris connaissance, leur demanda Alleyn. Je vous en supplie. C'est important. Il a subi un choc terrible, et, pour l'instant, je préfère qu'il l'interprète à sa manière. N'en parlez à personne.

— Le fer à marquer, murmura Tommy. Ça alors...

Il porta son regard sur la niche où était en principe rangé l'instrument.

— Il n'était pas là ! dit Cliff. Il était là-bas, près de la presse.

— Et maintenant ? voulut savoir Johns.

— Ne vous inquiétez pas, il est bien rangé, répliqua Alleyn.

— Qui l'a assommé ?

A cette question somme toute assez classique, Alleyn ne put répondre que d'un hochement de menton.

— Aucune idée.

— Je suis allé au dortoir, monsieur, intervint Markins. Ils sont tous couchés. Ben Wilson est réveillé, mais il affirme que personne n'est entré ou sorti depuis plus d'une heure. Albie dort comme une souche.

— Bien. Vous avez apporté un brancard ?

— Oui, monsieur. C'est celui qu'utilisait Mme Rubrick pour ses cours de secourisme.

— Vous êtes allé jusqu'à la maison ?

— Non, non ! Il était rangé là-haut. Venez, Tommy.

Ils avaient laissé tomber une pile de couvertures grises à l'entrée. Markins rapprocha le brancard ; les trois hommes le recouvrirent, y allongèrent Fabian, le protégèrent d'un plaid. Cliff se frotta les mains, l'air affligé.

— Le chemin est glissant, marmonna Alleyn. Vous avez des bottes à crampons, Johns. Cliff aussi. Markins et moi n'avons que des semelles lisses.

— C'est praticable, dit Markins.

— Vous avez emprunté le sentier de la cuisine ? demanda Tommy Johns.

— Prêts ? ordonna Alleyn, sans laisser à Markins le temps de répliquer.

Ils prirent place, chacun à un coin du brancard. Fabian ouvrit les yeux et reconnut Cliff.

— Coucou ! chuchota-t-il. Voilà l'enfant prodige.

— Eh oui ! C'est moi, dit Cliff d'une voix tremblante. Tout va s'arranger, monsieur Losse.

— Seigneur ! J'ai eu une crise...

— Vous avez été un peu... bousculé, rectifia Alleyn. Mais d'ici quelques minutes, vous serez bien au chaud dans votre lit.

— Ma tête.

— Oui, je sais. Elle a pris un sacré coup. Ça va ?

— Je peux marcher ! protesta-t-il. Qu'est-ce que c'est que ces bêtises ? J'ai toujours pu marcher les...

— Pour une fois, vous allez vous laisser transporter, que vous le vouliez ou non ! rétorqua Alleyn. Allons, messieurs, du nerf ! Débrouillez-vous pour rester dans l'herbe, si possible.

— C'est plus facile sur le chemin ! grogna Tommy Johns.

— Mais nous nous efforcerons d'avancer dans l'herbe. Sur la gauche. Maintenez-vous sur la gauche.

Ainsi, l'étrange cortège s'ébranla. Les portes-fenêtres du salon n'étaient pas fermées à clé, aussi pénétrèrent-ils par ce biais dans la maison. Ils posèrent leur malade, tandis que Markins se précipitait pour allumer les lampes. Fabian était si tranquille qu'un instant Alleyn eut peur : s'était-il évanoui de nouveau ? Non. Il avait les yeux grands ouverts et fronçait les sourcils.

— Ça va ? murmura gentiment Alleyn.

Fabian détourna la tête.

— Oui, oui.

— Je monte avertir Grace de vos exploits. Markins, mettez une bouilloire sur le feu. Quant aux autres, attendez-moi, voulez-vous ?

Il monta en courant, et fut abordé sur le palier par Ursula, en peignoir, tenant sa bougie bien au-dessus d'elle pour tenter de voir ce qui se passait en bas.

— Qu'y a-t-il ?

— Un accident. Votre jeune homme s'est donné un méchant coup à la tête, mais il va bien.

— Fabian ? s'écria-t-elle en écarquillant les yeux. Où est-il ?

— Allons, allons, pas d'affolement ! Soyez mignonne. Il est au salon, et nous nous apprêtons à le coucher. Avant de descendre, mettez deux bouillottes brûlantes dans son lit et tâchez de vous remémorer le B.A. BA de votre manuel de secourisme.

Ils étaient devant la porte de la chambre de Terence Lynne, laquelle apparut, elle aussi armée d'une bougie. Elle paraissait très frêle et très pâle en négligé de satin rubis.

— Fabian est blessé, annonça Ursula avant de s'engouffrer dans ses propres appartements.

Miss Lynne n'avait pas pris la peine de fermer derrière elle. Alleyn vit qu'une seconde bougie brûlait sur sa table de chevet, au-dessus d'un épais cahier aux pages recouvertes d'une écriture fine et serrée. Suivant la direction de son regard, elle ferma sa porte d'un geste brutal. Ursula reparut avec une bouillotte et longea le corridor jusque chez Fabian.

Miss Lynne dévisagea longuement Alleyn.

— Vous vous êtes battu, constata-t-elle.

Il se frotta la mâchoire.

— Je me suis cogné dans la lainerie.

— Vous saignez.

— En effet. Auriez-vous un bout de coton ?

Elle hésita, puis :

— Ne bougez pas, je reviens.

Elle disparut dans sa chambre en prenant soin de fermer derrière elle. Alleyn frappa, entra. Elle se tenait devant sa commode, mais, en un éclair, elle fut devant la table de chevet.

— Je vous ai demandé de m'attendre dehors.

— Je suis absolument désolé. Pouvez-vous lui prêter votre bouillotte ? Emportez-la chez lui, voulez-vous ? Ah, voilà mon coton ! Merci beaucoup.

Il le lui prit des mains et se tourna vers la glace. Tandis qu'il se tapotait le menton, il observa le reflet de la jeune femme derrière lui. Elle lui tournait le dos. Elle se pencha sur le lit pour tirer les couvertures. Le cahier n'était plus sur sa table de chevet.

— Tenez, voici la bouillotte.

— Soyez un ange, portez-la là-bas vous-même, s'il vous plaît. Je finis de me soigner.

— Monsieur Alleyn... J'aimerais mieux que vous alliez vous occuper de cela dans votre chambre.

— Pardonnez-moi, je tentais de sauver mon col de chemise. Vous avez raison, bien sûr.

Il se dirigea vers la porte.

— Terry ! appela Ursula, du bout du couloir.

— Je vous abandonne ! décréta Alleyn.

Il traversa le palier.

— Terry ! répéta Ursula.

— Oui, j'arrive.

Par sa porte entrouverte, Alleyn la vit s'éloigner dans le noir. Il se précipita là d'où il venait. Décidément, tout était compliqué, dans cette affaire ! Le cahier, épais et rebondi, avait été poussé tout au fond du lit. Il s'ouvrit tout seul dans les mains d'Alleyn.

1er février 1942. Assuré désormais qu'elle éprouve pour moi de l'affection, j'avoue que l'incessante activité dans cette maison (et pour être tout à fait honnête, de Florence elle-même) m'est devenue insupportable au fil du temps.

Alleyn marqua une hésitation. Un carton plié glissa d'entre deux pages. Il l'ouvrit et vit la photo d'un homme aux yeux voilés, aux lèvres compressées en un rictus douloureux, aux rides profondes. Les initiales « A.R. » étaient inscrites au bas, d'un trait fin comme celui de l'écriture dans le cahier.

— Ainsi, c'était lui, Arthur Rubrick, murmura Alleyn, avant de ranger photo et journal dans leur cachette.

Avant de quitter les appartements de Miss Lynne, Alleyn prit la peine d'inspecter très rapidement ses chaussures. Toutes sauf une paire étaient impeccables. Ses bottines de jardinage n'étaient pas cirées, mais elles étaient sèches. Il fermait derrière lui, lorsqu'il entendit résonner les voix des deux jeunes femmes. Il les trouva au sommet de l'escalier, en conférence avec Mme Aceworthy, fort impressionnante en flanelle matelassée, les bras croisés sur sa poitrine. Alleyn parvint (non sans mal) à la persuader de retourner se coucher.

— Je descends voir Fabian, déclara Ursula. Comment allez-vous le monter jusqu'ici ?

— Je crois qu'il pourra marcher, dit Alleyn. Allez-y doucement. Grace le couchera. Au fait, est-il réveillé ?

— Douglas ? Certainement pas ! Il dort comme un loir ! s'exclama Terence Lynne.

— Fabian a-t-il eu une de ses crises, monsieur Alleyn ? demanda Ursula.

— Je crois que oui. Attendez-moi avant de le bouger.

— Flûte ! soupira-t-elle. Maintenant, il va croire qu'il ne peut pas m'épouser. Viens, Terry !

Terence lui emboîta le pas. Un peu à contrecœur, pensa Alleyn.

Il frappa chez Douglas Grace. Ne recevant aucune réponse, il entra et pointa sa lampe électrique vers son visage.

— Grace !

— Hein ? Quoi ?

Les couvertures furent violemment retournées.

— Oh, pardon, monsieur. Que se passe-t-il ?

— Losse a eu une attaque.

Douglas l'observa avec son air coutumier, à la fois incrédule et outré.

— Une attaque. Zut ! Comment ? Quand ? Où ?

— Là-haut, près de l'annexe. Il y a une demi-heure. Il était parti y chercher mon porte-cigarettes.

— Ah, oui ! Je m'en souviens ! s'écria-t-il, triomphant. Il est toujours dehors ? Pauvre Fabian !

— Il a repris connaissance, mais il a reçu un sacré coup à la tête. Venez m'aider à le monter, voulez-vous ?

— Le monter ?

Douglas tendit vaguement la main vers son peignoir.

— Ça alors... Que c'est bête ! Surtout après ce qu'il a dit au sujet de son mariage avec Ursy.

— En effet.

— Il y a une demi-heure, murmura Douglas, tout en fourrant ses pieds dans ses chaussons. Donc, juste après que nous nous sommes retirés. Je suis sorti sur la pelouse, pour avoir une idée du temps de demain. Il devait déjà y être.

— N'avez-vous rien entendu ?

Douglas arrondit la bouche.

— Si. La rivière. Cela signifie que le vent vient du sud. C'est infaillible. Mais vous ne pouvez pas savoir...

— Non. Et puis ? Rien d'autre ?

— Heu... quoi, par exemple ?

— Je ne sais pas, moi, des voix, des bruits de pas ?

— Des voix ? Il discutait ? Des bruits de pas ?

— Laissez tomber, grommela Alleyn, exaspéré. Venez.

Ils se rendirent au salon.

Fabian était maintenant allongé sur le canapé. Installée sur un petit tabouret, Ursula veillait sur lui. Tommy et Cliff Johns se trémoussaient près des portes-fenêtres, les yeux rivés sur leurs bottes. Markins, toujours irréprochable dans son rôle de majordome, préparait un plateau pour le thé et les boissons un peu plus fortes. Terence Lynne, parfaitement maîtresse d'elle-même, était près de la cheminée, où le feu avait été ranimé.

— Alors, quoi ? s'exclama Douglas. Quelle histoire, Fabian ! C'est trop idiot !

— C'est franchement ennuyeux, murmura Fabian en regardant Ursula. Sers donc à boire à mes porteurs, Douglas. Ils ont bien mérité cela.

— Quant à toi, tu ne prendras rien, déclara Ursula.

— Lire le chapitre quatre. Alcool, suite blessure à la tête : s'abstenir d'en consommer, railla-t-il.

Markins voulut s'éclipser.

— Buvez quelque chose, Markins ! l'encouragea faiblement Fabian.

Douglas parut scandalisé.

— Merci, monsieur.

— Vous allez bien prendre un petit whisky, non ? Tommy ? Cliff ?

— Volontiers, répondit Tommy. Mais pas pour mon fils, merci.

— Il en a pourtant bien besoin, constata Fabian.

Cliff était d'une pâleur effrayante.

— Il ne boit pas d'alcool, merci, insista lourdement son père.

— Fab, tu devrais aller dormir, lui conseilla Douglas. N'êtes-vous pas d'accord, monsieur Alleyn ?

— Nous boirons ensuite à votre santé, promit le détective.

— Je refuse que l'on me porte jusque là-haut !

— Dans ce cas, vous irez à pied, accompagné de Grace et de moi-même.

— Bien sûr ! acquiesça aimablement Douglas.

— Un chaperon suffira, merci ! grogna Fabian. Je vais mieux, je vous assure. Douglas, sers à boire à ces pauvres gens. C'est M. Alleyn qui a commencé l'entreprise de sauvetage, si je ne m'abuse ? Peut-être souhaite-t-il l'achever ?

Il se redressa, grimaça. Il était blanc comme un linge, et ses mains tremblaient.

— Fabian, vas-y doucement ! le supplia Ursula. Je viendrai te voir.

— Allons-y ! dit-il à Alleyn avant d'adresser un sourire à la jeune femme. Merci, ma chérie. Je serai content de te voir, mais pas tout de suite, je t'en prie.

Lorsqu'ils furent dans le vestibule, Fabian saisit Alleyn par le bras.

— Je suis désolé de jouer ainsi les enfants capricieux, mais il fallait que je vous parle. Seigneur ! J'ai mal au cœur !

Alleyn réussit sans difficulté à le coucher, Fabian se

montrant d'une docilité exemplaire. Dans l'armoire à pharmacie de la salle de bains, Alleyn trouva tous les produits et pansements dont il pouvait rêver. Il coupa une mèche de cheveux, nettoya la blessure. Il s'apprêtait à la recouvrir d'une compresse, lorsque Fabian, la figure enfouie dans son oreiller, s'exprima :

— Ce n'est pas en tombant que je me suis fait mal, n'est-ce pas ? Quelqu'un m'a assommé.

— Ah ? Qu'est-ce qui vous fait croire cela ?

— Ça me revient, par bribes. J'étais debout quand j'ai reçu le coup. A la fourche, là où le sentier part en direction de la lainerie. J'ai eu l'impression de me retrouver à Dunkerque. Dieu merci, il n'a pas visé le même endroit. Je crois avoir appelé au secours. Inutile de le nier. J'ai reçu un coup.

— Mmmm ?...

— C'était près de ce monticule, qui domine le chemin. Je sortais de l'annexe. Il y a toujours du verglas, par là, je marchais donc le plus près possible du talus. Mon assaillant s'était sans doute tapi là, derrière les buissons. Mais pourquoi ? Pourquoi moi ?

Alleyn découpa un sparadrap.

— Vous portiez mon pardessus.

— Saperlipopette ! chuchota Fabian. C'est vrai !

Et il se réfugia dans le silence, tandis qu'Alleyn finissait de le soigner. Il s'installa confortablement sur le côté, la tête bien soutenue. Alleyn rangea son matériel, et, lorsqu'il revint vers le lit, Fabian somnolait déjà. Il sortit.

Avant de descendre, il visita les autres chambres. Il n'y vit aucune paire de chaussures humides. De toute évidence, celles dont se servaient Fabian et Douglas pour travailler sur la ferme étaient en bas. Mais les semelles portées par l'assaillant avaient été plus fines...

De retour au salon, Alleyn vit les deux Johns sur le point de s'en aller, tandis que Markins débarrassait le plateau. Vautré sur son fauteuil, une pipe à la bouche, Douglas regarda arriver le détective avec un air de soulagement visible. Terence Lynne s'était attaquée à son tricot, droite comme un « i », pieds bien calés sur le sol, le visage impassible. Ursula, qui bavardait avec Tommy Johns, se précipita vers Alleyn.

— Alors ? Il va mieux ? Puis-je monter ?

— Il dort. A mon avis, mieux vaudrait le laisser tranquille. Tendez l'oreille en passant devant sa chambre.

— Bon. Nous y allons, annonça Tommy. Bonsoir tout le monde.

— Un instant ! le retint Alleyn.

— Quoi, encore ? s'écria Douglas... Il... il va bien, n'est-ce pas ? Je veux dire que... Faut-il que j'aille chercher un médecin ? En me dépêchant, je pourrais être rentré d'ici environ quatre heures. Après tout, il s'agit d'une blessure à la tête : nous ne pouvons pas prendre de risques.

— En effet, acquiesça Alleyn. Si vous voulez vous charger d'une telle initiative, libre à vous, mais selon moi, il s'en sortira. Je suis à peu près certain qu'il ne souffre d'aucun traumatisme crânien. Le coup a été porté en oblique.

— Un coup ? intervint Terence Lynne d'une voix rêche, avant d'esquisser une sorte de sourire grimaçant.

— Comment ? s'exclama Douglas. Il n'est donc pas tombé sur la tête ?

— Il est tombé la face contre terre après avoir été frappé à la nuque.

— Vous voulez dire que quelqu'un l'a attaqué ?

— Exactement.

— Seigneur ! chuchota Douglas.

Ursula vint se planter devant Alleyn, les poings fourrés dans les poches de sa robe de chambre. Elle était bouleversée, mais parvint à le regarder droit dans les yeux.

— Est-ce à dire que quelqu'un a voulu tuer Fabian ?

— Le coupable avait vraisemblablement l'intention de tuer.

— Mais... Je vais le voir. Il ne faut pas qu'il reste seul !

— Ne bougez pas, Miss Harme, je vous prie. Tout est verrouillé dans la maison, et c'est moi qui détiens la clé de sa chambre. Voyez-vous, nous sommes tous ici dans ce salon, aussi n'a-t-il rien à craindre.

Ce fut à cet instant que, lâchant ses aiguilles pour se tordre les mains dans son tricot, Terence Lynne se mit à hurler.

Les hommes de la police ont l'habitude de ce genre de manifestation d'hystérie. Alleyn traita le cas de Miss Lynne sans complaisance. Tommy Johns et Douglas se détournèrent. Cliff était vert, Markins semblait plutôt intéressé par la scène. Avec un aplomb considérable, Ursula Harme proposa d'apporter une carafe d'eau froide et de la verser sur la tête de la patiente. Cette suggestion renforçant l'intervention un peu moins catégorique d'Alleyn, Miss Lynne finit par se calmer. Elle se leva et alla se réfugier tout au bout de la pièce.

— Franchement, Terry ! Qu'est-ce qui t'a pris ? s'enquit Ursula.

— Tais-toi, Ursy ! ordonna Douglas.

— Enfin tout de même, Douglas ! Il s'agit de mon fiancé.

Douglas la fusilla des yeux, puis, après une imperceptible hésitation, rejoignit Terence Lynne. Il s'adressa à elle tout bas, et Alleyn l'entendit répondre :

— Non ! Laisse-moi. Ça va. Laisse-moi, je t'en supplie.

Il revint, déconfit et morose.

— Ne l'ennuyons plus avec tout cela, dit-il à Alleyn.

— Je suis navré, mais c'est impossible.

Le détective se dirigea vers la cheminée, devant laquelle il se plaça de manière à avoir toute leur attention. Tous l'observaient, atterrés, apeurés, mais baissaient les paupières dès qu'ils rencontraient son regard.

Alleyn se retrouvait désormais isolé du groupe. Il représentait l'autorité, le pouvoir.

— Je crains de ne plus pouvoir vous lâcher, ni les uns, ni les autres, déclara-t-il. Je dois vous dire qu'à mon avis, l'agression n'a pas pu être commise par l'un des ouvriers. Vous avez donc tout intérêt à me fournir une description précise de vos faits et gestes depuis le moment où j'ai quitté ce salon pour aller chercher mon porte-cigarettes dans l'annexe.

— C'est incroyable, souffla Ursula. C'est la première fois que vous vous comportez en policier.

— Je n'ai plus le choix. Voulez-vous vous asseoir ? Si nous commencions par vous, capitaine Grace ?

— Moi ? Eh bien... Ecoutez-moi, monsieur...

— Qu'avez-vous fait en sortant d'ici ?

— Heu... Voilà... Qu'ai-je fait ? J'étais assis ici et je lisais mon journal quand vous êtes arrivé, n'est-ce pas ? Bon... Vous êtes sorti, et j'ai dit : « Dois-je l'accompagner ? » Personne ne m'ayant répondu, j'ai dit : « Et si nous nous mettions entre les bras de Morphée ? » J'ai remonté ma montre, nous nous sommes salués. Je suis sorti sur la pelouse du côté pour examiner le ciel. C'est une habitude, chez moi. Ça me rafraîchit les idées. Je crois vous avoir entendu claquer la porte de derrière.

Douglas se tut, bouche grande ouverte.

— En fait, ce devait être Fabian, puisque vous dites qu'il y est allé lui-même. Enfin, puisque vous l'avez trouvé là-haut. J'ai aperçu quelqu'un sur le chemin, au-delà de la barrière. Un des hommes, probablement. J'ai crié « Bonsoir ! », mais n'ai pas reçu de réponse. Je suis rentré. Les autres avaient disparu. J'ai placé la grille devant le feu, allumé ma bougie, et je suis monté. J'ai frappé chez Terry et lui ai souhaité une bonne nuit. J'ai pris un bain, puis je me suis enfermé dans ma chambre. C'est alors que je vous ai entendu rôder dans le couloir. Je me suis demandé ce qui se passait, parce que je suis assez nerveux à ce sujet, depuis... Bref ! J'ai demandé si c'était Fabian, c'est vous qui vous êtes annoncé, rappelez-vous. Puis, je me suis recouché.

— Des témoins ? demanda Alleyn.

— Terence. Je viens de vous le dire : j'ai frappé chez elle.

— Vous l'avez entendu ? s'enquit Alleyn auprès d'Ursula.

— Oui, oui. J'ai entendu des bruits de pas dans l'escalier et sur le palier, aussi, une fois que j'ai été couchée. Mais je n'y ai prêté aucune attention particulière. Les tuyauteries ont gargouillé... Je me suis endormie presque aussitôt. J'ai été réveillée par le chahut au rez-de-chaussée. J'ai tout de suite compris que quelque chose n'allait pas, et je me suis précipitée vers l'escalier, où je vous ai rencontré.

— Etiez-vous montées toutes ensemble ? Vous, Miss Lynne et Mme Aceworthy ?

— Non, séparément. Mme Aceworthy d'abord. Je sais qu'elle a pris un bain, car lorsque j'ai voulu me brosser les dents, elle y était encore. Je me rappelle avoir perçu la sonnerie du téléphone au moment où je sortais d'ici. Je m'apprêtais à aller décrocher, quand j'ai entendu Fabian parler dans le combiné. Du moins ai-je cru que c'était lui. Car je vous ai vu... ou plutôt, j'ai cru *vous* avoir vu sortir.

— C'est mon pardessus que vous avez remarqué.

— Heu... Vous savez, le hall est très sombre... Dites, vous êtes certain qu'il va bien ?

— Il dort sur ses deux oreilles, je puis vous l'assurer. Si vous voulez, vous pourrez appeler un médecin dès l'ouverture du relais téléphonique demain matin. Je crois en effet qu'il serait plus sage d'avoir l'avis d'un spécialiste. A moins que vous ne connaissiez quelqu'un près du col ?

— A une dizaine de kilomètres, répondit Douglas.

— Cette personne pourrait peut-être se rendre de l'autre côté du col pour contacter un médecin ? Je ne pense pas que cela soit indispensable, mais si vous y tenez...

— Ce serait peut-être mieux, murmura Ursula.

— Très bien. Quand nous en aurons terminé, vous viendrez avec moi prendre de ses nouvelles.

— Vous êtes dur ! protesta-t-elle.

— L'affaire est grave.

Elle rosit, un peu gênée par sa brusquerie.

— Oui, bien sûr.

— Donc, vous m'avez entendu répondre au téléphone, et vous m'avez pris pour Losse. C'est bien cela ? Vous l'avez vu sortir, et vous avez cru que c'était moi. Bien. Ensuite ?

— J'ai dit bonsoir à Terry, allumé ma bougie, et je suis montée. Je me suis déshabillée, et quand Mme Aceworthy a enfin daigné libérer la salle de bains, je suis allée me brosser les dents avant de me coucher.

— Vous n'avez croisé personne ?

— Seulement Mme Aceworthy.

— Et vous, Miss Lynne ? Vous avez suivi Miss Harme ?

Terence se rapprocha d'Ursula. Douglas était tout près, mais elle semblait ne pas avoir conscience de sa présence. Lorsqu'il glissa une main sous son coude, elle se dégagea, mais d'un mouvement léger, comme pour libérer une manche accrochée par mégarde à un meuble. Elle s'exprima d'un débit rapide, l'œil fixé sur un point droit devant elle :

— Il faisait froid. Douglas avait laissé la porte-fenêtre ouverte. Il était dehors, sur la pelouse. Je lui ai souhaité une bonne nuit et lui ai rappelé de mettre la grille de protection devant la cheminée. Il m'a promis de ne pas oublier. Je suis allée dans le hall chercher ma bougie. J'ai entendu une voix dans le bureau. Je ne sais pas si c'était la vôtre ou celle de Fabian. Je suis montée dans ma chambre. Douglas m'a bientôt imitée. Il a frappé chez moi, m'a dit bonsoir. J'ai rangé quelques affaires, puis je me suis déshabillée. Quelqu'un est sorti de la salle de bains : j'ai reconnu le pas de Mme Aceworthy. Ursula lui a adressé quelques mots. Je... j'ai lu quelques minutes avant d'aller me laver et de revenir me coucher.

— Vous vous êtes endormie tout de suite ?

— Pas tout de suite, non.

— Vous avez repris votre livre ?

— Oui. Pendant... Oui, j'ai lu.

— Quel est le titre de cet ouvrage ?

— Vraiment, je ne vois pas en quoi cela peut vous intéresser ! s'indigna Terence.

— C'était un roman. Une histoire d'espionnage.

— Vous étiez donc toujours réveillée quand j'ai parlé avec Miss Harme en haut de l'escalier ?

— Absolument.

— Oui. Vos bougies brûlaient encore. Vous lisiez toujours ?

— Oui, affirma-t-elle après une légère hésitation.

— L'intrigue devait être passionnante, murmura-t-il avec un petit sourire.

Elle s'humecta les lèvres.

— Avez-vous entendu quelqu'un d'autre que Mme Aceworthy et Ursula gravir les marches ?

— Oui. Plusieurs personnes, même. Il m'a semblé reconnaître votre voix. J'ai cru que vous vous adressiez à Fabian, ou à Douglas. A moins que ce ne fût Fabian discutant avec Douglas. Vos voix sont très semblables.

— Et du côté de l'escalier de service ?

— De ma chambre, je ne peux rien entendre.

— Markins, avez-vous, pendant ce laps de temps, emprunté cet escalier de service ?

— Non, monsieur.

— Je serais curieux de savoir ce qu'a fabriqué Markins, intervint brusquement Douglas.

— Il m'a déjà tout raconté, répondit Alleyn. Il était sur le sentier derrière la maison, quand il a cru m'apercevoir. Plus tard, il a entendu une voix qu'il a prise pour la mienne. Il a poursuivi sa route, mais n'a rencontré personne. Il s'est rendu chez le régisseur, puis est rentré.

C'est là que nous nous sommes croisés, et que nous avons décidé d'aller ensemble à la recherche de Losse, lequel gisait, évanoui, près de la lainerie.

Douglas haussa un sourcil méprisant.

— Donc, nous en concluons qu'au moment fatal, Markins était presque sur place.

— Il était chez nous, capitaine ! s'interposa précipitamment Tommy Johns, tandis que Markins lâchait un soupir. Nous avons discuté tous les deux. Il n'y a rien de louche là-dedans.

— Passons donc à votre cas, monsieur Johns, suggéra Alleyn. Etes-vous resté chez vous toute la soirée ?

— Je me suis rendu à l'enclos des béliers vers dix-huit heures trente, et j'ai jeté un coup d'œil dans le dortoir sur le retour. Le cuisinier et son assistant ont battu tous les records, cette fois, capitaine. Ils étaient complètement ivres. Ils chantaient des hymnes.

— Pffft ! lâcha Douglas, excédé.

— Et puis ? encouragea Alleyn.

— Je suis retourné chez moi. A la radio, l'émission de dix-neuf heures trente démarrait. Je ne suis pas ressorti.

— A quelle heure Markins est-il arrivé ?

— Vers dix-neuf heures quarante-cinq. Quand il est parti, l'émission de vingt heures commençait à peine.

— Il était dix-neuf heures quarante-cinq d'après la radio quand je suis parti d'ici, monsieur. Vingt heures cinq à la pendule de la cuisine quand je suis revenu.

— Quel sens de l'observation ! railla Douglas.

— Je vérifie toujours l'heure, monsieur, en effet.

— Monsieur Johns, des témoins peuvent-ils affirmer que vous n'avez plus bougé de chez vous après dix-neuf heures trente ?

Tommy Johns fronça les sourcils.

— Ma femme était là. Elle et Mme Caneton. Mme Caneton nous a rendu visite après avoir fini son travail ici.

— Elles étaient dans la pièce avec vous ?

— Dans la salle de séjour, pendant un moment. Moi, j'étais dans la cuisine.

— Avec Cliff ?

— Ouais !

— Sauf quand il est venu ici avec le journal.

Cliff eut un geste brutal de la main.

— Ah, ça ! s'exclama Tommy, d'un ton un peut trop jovial. Ouais, c'est ça, il est venu ici avec le journal. Ouais, ouais. Il n'a mis que quelques instants. J'avais oublié.

Alleyn se tourna vers Cliff.

— J'étais là. Vous êtes parti au moment où j'annonçais que j'avais oublié mon porte-cigarettes dans l'annexe et que j'allais l'y chercher.

— Je n'ai pas entendu ça ! s'exclama-t-il.

Et, après s'être éclairci la gorge, il poursuivit précipitamment :

— Je suis rentré directement. Je suis passé par la porte de la cuisine. M. Markins m'a vu. J'étais à la maison quand il est apparu quelques minutes plus tard. Je n'ai rien entendu de votre histoire.

— Avez-vous entendu, ou aperçu, M. Losse ou quelqu'un d'autre sur votre chemin ?

— Comment cela ? Il est parti après moi. Je veux dire, bredouilla Cliff, blêmissant... Je veux dire qu'il a dû partir après moi, puisqu'il était ici au moment où je suis sorti.

— Faux. Il était en haut.

— Je veux dire en haut. Il montait...

— Je vois. Quel chemin avez-vous emprunté pour regagner votre cottage ?

— Celui de la cuisine. Puis j'ai coupé par la colline et poussé la barrière pour rejoindre l'allée principale, juste au-dessous de la fourche d'où part le sentier de la lainerie.

— Et vous n'avez vu ni entendu personne ?

— En arrivant au-dessus de l'annexe, une porte a claqué en bas. Ce devait être M. Markins. Il a débarqué chez nous quelques minutes après moi.

— Est-ce à vous que le capitaine Grace a souhaité une bonne nuit, depuis la pelouse ?

Cliff observa Douglas à la dérobée.

— Pas à moi, non. Du moins, je n'en ai pas eu l'impression.

— Mais vous l'avez entendu ?

— Oui, oui.

— Pourquoi ne lui avez-vous pas répondu ?

— Je n'ai pas pensé qu'il s'adressait à moi. J'étais assez loin, sur le chemin de la cuisine.

— Avez-vous entendu quelqu'un dans l'allée ?

— Je n'ai rien remarqué.

— Quelqu'un s'y trouvait pourtant, décréta Douglas en fixant Markins.

— Je n'ai rien remarqué, insista Cliff.

Son père émit un râle d'exaspération.

— Mais est-ce que tu peux le jurer, fils ? Monsieur Alleyn, il me semble que Cliff a droit à l'assistance d'un avocat. Tais-toi, Cliff, ne dis plus rien.

— Je n'ai rien à me reprocher, papa.

— T'occupe ! Tais-toi. Ils réussiront à te faire tomber dans le piège.

— Je n'ai plus qu'une question à vous poser, Cliff. Une fois rentré chez vous, êtes-vous ressorti ?

— Non. Je suis resté dans la cuisine avec papa et M. Markins. J'y étais encore quand Markins est revenu annoncer qu'il y avait eu un accident.

— Bien, soupira Alleyn en s'écartant de l'âtre pour aller se percher sur le bras du canapé.

Ses auditeurs se trémoussèrent.

— Bien, répéta-t-il. Voilà pour l'interrogatoire collectif. A présent, j'aimerais voir certains d'entre vous individuellement. Grace... Qu'en pensez-vous ? Peut-être pourrions-nous nous réfugier dans le bureau un moment ? Les autres, je vous prie de ne pas bouger d'ici. Ce ne sera pas long.

Le bureau était glacial. Douglas alluma une lampe et un feu, et tous deux s'assirent le plus près possible des flammes, tandis que le portrait de Florence Rubrick admirait le néant.

— Je ne pense pas qu'il soit utile d'ennuyer Losse tout de suite avec un plan d'action, commença Alleyn. Et vous ?

— Oh, non ! Seigneur ! Non, non.

— Je tenais à vous consulter à propos de la marche à suivre. Je vais devoir rapporter cette affaire à la police locale, vous savez.

— Non !

— C'est mon devoir.

— Mais ce sont des bons à rien, monsieur ! Et la pensée de les voir revenir ici avec leurs petits carnets !... Enfin ! Je comprends votre point de vue. Cette histoire ne vous concerne pas.

— En aucune façon. Sinon que j'étais la victime visée. Peut-être m'autoriseront-ils à poursuivre l'enquête à ma guise ? Peut-être préféreront-ils s'y remettre eux-mêmes ? C'est à eux que revient la décision finale.

— J'espère qu'ils vous autoriseront à continuer. Là-dessus, je crois que nous serons tous d'accord.

— L'assaillant aussi ?

Douglas tira sur sa moustache.

— Evidemment, lui se passerait sans doute volontiers de vos services, s'esclaffa-t-il.

— Evidemment. Mais peut-être tentera-t-il une nouvelle attaque ?

— Ne vous inquiétez pas, monsieur, nous veillerons sur vous.

— Nous ? Qui, nous ?

— J'en prends moi-même la responsabilité...

— Vous ?... Mais, mon cher, vous êtes un suspect ! Comment savoir si vous n'allez pas vous jeter sur moi le couteau à la main ?

Douglas s'empourpra.

— J'espère que vous plaisantez, mons...

— Pas du tout.
— Dans ce cas, nous n'avons plus rien à nous dire.
— Au contraire. Prouvez-moi que vous n'avez pas pu assommer ce pauvre Losse, et je vous en serai immensément reconnaissant. Les coupables possibles sont trop nombreux, la maison en est littéralement envahie !

Douglas semblait partagé entre la peur et l'agacement.

— Je vous ai dit quels ont été mes faits et gestes. Je suis sorti sur la pelouse, puis je suis monté et j'ai frappé à la porte de Terry. Je lui ai dit bonsoir.
— Ce qui était parfaitement inutile, puisque vous vous étiez déjà salués. Peut-être cherchiez-vous à établir un alibi ?
— Juste ciel ! Vous m'avez vu vous-même !
— Dix bonnes minutes plus tard. Au minimum.
— J'étais en pyjama ! hurla Douglas.
— Je vous ai vu. Votre pyjama ne prouve rien du tout. Votre pyjama me laisse complètement indifférent.
— Ecoutez, c'en est trop, vraiment ! Pourquoi m'en serais-je pris à Fabian ? Je l'aime bien. Nous sommes associés. Enfin, vous n'êtes pas sérieux ! se révolta-t-il. Ne l'ai-je pas moi-même engagé à plus de prudence en ce qui concerne notre projet ? Pourquoi diable tenterais-je de me débarrasser de lui ?
— De moi, plutôt.
— Flûte ! De vous, alors. Pourquoi ? C'est vous, l'expert, non ?
— Et en ma qualité d'expert, je vous surveille tous, sans exception. Point final.
— En tout cas, vous pourriez agir plus en douceur... Qu'avez-vous au visage ?
— Quelqu'un m'a frappé. J'ai la mâchoire tout endolorie. Elle doit être violacée, à présent.
— Quelqu'un vous a frappé ! souffla Douglas, bouche bée.
— Oui, mais c'est sans importance, puisque vous vous êtes nommé mon protecteur.
— Qui est-ce ?

— Pour l'instant, son identité demeure un secret.

— Dites ! Vous vous moquez de moi ! Je trouve votre comportement très curieux... Excusez-moi de m'être énervé.

— Mais pas du tout, pas du tout ! Il n'est jamais agréable de se retrouver dans la position d'un suspect.

— Ne soyez pas désagréable, je vous en prie. J'espérais vous aider. J'aimerais me rendre utile.

— Nous tournons en rond. Fournissez-moi un alibi valable, appuyé par des témoins, pour le meurtre de votre tante et le coup infligé à Losse : c'est dans l'allégresse que je vous confierai la tâche de m'assister.

— Si seulement je le pouvais ! soupira Douglas.

— D'ici là, puis-je vous confier trois missions ?

— Absolument ! Tout ce que vous voudrez.

— Premièrement, arrangez-vous pour que personne ne vienne me déranger demain dans la lainerie, depuis l'aube jusqu'au moment où je vous annoncerai que j'en ai terminé. Je ne peux pas y aller la nuit, il y fait trop sombre.

— Bien, monsieur.

— Deuxièmement, dites aux autres, en confidence, que j'ai l'intention de passer la nuit dans la lainerie. Ainsi, ils s'en tiendront éloignés, et peut-être bénéficierai-je de quelques heures de sommeil paisible. En fait, je ne peux pas m'y mettre avant l'aurore, mais ils ne le savent pas.

— Ils vont trouver cela bizarre. Je ne suis pas du genre à répandre des rumeurs.

— Vous allez devoir jouer la comédie. Il faut qu'ils comprennent que vous leur révélez un secret. C'est essentiel.

— Bon. Et troisièmement ?

— Troisièmement ? Ah, oui. Pouvez-vous me prêter un réveil, ou venir frapper à ma porte avant que les autres ne se lèvent ? Quelle dommage qu'il n'y ait pas d'électricité dans la lainerie ! Je sais que je vais y trouver un indice capital, mais cela m'est impossible sans lumière. Vous me suivez ? En fait, je vais dans ma chambre. Eux doivent supposer que je me rends à la lainerie, tout en voulant leur faire croire que je suis couché.

— Oui, murmura Douglas. Très subtil.

— Vous me prêtez un réveil ?

— Je frapperai, promit-il.

— Parfait. Et maintenant, demandez à Miss Lynne de me rejoindre ici, je vous prie.

— Terry ? Ecoutez, vous... Je veux dire... La soirée a été plutôt mouvementée et...

— Cela ne peut pas attendre. Allez la chercher, et profitez-en pour révéler votre information illicite. N'oubliez pas Markins.

Douglas alla jusqu'à la porte, où il marqua un arrêt.

— Markins ? Ce n'est pas à moi d'intervenir, mais je parie que c'était lui.

Terence tarda à venir. Alleyn ranima le feu et se réchauffa les mains, submergé par la nostalgie. Comme il était loin de Troy, son épouse, de Londres, de l'inspecteur Fox, son collègue et complice ! Loin de son pays, de son peuple ! S'il s'était agi d'une affaire de routine dépendant du Yard, Fox serait déjà là, et ils seraient en train de méditer sur leurs hypothèses respectives.

Une porte claqua. Quelqu'un traversa le vestibule. C'était Terence Lynne. Elle apparut, toujours aussi raide, le regard fixé devant elle. Alleyn remarqua qu'elle avait pris la peine de se poudrer le visage et de se maquiller les lèvres. Elle était donc remontée dans sa chambre. Le cahier était-il toujours caché dans ses draps ?

— Ça va mieux ?

— Oui, merci.

— Asseyez-vous, je vous en prie. Ce ne sera pas long.

Elle s'exécuta aussitôt.

— Miss Lynne, je vais malheureusement devoir vous demander de me prêter le journal.

Il ressentit sa haine comme un souffle venimeux.

— Ainsi, je ne m'étais pas trompée. Je me doutais bien que vous retourneriez dans ma chambre. C'est dans votre nature. C'est votre métier.

— Parfaitement. J'aurais pu l'emporter, vous savez.

— Je ne comprends pas pourquoi vous vous êtes abstenu.

— Voulez-vous attendre ici pendant que je monte le prendre ?

— Je refuse de vous le montrer.

— Dans ce cas, je vais devoir fermer votre chambre à clé et prévenir la police dès demain matin. Mes collègues viendront avec un mandat de perquisition et prendront l'affaire en main.

Elle tremblait. Elle crispa les poings, les croisa sur ses genoux.

— Attendez. J'ai quelque chose à vous dire. Attendez.

— Je suis tout ouïe.

Alleyn se détourna. Au bout d'une minute environ, elle se mit à parler, avec lenteur et mesure :

— Ce que je vais vous raconter est la stricte vérité. Jusqu'à il y a environ une heure, j'aurais eu peur de vous soumettre ce cahier. Vous y auriez trouvé quelque chose que vous auriez interprété à tort. A présent, ce ne peut plus être le cas. Vous n'y relèverez rien qui puisse vous être utile. C'est la pensée que vous puissiez lire ces textes qui me rebute. Ni plus, ni moins.

— Vous savez bien que je ne peux pas me reposer uniquement sur des déclarations de cette sorte. Considérez-moi comme quelque chose d'impersonnel. C'est le cas, d'ailleurs. Des documents comme celui-là, j'en ai lu des dizaines, puis je les ai oubliés. Mais il faut impérativement que je voie ce document. Sans quoi, vous devrez le donner à la police locale. Que préférez-vous ?

— Quelle importance ? Vous, puisqu'il faut choisir.

Vous savez où il est. Allez le chercher. Mais que je ne vous voie pas, surtout !

— Une dernière question. Pourquoi, quand nous avons parlé de la fouille dans le parc, ne nous avez-vous pas dit que vous aviez rencontré Arthur Rubrick sur le chemin du bas ?

— Je maintiens que je ne l'y ai pas vu.

— Allons, allons ! Vous êtes une jeune femme intelligente. Vous avez entendu les versions de Losse et de Grace. Il paraît évident que vous l'avez croisé.

Il se tut, tandis que les phrases de Fabian en plein délire lui revenaient à la mémoire : « Drôle de créature... ! Terry !... Ah ! ce vieux fou... »

— Il y a bien eu rencontre, n'est-ce pas ?

— Qui a parlé ? Douglas ? Ursula ?

— Dites-moi ce qui s'est passé.

— Si vous savez tout cela, vous savez (à moins de me tendre un piège) qu'il m'a enlacée et embrassée. Voilà, il ne reste plus rien. Tout a été abîmé, sali. Mais vous ne pouvez pas comprendre...

— Oh, si, je crois que si ! Dans l'heure qui vient de s'écouler, il y a eu une tentative de meurtre. Et vous pensez que je me dis : « Cette tentative étant calquée sur le premier homicide, l'assaillant ne peut être que celui qui a assassiné Mme Rubrick ! » N'est-ce pas ?

Terence lui jeta un coup d'œil furtif. Alarmée, elle se leva d'un bond.

— Que voulez-vous dire ?...

— Vous êtes persuadée que, puisque Arthur Rubrick est mort, je ne peux le soupçonner d'avoir tué sa femme.

11

D'après Arthur Rubrick...

Terence Lynne n'en dirait pas davantage. Alleyn l'accompagna jusqu'au seuil de sa chambre et attendit là qu'elle lui apportât le journal intime d'Arthur Rubrick. Elle le lui tendit sans un mot, et la dernière vision qu'il eut d'elle fut celle d'un regard hostile dans un visage trop pâle encadré de cheveux noirs. Elle ferma la porte derrière lui. Il descendit, appela Cliff Johns et Markins dans le bureau. Il était vingt-deux heures.

Cliff se montra nerveux, impertinent, enclin à la bagarre.

— Je ne comprends pas pourquoi vous me harcelez de nouveau, gémit-il. Je ne sais rien, je n'ai rien fait et j'en ai par-dessus la tête de ces interrogatoires. Si c'est la méthode que vous utilisez à Scotland Yard, je comprends mieux l'attitude des psychiatres modernes à l'égard de la justice britannique.

— Ne dites pas de bêtises ! l'admonesta précipitamment Markins. Pardonnez-lui, monsieur.

— On se croirait au Moyen Age ! grommela Cliff.

— Allons, allons ! Je suis d'accord avec vous : vous avez eu votre compte de ce genre de séances. Mais il se trouve que vous avez préféré refuser de me fournir certaines informations. Informations que j'ai donc obtenues d'une autre source. Je vais vous les soumettre et vous demander de les confirmer ou de les infirmer. Vous êtes dans une position fort délicate. Il est de mon devoir de vous prévenir que tout ce que vous direz sera noté et pourra être utilisé contre vous.

Cliff s'humecta les lèvres.

— Mais c'est ce qu'ils disent quand... Cela signifie que...

— Cela signifie que vous avez tout intérêt à dire la vérité, ou alors, de vous taire.

— Je ne l'ai pas tuée ! Je ne l'ai pas touchée.

— Commençons par cette affaire du whisky. Est-il vrai que vous avez surpris Albert Black en flagrant délit de vol, et que vous-même étiez en train de ranger la bouteille lorsque Markins vous a trouvé ?

Le majordome, derrière Cliff, était allé s'asseoir au bureau. Il sortit un carnet de sa poche et un bout de crayon.

— Alors ? insista Alleyn ? Vrai ? Pas vrai ?

— Il vous l'a dit ?

Alleyn haussa un sourcil.

— Il l'a avoué. Pourquoi n'avez-vous pas raconté cette version des faits à Mme Rubrick ?

— Il refusait de me donner la bouteille tant que je n'avais pas promis de me taire. Il aurait été renvoyé, peut-être mis en prison. Un an auparavant, un des hommes a commis un larcin du même genre. Ils ont fouillé le dortoir... Mme Rubrick l'a remis entre les mains de la police, et il a passé une semaine en prison. Albie était déjà soûl quand il s'est emparé de la sienne. Je lui ai dit qu'il était fou.

— Je comprends.

— Vous voyez bien que cela n'a aucun rapport avec le reste, murmura Cliff.

— Ah non ? Venons-en donc au lendemain soir, le soir de l'assassinat de Mme Rubrick. Vous qui deviez être épuisé après votre petite excursion de vingt-cinq kilomètres prétendez avoir joué un morceau particulièrement difficile pendant plus d'une heure sur un vieux piano déglingué.

— Ils m'ont tous entendu ! s'écria Cliff. Je peux vous montrer la partition.

— Où est le programme des émissions de radio de cette semaine-là ?

Plus Cliff était agité, plus il paraissait jeune. Ses yeux s'étaient écarquillés, son menton tremblait comme celui d'un écolier pris en faute.

— Vous l'avez brûlé ? demanda Alleyn.

Cliff ne répondit pas.

— Vous saviez, évidemment, qu'une *Polonaise* de Chopin était programmée, qui devait être suivie par *L'Art de la fugue*. Vous aviez commencé à travailler Bach, et peut-être, en attendant le début de l'émission de vingt heures cinq, en avez-vous joué quelques pages. Vous l'avez vu, Markins, n'est-ce pas ?

— Oui, monsieur, répondit-il, tout en écrivant.

Cliff sursauta violemment en entendant sa voix.

— Mais à vingt heures cinq, vous avez arrêté et vous avez monté le son de la radio, que vous aviez réglée auparavant sur la fréquence voulue. Dès cet instant, jusqu'à la venue de votre mère, quand vous vous étiez remis à votre instrument, la radio ne s'est pas tue. Mais à un moment durant cette période de cinquante minutes, vous vous êtes rendu à la lainerie. Il faisait presque nuit lorsque vous êtes sorti. Albert Black vous a aperçu. Il était ivre, mais il s'en est souvenu, et lorsque trois semaines plus tard le corps de Mme Rubrick fut découvert et l'enquête judiciaire entamée, il s'est servi de cette notion pour vous faire chanter. Il craignait que vous ne dévoiliez la vérité quand l'incident de la bouteille de whisky serait soulevé. Il vous a proposé un pacte. Bien. Pourquoi êtes-vous allé à la lainerie ?

— Je ne l'ai pas touchée. Je n'avais rien planifié. Je ne savais pas qu'elle s'y rendrait elle aussi. C'est arrivé comme ça.

— Vous étiez dans l'annexe, dont la porte était grande ouverte. Si, après avoir cessé de jouer du piano et monté le son de la radio, vous étiez encore sur votre tabouret, vous pouviez distinguer le chemin, dehors. Vous pouviez donc reconnaître Mme Rubrick poussant la barrière et empruntant à la fourche le sentier de la lainerie. Je ne suppose pas un instant que vous vous soyez attendu à la voir là. Je me contente de dire que vous avez pu la remarquer. La porte était ouverte, sans quoi personne n'aurait entendu Bach depuis le tennis. Pourquoi l'avez-vous suivie ?

Alleyn constata les changements qui s'opéraient chez Cliff, comme chez toute personne apeurée. Il demeurait de marbre. Seules la couleur de ses joues et une certaine raideur de la bouche trahissaient ses émotions.

— Alors ? persista le détective.

— Je suis innocent.

— Si c'est le cas, pourquoi ne pas me parler en toute franchise ? Souhaitez-vous que le coupable soit démasqué ?

— Je ne suis pas un chasseur, souffla-t-il, hargneux.

— Mais si vous êtes innocent, il vous importe de le prouver.

— Comment le pourrais-je ? Puisque je suis seul à pouvoir raconter les faits ! Elle est morte, non ? D'ailleurs, même si les morts pouvaient s'exprimer, comment savoir si elle ne me contredirait pas ? Si elle a eu le temps de réfléchir, de se rendre compte qu'elle avait reçu un coup sur la nuque, elle a dû penser que c'était moi. Peut-être a-t-elle cru que... que je la tuais.

Incapable de tenir plus longtemps en place, il se mit à arpenter la pièce, se cognant dans les chaises à chaque passage.

— C'est horrible, n'est-ce pas ? *N'est-ce pas ?*

— Elle était donc vivante lorsque vous êtes entré dans la lainerie. Vous êtes-vous adressé à elle ?

Cliff se tourna vers lui.

— Si elle était vivante ? Vous êtes malade ! Vivante ! Serais-je dans cet état, si j'avais pu lui parler ?

Il serra les mains sur le dossier d'une chaise, prit une

longue inspiration. Alleyn soupira intérieurement : il saurait bientôt tout ce qu'il voulait savoir.

— C'eût été différent, si j'avais eu le temps de lui dire combien j'étais désolé, de la convaincre que je n'étais pas un voleur. Car c'était mon intention. Je ne savais pas qu'elle allait monter à la lainerie. Comment l'aurais-je su ? J'étais à l'annexe pour écouter les œuvres de Bach. Ma première idée avait été d'essayer de jouer en même temps que la radio, mais très vite, je me suis rendu compte que c'était trop difficile, aussi ai-je arrêté pour écouter. Et puis, je l'ai aperçue. L'envie m'a saisi d'aller la trouver, de lui demander pardon. Je suis resté là un long moment à tergiverser. Mais tout d'un coup, un peu malgré moi, je me suis levé et suis allé dehors, sans éteindre le poste. Je tournais et retournais les phrases dans ma tête. Je... je suis entré dans le bâtiment. Tout était sombre. J'ai appelé, vous savez... Je ne comprenais pas ce qu'elle pouvait bien fabriquer là, toute seule dans le noir. J'entendais au loin la musique. J'ai dit : « Madame Rubrick ? Vous êtes là ? » et ma voix s'est cassée. J'ai continué d'avancer.

Il se frotta le cou d'une main tremblante.

— Oui ? Vous avez continué d'avancer ?...

— Au-delà de la presse étaient entassés des sacs de toile vides. J'étais tout près. J'avais du mal à comprendre pourquoi je ne la voyais pas. Je ne sais pas ce qui m'est passé par la tête, franchement je ne le sais pas. Mais il me semble aujourd'hui que j'ai eu comme un pressentiment. A moins que... Je ne sais plus. Peut-être n'en ai-je eu conscience que lorsque mon pied a touché le sien.

— Sous les sacs de toile vides ?

— Oui, oui. Entre la presse et le mur. Ils étaient entassés là. Il me semble que je me suis posé la question de savoir pourquoi. C'est sans doute cela qui m'a étonné. Et puis j'ai trébuché. J'ai su immédiatement que c'était Mme Rubrick et qu'elle était morte.

— Qu'avez-vous fait ? s'enquit Alleyn avec douceur.

— J'ai eu un mouvement de recul et me suis heurté à la presse. Et je me suis figé. Je voulais bouger, mais j'en étais incapable. Je me disais que je devais m'approcher, regarder. Mais il faisait sombre. Je me suis accroupi, j'ai pris une brassée de sacs. J'ai vu quelque chose de brillant. Un truc à diamants. L'autre avait été perdu. J'ai tendu l'oreille, mais il n'y avait pas un bruit. J'ai caressé sa peau... J'ai jeté les sacs de toile, j'agissais comme un automate. Je vous jure que j'avais le dessein d'aller les prévenir. Je vous jure qu'à cet instant précis, je ne pensais à rien d'autre. Ce n'est qu'une fois dehors, quand il m'a appelé, que l'idée m'est venue.

— Albert Black vous a appelé ?

— Il était là-haut, sur le sentier. Soûl et chancelant. Il a crié : « Hé ! Cliff ! A quoi tu joues ? » J'ai eu l'impression que je me liquéfiais. Dire que les gens réfléchissent dans des moments pareils est un mensonge. C'est faux. On ne contrôle plus rien, même pas son corps. Il agit tout seul. Le mien a agi tout seul. Je ne lui ai rien dicté. Ce n'est pas vraiment moi qui suis parti en courant, qui ai contourné le dortoir. Mais c'est moi, plus tard, qui suis retourné à l'annexe, qui ai songé que la radio était toujours en marche. C'est moi qui me suis remémoré notre querelle et mes paroles. C'est moi qui ai éteint le poste, moi qui me suis remis au piano quand j'ai entendu la porte d'entrée de notre cottage claquer, et les chiens aboyer. C'est moi qui ai continué de vivre le lendemain, et le surlendemain, et ainsi de suite. Pendant trois semaines, je me suis demandé où avait été caché le cadavre. Je m'interrogeais davantage à ce sujet que sur l'identité du coupable. Albie a pris peur. Il a cru que je dénoncerais sa tentative de vol, qu'ils se demanderaient s'il n'avait pas eu une dent contre elle. Elle aurait voulu que M. Rubrick le renvoie. Quand il était ivre, il pouvait être odieux avec elle. Et puis, quand ils l'ont retrouvée, il m'a parlé, comme vous vous en doutiez. Il était persuadé que j'étais l'assassin. Il l'est toujours. Il craint que je ne l'accuse d'avoir, en état d'ivresse, assassiné la patronne.

Cliff s'effondra maladroitement sur sa chaise, et, perdant toute maîtrise, se mit à sangloter en battant des poings sur ses genoux.

— C'est fini ! pleura-t-il. C'est fini. Je ne peux même plus écouter. Il n'y a plus de musique.

Markins l'observa d'un air méfiant. Alleyn, après une légère hésitation, alla lui tapoter l'épaule.

— Allons, allons. Ce n'est pas dramatique. La musique reviendra.

— C'est tout à fait clair, n'est-ce pas, monsieur ? murmura Markins. Il signe là une déclaration dans laquelle il avoue être entré dans la lainerie. Pensez-vous qu'ils prendront en compte sa jeunesse et se contenteront de l'envoyer en maison de redressement ?

Alleyn fut dispensé de répondre à cette question, car Tommy Johns était apparu, blême comme un linge et tremblant de rage.

— Je suis le père de ce garçon ! décréta-t-il en se plantant devant Alleyn. Je ne tolérerai pas de telles pratiques ! Vous l'avez retenu ici et poussé à bout, jusqu'à lui faire dire ce que vous vouliez qu'il dise. Ce sont peut-être les méthodes que vous employez dans votre pays, mais ici, ce n'est pas la coutume. C'est scandaleux. Il est dehors, le pauvre, brisé, bouleversé. Je lui avais bien dit de se taire. Quelle andouille ! Je ne peux plus le quitter des yeux. Vous en profitez aussitôt pour vous jeter sur lui. A-t-il signé quelque chose ? Si oui, je vous assure que vous n'avez pas fini d'entendre parler de moi !

— Cliff nous a fait une déclaration et il l'a signée, répondit calmement Alleyn. Selon moi, il dit la vérité.

— Vous n'aviez aucun droit sur lui ! Qui êtes-vous pour agir ainsi ? Vous n'avez pas le droit !

— Au contraire, j'agis sous les ordres de votre

police. Cliff a emprunté la seule voie possible pour se protéger au mieux. Je vous le répète : je pense qu'il nous a dit la vérité. Lorsqu'il sera remis de ses émotions, peut-être acceptera-t-il d'en parler avec vous. D'ici là, je vous conseille plutôt de le laisser tranquille.

— Vous cherchez à me pigeonner.

— Pas du tout.

— Vous croyez qu'il est le tueur.

— A l'heure actuelle, je ne crois pas que Cliff ait commis l'une ou l'autre des deux agressions qui nous intéressent. Mais puisque vous êtes ici, monsieur Johns...

— Vous mentez !

— ... Je me dois de vous signaler que vos propres alibis sont dans les deux cas très fragiles.

Tommy Johns se raidit. Il se pencha en avant.

— Ben voyons ! Et pourquoi l'aurais-je tuée ? Elle me traitait plutôt bien. Je n'ai pas de mobile.

— Ce n'est un secret pour personne : M. Losse et le capitaine Grace travaillent sur place depuis un certain temps à un projet d'ordre militaire. Vous savez par ailleurs que Mme Rubrick était particulièrement attentive à toute activité de contre-espionnage.

— Je ne sais rien de tout ça, commença Tommy Johns, mais Alleyn l'interrompit :

— Voyons. On ne construit pas une éolienne dans le but de fournir de l'électricité pour une pièce seulement, une pièce très surveillée de surcroît, sans se demander ce qui s'y passe. Mme Rubrick elle-même avait adopté une attitude pleine de mystères et de précautions. Les enquêteurs ne s'en sont pas cachés : vous ne pouvez pas ne pas avoir remarqué combien ils s'efforçaient d'établir un lien entre cet assassinat et une affaire d'espionnage. Pour être clair, votre nom figure sur une liste de personnes susceptibles d'être des agents payés par un gouvernement ennemi, et donc suspectées du meurtre de Mme Rubrick. Evidemment, il y a un autre mobile possible, beaucoup plus simple : la colère vis-à-vis de Mme Rubrick lors de l'incident du whisky volé.

Tommy Johns émit un juron.

— J'en parle seulement pour vous rappeler que si j'ai « poussé Cliff à bout », comme vous dites, il n'en a pas été étonné outre mesure. Votre tour viendra. Mais pas ce soir. Je me mets au travail dès cinq heures et j'ai besoin de quelques heures de sommeil. Soyez raisonnable, calmez-vous. Si vous et votre fils êtes innocents, vous n'avez à vous soucier de rien.

— J'en suis pas si sûr, grommela Tommy Johns en clignant des paupières. Ma femme n'en peut plus, enfin !...

— Que voulez-vous, c'est ainsi ! soupira Alleyn en le poussant doucement vers la sortie.

Mais Johns s'arrêta net devant Markins.

— Qu'est-ce qu'il fait ici, lui ?

— Ah, non, Tommy, ce n'est pas le moment...

— C'est vous qui avez couru dire à Mme Rubrick que mon garçon avait volé le whisky ! Ça, je ne l'ai pas oublié ! Il n'a pas voulu qu'on fasse un esclandre, on s'est tu. Mais j'ai pas oublié.

— Markins vous raccompagnera, vous et votre fils, d'ici une dizaine de minutes, promit Alleyn. En attendant, je veux que vous vous réunissiez tous dans le salon.

— Comment ça, nous raccompagner ?

— Au cas où d'autres meurtres se produiraient... Histoire de ne pas vous laisser errer sur la propriété sans alibis. Markins, amenez-moi Miss Harme, je vous prie.

Ils sortirent.

— Je voulais vous voir seule à seul. C'est la première fois, dit Ursula. Je vous aime bien. Fabian aussi. Bien sûr, je suis très soulagée que l'assassin ne vous ait pas tué. Fabian le sera aussi, lorsqu'il ira mieux. Mais j'aurais tout de même préféré qu'il ne reçoive pas ce coup sur la tête.

— Tout va s'arranger.

— Je ne vois pas trop comment. Fabian va certainement refuser de m'épouser.

— Ce sera à vous d'insister.

— Oh ! c'est bien mon intention ! Mais les espoirs sont minces. Je voulais vous poser une question. A-t-il déliré pendant le temps où il était inconscient ? A-t-il essayé de grimper aux murs, ou d'accomplir un quelconque exploit acrobatique ?

Alleyn hésita imperceptiblement.

— Il semble que oui, devina Ursula. C'est donc comme la dernière fois. Parce qu'à Dunkerque, il a été frappé derrière l'oreille. Cette fois, c'était dans la nuque. Aussi avais-je pensé qu'avec un peu de chance...

— Peut-être était-ce une réaction de...

— A-t-il fait son numéro de vaillant lieutenant encourageant ses soldats ? « Allez, debout les gars ! C'est facile ! »

— Absolument.

— C'est pénible, n'est-ce pas ? soupira-t-elle. Sur le paquebot, j'ai eu les pires difficultés. Un jour, il est monté sur une passerelle, vif comme l'éclair, et j'ai eu un mal fou à l'y rattraper. Il ne s'est pas débattu, Dieu merci. Bien que souffrant d'un traumatisme crânien, il savait reconnaître une dame quand elle se présentait devant lui et se comportait toujours en parfait gentleman.

— Vous a-t-il déjà traitée de « drôle de créature » ?

— Jamais. Ce n'est pas du tout son genre. Pourquoi ?

— Il a appelé quelqu'un ainsi, dans sa crise.

— Vous, peut-être ?

— Certainement pas. Il s'est contenté de me frapper.

— C'était sans doute un homme.

— Vous intéressez-vous à la tonte des moutons ?

Elle écarquilla les yeux, ahurie.

— Moi ? Comment cela ?

— Vous arrive-t-il de prêter main-forte à la lainerie ? De balayer, par exemple ?

— Jamais de la vie ! Les femmes n'y entrent jamais. Nous y serons peut-être obligées si cette guerre se prolonge, mais... pourquoi ?

— Pouvez-vous me parler de l'étape de triage ?

— En aucune façon ! Adressez-vous à Douglas, ou à Fab, ou encore à Tommy Johns. Et pourquoi pas à Ben Wilson ? Tout cela est tellement technique !

— Oui. Croyez-vous que Fabian ait tenté de gravir quelque chose lorsqu'il a eu son attaque, le soir de la disparition de Mme Rubrick ?

— J'en suis à peu près certaine, répondit Ursula d'un ton grave.

— Ah bon ? Pourquoi ?

— Je l'ai bien regardé, vous savez. Rappelez-vous : il était à peu près sûr d'avoir eu une crise. Les paumes de ses mains étaient tachées, comme s'il s'était accroché à des branches. Quant à son pantalon, il était strié de lignes vertes.

— Vous êtes une fille intelligente et sensible, dit Alleyn avec chaleur. Si vous voulez vraiment l'épouser, vous y parviendrez.

— Je ne vois pas en quoi vous pourriez m'aider, mais merci quand même. Pourquoi l'idée que Fabian ait grimpé aux arbres vous excite-t-elle à ce point ?

— Parce ce que si c'est le cas, il a eu une vue générale sur l'ensemble.

— Vous a-t-il révélé quelque chose à ce propos ?

— Oui. Rien, malheureusement, que je puisse retenir comme preuve. Le seul moyen d'obtenir cela serait de l'assommer dans le box des témoins. Mais je ne pense pas que vous m'en accorderiez l'autorisation. Comme d'habitude, lorsqu'il se réveillera, il aura tout oublié.

— Oui, c'est agaçant.

— Très. Je crois que vous pouvez aller vous coucher, à présent. Voici la clé de sa chambre. Vous pouvez jeter un coup d'œil en passant. S'il se réveille, chuchotez-lui quelques mots de réconfort et sortez aussitôt.

— Et si je le veillais un moment ?

— Il est déjà vingt-deux heures trente. Il me semblait que vous vouliez dormir tôt.

— Mais j'aimerais être auprès de lui. Je serai sage comme une image.

— Entendu. Je vous laisse la clé. Qu'avez-vous décidé, au sujet du médecin ?

— Nous l'appellerons dès l'ouverture du relais téléphonique.

— Parfait. Bonne nuit.

— Bonne nuit, répondit Ursula. Vous êtes terriblement séduisant, savez-vous ? Et vous êtes un amour, parce que vous ne nous soupçonnez pas. Je suis désolée qu'il vous ait frappé.

Sur ce, elle le gratifia d'un baiser et s'en fut.

— Hum..., murmura Alleyn en se caressant la joue.

Markins reparut.

— Voilà, monsieur, c'est tout. A moins que vous ne vouliez réveiller Mme Aceworthy et Mme Caneton.

— Elles attendront demain matin. Envoyez les autres se coucher, Markins, et raccompagnez les Johns jusqu'au cottage. Ensuite, vous me rejoindrez à la lainerie.

— Vous avez donc bien l'intention de vous y rendre ?

— Je crains que oui. Nous ne pouvons plus traîner. Je l'ai dit au capitaine Grace.

— Oui, et il nous l'a répété. « Incroyable ! Officiellement, M. Alleyn se retire dans ses appartements. Entre nous, il n'est pas fou. Ne dites pas que je vous l'ai dit, mais à mon avis, il va à la lainerie sur le lieu du crime. » Vous vous rendez compte ? Il annonce ça comme ça !

— Sur mes ordres, expliqua Alleyn.

Markins contempla son supérieur d'un air songeur.

— Ainsi donc, c'était en quelque sorte une invitation de votre part ? Vous prenez un grand risque, non ?

— Allez vous occuper de vos affaires, Markins.

Débrouillez-vous pour que personne ne vous voie entrer dans la lainerie. Je n'en ai pas pour longtemps.

— Bien, monsieur.

Markins sortit, mais resurgit aussitôt.

— Excusez-moi, monsieur Alleyn, mais je tenais à vous dire combien c'est agréable d'être en équipe avec quelqu'un... surtout quelqu'un comme vous.

— Je suis content de vous avoir, Markins, répondit Alleyn.

Evidemment, il ne valait pas Fox. Mais il était gentil...

Alleyn entendit les autres quitter le salon. Douglas prit un air d'importance :

— Bonsoir, Tommy. Bonsoir, Cliff. Présentez-vous au plus tôt demain matin. Vous aussi, Markins.

— Oui, monsieur. Je ferme, monsieur.

— Entendu.

Alleyn sortit dans le hall. Douglas et Terence allumaient leurs bougies. Les deux Johns et Markins étaient dans le couloir du fond.

— Capitaine Grace, demanda Alleyn à voix basse, y a-t-il un appareil de chauffage à huile dans la maison ? Je suis confus de vous ennuyer avec cela, mais si c'était possible... dans ma chambre...

— Oui, oui, bien sûr ! Je comprends tout à fait, monsieur Alleyn. Nous en avons un quelque part, n'est-ce pas, Markins ?

— Oui. Je vous le monte ?

— Non, non. Laissez-le là, dans le vestibule, voulez-vous ? A votre retour.

Alleyn regarda Douglas, qui s'empressa de lui adresser un clin d'œil. Terence Lynne était au pied de l'escalier et protégeait sa flamme d'une main. La lueur transperçait ses doigts fins, leur donnant une couleur rouge sang. Toujours aussi guindée et rigide, elle se détourna et entreprit de monter, silhouette de tragédienne s'avançant dans le néant. Elle disparut avec sa lumière sur le palier.

Ce fut au tour d'Alleyn d'allumer une bougie.

— Ne m'attendez pas, dit-il à Douglas. J'attends le retour de Markins. Je fermerai ma porte à clé. N'oubliez pas de frapper à quatre heures trente, surtout !

— Vous pouvez compter sur moi... A mon avis, ils ont tous bien compris que vous alliez passer la nuit dans la lainerie, chuchota-t-il. Markins et Tommy and Co. Amusant, non ?

— Très, répliqua sèchement Alleyn. Mais n'oubliez pas Miss Lynne et Miss Harme.

— Ah, heu... Oui. C'est vrai.

— C'est important.

— Tout à fait.

— Merci infiniment, Grace. Je vous verrai, hélas ! à quatre heures trente.

— Dormez bien, monsieur, ricana-t-il.

— Merci. J'ai un petit travail d'écriture à effectuer d'abord.

— Et n'oubliez pas de fermer votre porte à clé.

— Non, non ! Je monte toute de suite.

— Bonne nuit, monsieur Alleyn.

— Bonne nuit.

— Je suis désolé de m'être emporté, tout à l'heure.

— Pas du tout, pas du tout ! Bonne nuit.

Alleyn entendit cliqueter sa porte quelque part à l'étage, puis se rendit sur la pointe des pieds dans sa chambre. Il sortit de son armoire deux pulls et un cardigan, dont il s'habilla avant d'enfiler (péniblement) une veste en tweed. La bougie dont il s'était servi la veille était brûlée aux quatre cinquièmes. « Vingt minutes », songea-t-il en l'allumant. Il entendit Douglas longer le couloir jusqu'à la salle de bains, en émerger, frapper chez Terence Lynne. Flûte ! Flûte ! Flûte ! Encore des galanteries ! Douglas demanda à la jeune femme si tout allait bien, si elle en était bien sûre. Puis il lui souhaita une bonne nuit et poursuivit son chemin. Apparemment, il croisa Ursula Harme, laquelle sortait de la chambre de Fabian. Alleyn observa la rencontre par sa porte entrouverte. Ursula chuchota, hocha la tête. Douglas chuchota et sourit. Lui tapota le crâne. Elle le gratifia d'un frôlement de main sur le bras, puis passa discrètement devant les appartements d'Alleyn avec sa bougie. Douglas se réfugia chez lui, et, une minute plus tard, ce fut le calme. Alleyn rangea sa lampe électrique dans une poche et le journal d'Arthur Rubrick dans l'autre. Il descendit rapidement. L'appareil de chauffage trônait au milieu du hall. Il l'y laissa à regret et sortit dans le froid. Il était vingt-deux heures cinquante-cinq.

De sa torche, Alleyn éclaira Markins assis sur un tas de toiles, un sac autour de ses épaules comme un pauvre clochard frigorifié. Le détective s'accroupit à ses côtés et éteignit.

— Que ce sera bon de pouvoir converser à voix haute en des circonstances normales ! marmonna-t-il.

— J'ai réfléchi, monsieur. Si j'ai bien compris, vous avez l'intention de piéger notre homme. Quel qu'il soit, il (j'emploie « il » à titre d'exemple) pense que le capitaine a dévoilé un secret en annonçant que vous veniez ici travailler. Il est donc persuadé de pouvoir vous prendre par surprise et se débarrasser de vous. A moi de me tapir dans l'ombre et d'intervenir à la dernière minute. C'est bien cela ?

— Une seconde !

Alleyn ôta ses chaussures et se dirigea vers la presse.

— Il faut que nous nous cachions.

— Tous les deux ?

— Oui. L'attente sera peut-être de courte durée. Elle sera peut-être interminable. Vous, mettez-vous dans cette moitié de la presse. Celle avec la porte. Tenez-vous prêt à l'entrouvrir pour voir ce qui se passe à l'extérieur. Moi, je vais m'allonger ici. Vous me recouvrirez de ces horribles sacs. Cela peut paraître idiot, mais je crois que ça va marcher. Ne touchez pas aux sacs sur lesquels était couché M. Losse. Allons ! Au travail !

Se rappelant le récit de Cliff, Alleyn étala trois sacs

vides par terre derrière la presse. Il s'y coucha, le journal intime d'Arthur Rubrick ouvert sous son menton. Markins le dissimula.

— J'allume ma lampe. Vous voyez de la lumière ? s'enquit Alleyn.

— Attendez, monsieur.

Alleyn sentit le poids de nouveaux sacs sur ses épaules et sa tête.

— Voilà. Là, c'est bien.

Alleyn s'étira comme un chat pour décontracter ses muscles. Son lit improvisé était inconfortable à l'extrême, et, avec toute cette poussière, il risquait d'éternuer... Tout près, il entendit Markins entrer dans sa moitié de presse.

— Ça va ?

— A peu près.

— Tant mieux.

Après un silence d'environ une minute, Alleyn reprit :

— Markins ?

— Monsieur ?

— Voulez-vous que je vous dise qui sera notre visiteur ?

— S'il vous plaît.

Alleyn le lui dit. Markins lâcha un petit sifflement.

— Non ! Pas possible !

Alleyn ralluma sa torche électrique sur le journal d'Arthur Rubrick. C'était un beau cahier relié, recouvert de cuir, gravé aux initiales de son propriétaire. A l'intérieur, sur la première page, étaient inscrits ces mots : « Pour Arthur, avec tout mon amour. Florence. Noël 1941 ».

Alleyn lut avec peine, l'écriture étant minuscule et délicate.

28 décembre 1941. Il est étrange que je consacre ces pages, cadeau de mon épouse, à un dessein que j'ai longtemps eu, mais toujours repoussé, par paresse ou par langueur. Tel l'écolier indiscipliné, je suis entraîné, sur ce papier lisse à lignes bleu pâle, à accomplir une tâche à laquelle j'aurais renâclé si je n'avais eu devant moi qu'un vulgaire cahier d'exercices. En clair, mon projet est de tenir mon journal. Selon moi, ce genre d'exploit n'a qu'une vertu : celui qui écrit doit se sentir libre. Non, plutôt poussé à poser là ses espoirs, ses pensées, ses soucis, tous les secrets de son cœur qu'en d'autres circonstances il lui est impossible de dévoiler. Voilà donc mon intention. Je suis certain que ceux qui étudient les maladies du psychisme applaudiraient à mon initiative et la déclareraient aussi sage que salutaire.

Alleyn s'accorda une pause, tendit l'oreille. Rien.

... *Il apparut très vite que je m'étais trompé dans mon choix. Au bout d'un an à peine de mariage, je me demandai quel élan avait pu me pousser à commettre une telle folie. Mais je me dois d'être franc. Les qualités qui avaient provoqué mon admiration (admiration que je confondis malencontreusement avec affection) étaient réelles. Toutes ces qualités que je n'ai pas, et qu'elle détient en abondance : l'énergie, l'intelligence, la détermination, et, surtout, la vitalité...*

Un rat courut sur une poutrelle.

— Markins ?

— Monsieur ?

— N'oubliez pas : vous ne bougez pas avant mon signal !

— Oui, monsieur.

Alleyn tourna sa page.

... *N'est-il pas curieux que l'admiration aille de pair avec l'amour fané ? Ces qualités que j'applaudis tant sont celles qui, précisément, ont freiné mon amour. Et pourtant, j'étais convaincu que mon indifférence était causée non par nos fautes respectives, mais par le déclin de ma santé. Si j'avais été plus robuste, peut-être aurais-je mieux réagi à son extrême vitalité, me disais-je. J'aurais sans doute continué à le croire jusqu'à la fin de mes jours, si Terence Lynne n'était venue me trouver dans ma solitude.*

Pauvre homme ! songea Alleyn en se remémorant

l'unique photo qu'il avait vue d'Arthur Rubrick. Il consulta sa montre. Vingt-trois heures vingt. Dans sa chambre, la bougie ne tarderait pas à s'éteindre.

... Voilà plus de trois semaines que je m'oblige à tenir ce journal. Comment décrire mes émotions ? N'est-il pas ridicule pour un homme de mon âge et dans mon état de tomber dans un piège de cette sorte ? Enfin ! L'essentiel est qu'elle ne soit pas au courant de la folle adoration que j'ai pour elle. A dire vrai, dans son immense générosité...

Alleyn se dit que si sa lecture ne lui révélait pas le moindre indice intéressant, il s'en voudrait d'avoir ainsi plongé dans l'intimité de cet inconnu.

10 janvier. Florence m'a raconté aujourd'hui une sombre histoire d'espionnage qui me trouble. Je ne peux pas, je ne veux pas croire ce qui apparaît comme possible. Sa perspicacité et son immense détresse me mettent d'autant plus mal à l'aise qu'elle paraît décidée à s'engager elle-même dans cette affaire. Je lui ai conseillé de s'adresser aux autorités compétentes. J'espère qu'elle me suivra, qu'ils seront déplacés de Mount Moon et mieux protégés. J'ai promis de ne rien dire, évidemment, et ma situation de malade confiné me rend la tâche plus aisée. Je suis si faible ces jours-ci que je ne me sens pas en mesure d'accepter de telles responsabilités.

Alleyn relut ce passage. Markins, dans sa moitié de presse, toussota et changea de position.

13 janvier. Je ne puis croire à mon bonheur. Mes sentiments sont plus un mélange d'humilité et d'émerveillement que d'exaltation. Mais peut-être n'est-ce qu'une idée ? Et pourtant, quand je pense (et j'y pense continuellement) à sa gentillesse, à son attention, je ne peux que me persuader qu'elle m'aime. Je n'ai pas confiance en Florence. Elle a interprété avec beaucoup d'intuition la petite scène qu'elle a interrompue. Elle pourrait mettre un terme à tout cela. Elle ne croira jamais que c'était la première fois... Elle revient vers moi, tout d'un coup, elle m'épie ; elle a éloigné Terence. Ces signes ne trompent pas.

Alleyn poursuivit sa lecture. Derrière ces phrases un peu alambiquées, il discernait un peu mieux le personnage d'Arthur Rubrick, perdu, malade, troublé par la découverte de ce nouvel amour, agité et révolté par les interventions de sa femme. Plus loin, les entrées devinrent moins formelles. « Mauvaise nuit... » « Deux crises, aujourd'hui... » « Lu : *Procès Célèbres*. Je pensais autrefois que les personnages comme Crippen étaient des monstres. Aujourd'hui, j'ai changé d'avis. Je me dis que seul avec elle, en paix, je recouvrerais peut-être ma santé. »

Le soir de la mort de Florence, il avait écrit :

Cela ne peut plus durer. Il ne faut pas que je la voie seule. Ce soir, quand nous nous sommes rencontrés par hasard dans le parc, j'ai été incapable d'obéir à la règle que je m'étais imposée.

Arthur Rubrick ne s'était plus jamais adressé à son journal.

Alleyn ferma le cahier, éteignit sa lampe, rajusta précautionneusement le sac sur son visage, s'accordant un trou pour l'œil droit. A quelques centimètres de là, Markins chuchota :

— Ce ne sera plus long, monsieur.

La personne qui avait traversé le parc givré avait avancé avec lenteur. Alleyn ne perçut pas les bruits de ses pas, mais plutôt des interruptions dans le silence.

Bruissement. Une tâche de bleu lumineux apparut, s'élargit pour former un grand carré scintillant d'étoiles. Une silhouette humaine s'y glissa, se pencha, aux aguets. La toile de jute protégeant l'ouverture retomba. Ils étaient maintenant trois dans la lainerie.

Pas un souffle, pas un mouvement, pas même une respiration. Alleyn se rendit compte que tous ses muscles étaient tendus. Un fil lui chatouilla l'oreille droite.

Enfin un bruit. Quelque chose avait été jeté par terre. Un disque de lumière apparut, voyagea d'un côté à l'autre, s'arrêta. Esquisse d'un manteau. Le visiteur s'assit sur ses talons, posa sa lampe. Des mains gantées se mirent à frotter le plancher de tondaison. Méticuleusement. D'avant en arrière, toujours en direction de la presse... Une pause. Une torche éclaira la pile des sacs de toile où avait été allongé Fabian, puis s'éloigna, trouva le sac vide qu'Alleyn avait laissé tomber sur le fer à marquer. La main gantée souleva l'instrument, l'astiqua vigoureusement, le remit en place. L'espace d'une seconde, la lumière de la lampe de poche brilla directement dans l'œil droit d'Alleyn. Retenant son souffle, il s'avança de quelques millimètres, protégé par la presse.

Le nouveau venu s'était dirigé vers le mur où étaient accrochées la lampe à pétrole et la bougie. Puis, il se déplaça en direction des parcs. Un impact rude, un cliquetis. Plouf ! Silence.

Retour au plancher de tondaison. Un objet long et mince fut ramassé. Alleyn vit que c'était une branche verte. Le visiteur repartit vers les parcs à moutons, sa lumière rebondissant sur les murs. Alleyn quitta sa cachette, s'accroupit derrière la presse. Il se redressa légèrement. La silhouette disparut. Par-dessus la presse, Alleyn observa le néant. Il entendait Markins respirer. Il tendit la main, lui saisit une mèche de cheveux.

— A mon signal..., souffla-t-il.

Il se débarrassa de sa veste trop serrée, et, se déplaçant de côté, longea le mur jusqu'aux boxes. Il allait bientôt savoir si ses conclusions étaient les bonnes... Il ne lui restait plus qu'à sauter le pas. Courage ! Il fallait en finir. Il traversa d'un pas léger le plancher de tondaison, posa la main sur la cloison, alluma sa torche.

Douglas Grace arrondit les yeux.

Épilogue

D'après Alleyn...

Extrait d'une lettre de l'inspecteur Alleyn à l'inspecteur Fox.

... Vous vouliez le grand jeu, mon cher Fox, et vous l'aurez. Vous trouverez ci-inclus mon rapport, mais sans doute cela vous amusera-t-il de connaître les indices qui m'ont mis sur la piste. Voici donc... Premier indice : fuite d'information par le biais du journaliste portugais.

N'étant pas vous-même un passionné des contes de fées, vous aurez probablement décidé que Fabian Losse, Douglas Grace, voire Florence Rubrick étaient les seules personnes à pouvoir transmettre des copies des plans. Mais il s'agissait bien de copies, ce qui élimine d'emblée Florence Rubrick : elle ne disposait pas, en effet, des moyens nécessaires pour photographier les originaux.

Notre agent ennemi, assassin ou non, pouvait donc être soit Douglas Grace, soit Fabian Losse. Tous deux avaient libre accès aux documents et la possibilité de les communiquer. Mon but était de démasquer l'agent. J'ai supposé qu'il pouvait aussi être le meurtrier. Or, si le meurtrier et l'agent n'étaient qu'une seule et même personne, et si l'agent était Douglas Grace ou Fabian Losse, restait à savoir lequel d'entre eux paraissait le plus apte à être en même temps le meurtrier. Grace. Ce fut lui qui mit la veste ornée de broches sur les épaules de Mme Rubrick, lui qui se pencha vers elle, sur le tennis. Il pouvait très facilement subtiliser l'un des bijoux. Il me paraissait clair que l'objet aurait été retrouvé tout de suite s'il avait vraiment été perdu sous un zinnia fané : j'ai essayé, les diamants brillaient comme un phare sur l'océan.

Grace incita sa tante à se réfugier dans la lainerie pendant que les autres organisaient la fouille. Je me suis demandé s'il avait pris la broche de façon à provoquer cette situation, et s'il s'était arrangé pour la laisser tomber parmi les zinnias afin qu'Arthur Rubrick l'y découvre après que lui-même eut terminé sa sale besogne dans la lainerie. Si c'est le cas, il était aussi rusé qu'audacieux. Il avait échafaudé son plan entre le moment où Mme Rubrick avait annoncé son intention de se rendre là-bas et celui où elle les quitta effectivement.

Pendant la fouille, Grace était remonté à la maison se munir de deux lampes de poche. Il avait répondu au téléphone. Cela lui donnait le temps de passer par une porte-fenêtre de la salle à manger et d'emprunter le sentier de derrière jusqu'à la lainerie. A son retour, il pouvait aisément accrocher la notice de Mme Rubrick à la porte de sa chambre. Ceci est un point important : vous remarquerez qu'il était le seul à pouvoir effectuer un tel geste.

Vous remarquerez aussi que pour se débarrasser du cadavre, le coupable (à moins que ce ne fût Markins, Albie Black ou Mme Caneton) fut interrompu durant une période allant de la fin de la fouille jusqu'à ce que tout le monde, à la maison comme au cottage, fût couché. Il fallait cependant agir avant l'installation de la raideur cadavérique. L'abominable Black avoua avoir enlevé le bout de chandelle (très certainement aplati par l'assassin pressé de l'éteindre) et l'avoir négligemment jeté dans l'un des boxes. Si c'était lui le coupable, il aurait évité de préciser ce fait.

Et si Grace était notre homme ?

Apparemment, la bougie avait été éteinte dans la précipitation. Les ouvriers rentrant du bal avaient suivi l'allée en silence jusqu'à la lainerie, devant laquelle avait soudain éclaté une violente altercation. Vous savez bien que pour éteindre sans bruit une chandelle, il ne faut pas souffler, mais presser. Lorsque j'ai annoncé mon désir de soulever les lattes du plancher, Grace s'est caché derrière son journal en disant qu'il demanderait aux hommes de s'en charger, et que lui aussi mettrait la main à la pâte. Je l'en aurais empêché, bien sûr, mais son offre m'inspira quelques idées.

Le responsable de la presse m'avait affirmé que le sol tout autour de la machine était maculé de traces. Des traces de quoi ? Notre pauvre Florence Rubrick n'avait pas perdu de sang. Grace et Losse portaient des tennis. Marchez sur une surface vitreuse avec des semelles de caoutchouc, vous verrez le résultat...

Le crochet avait été caché sur une poutre située très haut. J'ai eu moi-même de la peine à l'atteindre, et parmi nos suspects, Grace était bien le seul à pouvoir s'en emparer.

Ensuite, mon cher Fox, nous en venons à la laine trouvée le lendemain du drame dans le casier numéro deux. Elle n'y avait pas passé la nuit ; elle était emmêlée et ne ressemblait en rien aux rouleaux impeccables sur le plan de travail du trieur. Cependant, elle avait été placée au bon endroit. Par quelqu'un qui s'y connaissait : Fabian Losse, Douglas Grace ou Arthur Rubrick, par exemple ? Il s'agissait bien entendu du trop-plein de laine remplacé par le corps. Un petit bout tomba du vêtement de notre homme quand un peu plus tard il alla dans la chambre de Florence Rubrick cacher sa valise. La notice était déjà sur la porte, ne l'oubliez pas, et seul Grace avait pu l'y accrocher.

Passons ensuite à sa personnalité. Fabian le considérait comme un gentil garçon doué pour la mécanique. Mais Grace n'était pas un imbécile. Il était vif d'esprit, décidé, inventif, téméraire. Voyez comment il avait cerné notre Markins. Devinant que ce dernier l'observait, il avait frappé le premier. Nous ne pouvons qu'admirer son toupet. Bien entendu, c'est Grace lui-même qui rôdait, la nuit où Markins entendit du bruit dans le corridor. Il s'empressa de se plaindre auprès de sa tante du comportement de Markins et tenta de la convaincre de se débarrasser de lui. Malheureusement pour lui, elle n'a pas réagi selon ses prévisions. À mon avis, Mme Rubrick était assez fine pour imaginer les manigances de Douglas Grace.

Je parie, mon cher Fox, que vous avez les sourcils froncés et les joues rouges. Vous allez dire que j'avais des préjugés contre ce garçon. C'est vrai. Au tribunal, l'affaire eût été très délicate. Mais comme vous l'avez lu dans le rapport, Grace n'ira jamais devant les juges.

Je lui tendis donc un piège, histoire de le forcer à se révéler. J'annonçai mon intention de chercher le bout de chandelle jeté par Albie Black dans les boxes. Cette nouvelle ébranla visiblement Douglas. Nous avons retrouvé la bougie, qui portait bien ses empreintes, mais comme preuve, c'était un peu maigre. Cependant, Douglas avait probablement décidé qu'il en avait assez de ma présence, et que le mieux était de me liquider le plus vite possible.

Lorsque je déclarai que j'allais à l'annexe récupérer mon porte-cigarettes, il prit une décision éclair. Il allait me suivre, s'emparer du fer à marquer de la lainerie, appliquer la méthode déjà éprouvée et m'envoyer balader le lendemain parmi les balles de laine. Ce fut Losse, vêtu de mon pardessus, qui fut assommé.

J'étais désormais à peu près sûr d'avoir mon assassin. J'inventai une mise en scène tellement compliquée que je faillis en être dupe moi-même... Me croyant endormi dans ma chambre, il revint dans la lainerie effacer toute trace de sa présence un peu plus tôt. Il nettoya le plancher, astiqua le fer à marquer, puis arracha le bout de chandelle existant et le jeta dans les boxes en prenant soin de ne pas y laisser d'empreintes. Il était à peu près certain que nous trouverions celui-là avant celui qu'avait jeté Albie Black quinze mois auparavant...

Tout se déroula très vite, et, jusqu'à la dernière minute, en grand silence. Je l'éclairai de ma torche, il cligna des paupières. Derrière moi, Markins émergea de sa cachette. Il n'y eut pas de bagarre. Dans l'enclos, c'était impossible. Grace se contenta de se lever, sans un mot. Je lui fis les déclarations d'usage, le prévins que la police serait là dans deux heures, lui proposai de se réfugier en attendant dans un endroit un peu plus chaud.

Il s'inclina. Très solennel.

Je vis sa main glisser vers sa poche. Il écarquilla les yeux, se mordit les lèvres. Je hurlai : « Arrêtez ! »

S'il avait été plus lent, je serais mort avec lui. En fait, j'avais le pied sur la cloison, mais elle nous séparait toujours. Je ne vis qu'un éclair. Le bruit fut assourdissant. De lui, il ne resta pas grand-chose. Nous avons trouvé les morceaux d'une boîte à cigares contenant un explosif et un détonateur relié à une cellule de lampe de poche. La boîte à cigares devait se trouver dans sa poche de poitrine, et la cellule, dans une autre poche, sur le côté.

Nous ne connaîtrons jamais son passé d'ingénieur en Allemagne. Nous ne saurons jamais quels vœux il avait prononcés, ni quel entraînement il avait subi avant de revenir ici attendre la fin de 1939, lorsqu'il put enfin s'engager dans nos forces et rendre les services attendus auprès de l'ennemi...

Fabian Losse envisage de construire une nouvelle lainerie...

Extrait d'une lettre de l'inspecteur Alleyn à son épouse :

... bientôt minuit, et je suis dans le bureau avec pour seule compagnie le portrait de cette pauvre Flossie Rubrick. Il me semble, mon amour, que tu trouverais hideux ce tableau. Il est si froid, si figé. Et pourtant,

grâce à lui, grâce aux explications de son entourage, j'ai l'impression de l'avoir fort bien connue. Fabian Losse avait raison, au fond, de dire qu'elle avait succombé à son propre caractère. Qui d'autre que Florence Rubrick serait allé exercer sa voix dans une lainerie obscure, pendant que ses neveux cherchaient sa broche en diamants ? Qui, sinon elle, réalisant que Douglas Grace était un agent ennemi, en aurait informé son mari, tout en lui imposant le secret pour se charger elle-même du règlement de l'affaire ? Elle a voulu jouer seule, mais elle n'avait pas la moindre chance de gagner la partie.

Tout est fini, à présent. Les habitants du domaine de Mount Moon se remettent petit à petit de leurs émotions. Fabian Losse, bien rétabli après son coup à la nuque, a été très choqué d'apprendre qu'il avait été attaqué par son propre associé, et atterré de se rendre compte qu'il avait fourni pendant des années ses secrets à un ennemi du pays. La mort de Grace n'est qu'une péripétie de plus. Fabian s'en veut de n'avoir rien vu, rien compris. Il s'en sortira. Ursula Harme saura balayer ses scrupules. Ils se marieront, et Fabian Losse deviendra un grand expert, aussi illustre qu'inconnu. Miss Lynne suivra sa propre destinée, sans jamais se pardonner son éclat devant moi. Le jeune Cliff se remettra à son piano, du moins je l'espère. Il n'a plus rien à craindre, désormais. J'ai convaincu Losse de se débarrasser de l'abominable Albie Black.

J'ose presque t'annoncer l'imminence de mon retour. Je reprends la plume après avoir pris le temps de remplir ma pipe. Au-delà de la fenêtre, le plateau s'étend à l'infini sous un ciel pur et froid, scintillant d'étoiles. Au nord, jaillissent les montagnes...

L'affaire est close, mais, en observant une fois de plus le portrait de Florence Rubrick, je regrette de n'avoir pas accepté son invitation et de n'être pas venu avant sa mort passer un week-end à Mount Moon.

Imprimé en France sur Presse Offset par

BRODARD & TAUPIN

GROUPE CPI

La Flèche (Sarthe), 6706
N° d'édition : 3236
Dépôt légal : avril 2001